다만 나로 살 뿐

1

원제 스님의 정면승부 세계 일주 **1**

다만 나로 살 뿐

원제 지음

수오서재

차례

2
오늘 밤엔 오늘 밤의 꿈을,
내일 아침엔 또 내일의 햇살을

한 권의 책을 마치며

피츠로이에
일주문을 세우다

절집에는 '산문 밖을 나서지 말라'는 가르침이 전해오고 있습니다. 이는 바깥으로 나다니며 정신 팔지 말고 공부와 수행에 전념하라는 어른들의 경책입니다. 저 역시 출가한 이후로 특정한 일을 볼 때를 제외하고는 대부분 산문 안에 머물렀습니다. 그렇게 수행의 삶을 이어가느라 부단히 애를 썼습니다.

큰 사찰에는 절의 출입구 역할을 하는 문이 있는데, 이것을 일주문一柱門이라고 부릅니다. 이 일주문이 바로 산문 안팎의 기준이 됩니다. 그렇기에 일주문 바깥으로 나가면 도량을 벗어나는 일이고, 일주문 안쪽에 머무르면 여전히 도량 안에서 지내는 것입니다. 많은 스님들이 일이 있을 때마다 일주문 밖으로 나가기도 하고, 그 일을 마치고는 다시 일주문 안으로 들어옵니다.

제가 절집에 들어와 본격적으로 수행을 시작한 지 6년 즈음이 흘

렀을 때, 세계 일주를 결심했습니다. 수행이 진척되지 않고 제자리걸음을 걷고 있는 듯한 답답함이 큰 이유였습니다. 그리고 이러한 때야말로 그동안 해오던 수행을 세계 도처에서 점검해야겠다는 나름의 결의도 있었습니다. 스승은 산문 안에만 있는 것이 아닙니다. 그렇기에 "산문 밖의 선지식을 찾아내는 그 사람이 진정한 공부인"이라는 말을 여러 어른 스님들께 듣기도 했습니다. 마음의 눈이 열린다면 산문 밖 여러 곳에서 다양한 방식으로 스승을 만나고 경험할 것이라 믿었습니다. 이러한 믿음으로 시작한 세계 일주입니다. 2012년 9월, 그렇게 저는 산문 밖을 나가 2년여 시간 동안 5대륙 45개국을 다니는 세계 일주를 완수했습니다.

이렇게 세계 일주를 하던 중 남미의 아르헨티나에 갔을 때였습니다. 한국과 지구 반대편에 있는 파타고니아에서 마치 맹수의 이빨과 같은 날카로운 봉우리의 피츠로이를 목도한 뒤, 저는 결심했습니다.
'내 이곳에 일주문을 세우겠다.'

그렇게 피츠로이에는 저만의 보이지 않는 일주문이 세워졌습니다. 인정머리 없이 고고해 보이는 피츠로이의 기상도 멋스러웠지만, 흰눈에 덮인 기암 봉우리가 기실 일주문의 튼튼한 기둥이 되어줄 것처럼 견고해 보였습니다. 이렇게 일주문이 세워진 이후, 저는 분명한 변화를 느꼈습니다. 마음이라는 도량이 저 푸른 허공처럼 한없이 커지고 있던 것이었습니다. 우주의 중심에 있다는 티베트의 성산 카일라스도, 우기의 인도 리시케시에 흐르는 흙탕물 강도, 동유럽 두브

로브니크 부둣가에서 만난 고양이의 낮잠도, 중동 다합에 있는 블루홀의 검푸른 심해도, 남미 우아라스에서 본 소의 정갈한 눈빛도 모두 이 마음이라는 도량으로 들어와 버렸습니다.

지금 와 돌이켜보면 그렇습니다. 그렇게 오랜 기간 산문 밖 여러 곳을 돌아다녔건만, 그 어느 곳도 다닌 적이 없는 것처럼 느껴집니다. 피츠로이에 일주문을 세운 이후, 세상의 그 어느 것도 도량을 벗어나지 않았습니다. 저에게 있어서 도량이란 절집의 영역이 아니라,

눈앞에 펼쳐진 허공과 같은 것이기 때문입니다. 이 허공과 같이 넓게 펼쳐진 도량에서 세상이 눈앞으로 존재하고 있습니다. 그리고 다양한 인연에 맞추어 저 역시 그렇게 눈앞으로 살아가고 있는 것입니다.

이 책은 세계 일주의 기록입니다. 또한 눈앞의 허공을 도량 삼아 살아가는 원제라는 한 수행자의 조금은 특별한 수행기이자, 삶에 대한 이야기이기도 합니다.

여행을 시작하며

세계일주
제1호스님

절에서의 삶은 무척이나 단순합니다. 특히나 제가 머물고 수행하는 선원에서의 삶은 더욱 그러합니다. 안거 기간 동안에는 새벽 3시에 일어나 예불을 올립니다. 그리고 하루 총 열 시간의 좌선 수행을 합니다. 수행 사이사이의 시간에 밥을 먹고, 등산을 하고, 빨래와 목욕을 하고, 밭일을 하다 보면 어느덧 저녁 정진 시간이 됩니다. 그렇게 밤 9시에 취침하고, 다음 날 새벽 3시에 일어나 다시 똑같은 하루를 시작합니다. 여름, 겨울 안거가 각기 90일이니 1년에 절반은 이렇게 똑같은 삶의 패턴으로 지냅니다. 사람마다 적성과 성향이 다르기에 하루 열 시간을 좌복 위에 앉아 좌선하는 것이 힘든 사람들도 있겠지만, 저는 규칙적으로 정해진 스케줄을 좋아하는 편이고, 선원 생활에 잘 적응했습니다. 단순하고 소박하면서도 규칙적인 삶. 이것이 선원에서 살아가는 일반 수행자들의 삶인 것입니다.

이런 선원 수행승인 제가 "저는 돌아다니는 것을 그다지 좋아하지 않습니다"라고 말하면, 사람들은 아무래도 제 말을 믿지 않는 분위기입니다. 안거 기간에는 당연히 극히 예외적인 경우를 제외하고는 절 밖으로 나가지 않습니다. 그리고 안거 사이에 있는 봄과 가을에도 저는 여간해서는 절 밖으로 나가지 않습니다. 말 그대로 돌아다니는 것을 좋아하지 않기 때문입니다. 그러나 사람들이 제 말을 믿지 않는 이유는 분명합니다. 제 개인의 성향이나 생활 패턴이 어떠하건, 저는 2012년 9월부터 2014년 10월까지 25개월 동안 5대륙 45개국을 돌며 세계 일주를 했기 때문입니다. 그래서 한국 불교에서 '세계 일주 1호 스님'이라는 타이틀까지 얻었습니다. 세계 일주까지 한 스님이 돌아다니는 것을 좋아하지 않는다고 하니 이 말을 사람들이 쉽게 신뢰하지 않는 것은 어찌 보면 당연한 일인지도 모릅니다.

제가 세계 일주를 결심하게 된 데에는 한 도반 스님의 영향이 큽니다. 도반 스님은 출가 전인 1990년대에 티베트 라싸에서 외국인 친구들과 지프를 렌트하고는 그 드넓은 티베트고원을 자유롭게 돌아다녔다고 했습니다. 도반 스님의 실감 나는 여행담을 들은 후, 저는 결심했습니다. 제 일생 그 어느 때인가 세계 일주를 꼭 한 번은 완수해야겠다는 결심이었습니다. 그러나 그것을 실행할 때가 언제인지는 저조차도 몰랐습니다.

그러던 차 해인사 퇴설당에서 은사 스님을 모시며 시자(侍子, 어르신을 곁에서 모시는 제자) 소임을 마쳐가던 2012년 초 즈음, 세계 일주를 실행에 옮기기로 결정했습니다. 30대 중반으로 체력도 좋았고, 나이도 적당했으며, 선원에서의 안거도 10안거를 넘어섰습니다. 그간 해왔던 수행의 결실을 실제 삶에서 검증해보기에도 적당한 때라 여겨졌습니다. 물론 한국에서의 익숙한 일상에서 저를 시험해볼 수도 있었습니다. 하지만 기왕 점검을 해본다면, 세계라는 큰 무대에서 많은 사람을 만나고 다양한 경험을 해보는 것도 좋으리란 판단이었습니다. 세계 일주를 하며 온갖 역순경계逆順境界의 상황을 접하며, 저의 마음이 어떻게 움직이는지, 제가 어떻게 대응해나가는지 저 스스로를 한번 시험해보고 싶었던 것입니다. 선원이라는 편안하고 안정된 조건에서 수행을 이어갈 수도 있었지만, 원제라는 한 수행승을 일부러 힘겨운 상황에 몰아넣어 보고 이 원제가 어떤 식으로 대응하며 변해가는지를 한번 지켜보고 싶었습니다.

이렇게 세계 일주를 실행하기로 결정했건만, 심각한 문제가 있었습니다. 저에게 돈이 없었습니다. 제가 간간이 농담 겸 진담으로 하는 말이지만, 선원 수행승들에게 시간은 '평생' 넘쳐납니다. 생각하기에 따라서 남은 일생 모두를 휴가라고 여길 수도 있습니다. 이렇게 온 생이 휴가이지만, 제 수중에 있는 200만 원으로 세계 일주는 가당치 않은 계획이었습니다. 돈을 모을 방법을 강구하다 마침내 계획서를 작성하기로 결정했습니다.

인터넷과 책을 통해 보름 동안 자료 조사를 한 뒤, 열다섯 장에 이르는 '세계 일주 계획서'를 작성했습니다. 그리고 이 계획서를 그간 인연이 있었던 큰 절의 어른 스님들과 문중의 사형 스님들, 도반 스님들에게 보냈습니다. 저는 그 계획서에 세계 곳곳에 있는 불교문화를 체험하고, 현지 불자들과 직접 교류하며, 모든 여행 경험들을 기록으로 남기겠다는 원력과 포부를 담았습니다. 그중에서 가장 중요한 것은 아마도 기록일 것입니다. 사실 세계 곳곳을 여행한 스님은 이미 저 말고도 많았습니다. 수십 년간 100개국 이상을 여행한 베테랑 스님도 몇 분 알고 있었습니다. 하지만 아쉽게도 사람들이 이를 관심 있게 들여다볼 수 있는 형태의 기록이 남아 있지는 않습니다. 기록의 의미는 그 무엇보다도 큽니다. 세계 일주는 누구나 할 수 있지만 수행자가 결행한 세계 일주는 지금까지 없었고, 그 기록이 남는다면 여러 사람들에게 희소하고도 의미 있는 간접 경험을 제공할 수도 있다는 믿음이 있었습니다.

여러 어른 스님들과 사형 스님들이 저의 이러한 뜻에 동조와 격려를 보내주셨습니다. 그리고 후원을 해주셨습니다. 이렇게 세계 일주 계획을 세우기 시작한 지 한 달여 만에 그런대로 여행을 시작할 수 있는 정도의 모금이 이루어졌습니다. 그리고 모금이 어느 정도 완수되었다 싶을 때, 저는 은사 스님께 세계 일주를 결행하겠다는 뜻을 말씀드렸습니다. 역시 예상대로 분위기가 심상치 않았습니다. 노장님은 말이 없으셨습니다. 얼굴을 보니 굳은 표정이셨습니다. 얼마 후, 노장님은 무겁게 말을 꺼내셨습니다.

"원제 너 말여… 그 세계 일주 좋을 줄 알지?"

저는 대답을 하지 않았습니다.

"너가 몰라서 그렇지 그거 알고 보면 다 고생하는 거여."

기왕 세계 일주를 하기로 결정한 것, 결코 뒤로 물릴 수가 없었습니다.

"예, 스님, 고생인 거 알고 있습니다. 그런데 제가 이제껏 살아오면서 고생다운 고생을 한 번도 해보지 못한 것 같습니다. 그래서 이번에 고생 한번 제대로 해보기로 결정했습니다."

제 말이 끝남과 동시에 노장님은 고개를 홱 돌리셨습니다. 아무래도 젊은 제자의 마음이 바깥으로 나돌고 헛된 열망을 품고 떠나는 것처럼 보이셨을 것입니다. 노장님의 뒷모습에서 그런 아쉬움과 서운함이 역력히 느껴졌습니다. 노장님께 세계 일주에 대한 동의나 격려를 받지 못하리란 것을 알고는 있었지만, 그렇다고 이렇게 냉담한 반응을 보여주실 줄은 차마 생각하지 못했습니다. 노장님이 떠나신 자리에 저는 잠시 그대로 앉아 숨을 한 번 크게 쉬었습니다. 마음을 더 단단히 먹어야 할 것 같았습니다. 방법이 없었습니다. 마냥 호기심에 끌리고 재미를 찾아 떠나는 여행이 아니라, 세계 불교문화를 체험해보고 스스로의 수행을 점검해보겠다는 저의 뜻을 노장님께 말로써 설명하고 납득시켜드리기 힘들다면, 결과로써 증명해낼 수밖에 없다는 생각이 들었습니다.

이후 저는 세계 일주에 필요한 물품을 하나씩 챙기기 시작했습니다. 여행용 큰 가방과 보조 배낭, 텐트, 침낭, 모기장, 노트북, 아이패드, 카메라와 렌즈, 킨들, 스마트폰, 가사와 승복, 트레킹화와 샌들,

우비, 모자, 선글라스, 여권, 국제 운전면허증, 황열병 예방접종 증명서, 비상약, 자물쇠 등 긴 기간만큼이나 많은 물품들이 필요했습니다. 모든 물품들을 가방 안에 넣어 무게를 재어보니 27킬로가 넘었습니다.

준비물 중에 특별히 챙긴 것도 몇 가지 있었습니다. 그것은 108 참회문과 성철 스님이 쓰신 불기자심不欺自心 명함판이었습니다. 108 참회는 승려가 되고 난 후부터 계속해온 하루의 일과였습니다. 여행 중에도 매일 108 참회를 하리라 결심한 데에는 노장님의 영향이 절대적이었습니다. 노장님께서는 입적하시기 전인 구순의 연세에도 하루도 빼놓지 않고 매일같이 108 참회를 하셨습니다. 간혹 감기라도 걸려 몸이 좋지 않으실 때는 절을 한 번에 하기 힘드셔서 식은땀을 흘리시며 세 번에 나누어 하시는 모습도 보았습니다. 연로하신 스님께서 108 참회를 빠뜨리지 않고 하시는 모습에 시자로서 다소 걱정이 되어 좀 쉬엄쉬엄하셨으면 좋겠다는 말씀을 드려도 보았습니다.

하지만 노장님께서는 이 일관된 삶의 습관을 바꾸지 않으셨습니다.

그런 노장님께서 그 언젠가 점심 공양을 드시고 산책을 나가시다가 이런 말씀을 하셨습니다.

"원제야, 내가 있잖아… 어젯밤 12시 반에 잠깐 잠이 깼거든. 그런데 생각해보니까 어제저녁에 108 참회를 안 했더라…."

"네, 깜빡하실 수도 있으시지요."

"그래서 말이야… 했어."

"네?"

"108 참회 말이야. 밤에 일어나 했어."

너무 천진하게 말씀하시는 바람에 제가 놀랄 지경이었습니다.

"아, 스님… 연세도 있으신데, 그렇게 너무 무리하게 하지는 마세요. 쉬엄쉬엄하시면서 그냥 하루 정도는 안 하고 넘어가셔도 돼요."

노구의 몸을 끌고 다니시는 것도 힘드신데, 그렇게 매일 절을 하시는 모습을 보고 내심 걱정하는 마음에 나온 말이었습니다.

"아녀. 해야 돼. 평생 하던 것은 계속해야 되는 거여."

평생을 매일같이 해오신 108 참회였기에 감기에 걸리셨어도, 한밤중에 일어나셨어도, 그렇게 꼭 하셔야만 했던 것입니다.

저는 이 대화를 지금껏 잊지 못합니다. 생생히 기억하고 있습니다. 어른은 그냥 어른이 되는 것이 아니라는 것을, 저는 어른 스님을 모시고 지내며 그 어른의 삶으로 경험하고 배웠습니다. 무슨 복인지 모르겠지만, 저는 어른 스님을 가장 가까이 모시고 지내며 당신의 삶을 지켜보고 배울 기회를 얻었습니다. 노장님이 저렇게도 애를 쓰시는데, 저 같은 젊은 놈이 고작 여행한다며 108 참회를 거를 수는 없다고 생각했습니다. 그래서 108 참회문을 준비하고, 불상을 대신해 수도암 대적광전에 계신 비로자나 부처님 사진도 마련했습니다. 하지만 여행을 하다 보면 상황이 적절하지 않아서 108 참회를 하지 못할 경우도 분명히 있을 것이었습니다. 그래서 준비한 것이 바로《금강경》이었습니다. 절을 할 적당한 상황이 마련되지 않을 경우에는《금강경》을 한 번 완독하는 것으로 대신했습니다.

불기자심 명함판은 외국에서 만날 친구들에게 건네주기 위해 제가 직접 인쇄소에 의뢰해 제작한 것입니다. 성철 스님이 말씀하신 "스스로의 마음을 속이지 말라"라는 이 경구는 사실 제 평생의 좌우명이었습니다. 명함판 뒷면에는 외국인 친구들이 이해하기 쉽게 'Don't deceive my own mind'라는 영문 설명을 적어놓았습니다. 세계 도처에서 인연이 될 법한 만남을 가진 친구들이 많았습니다. 그런 친구들에게 제 좌우명이라고 소개하며 이 명함판을 한 장씩 나누어주었습니다. 또한 세계 각지에서 만난 한국 친구들에게도 이 명함판을 건네주었습니다. 세계 일주를 시작할 적에 이 명함판을 총 600여 장 준비했는데, 세계 일주를 마칠 즈음에는 100장 정도만 남게 되었습니다.

준비는 이로써 대략적으로 마치게 되었습니다. 이제는 외국인을 직접 만나며 대화도 하고 경험도 교류하는 연습을 할 차례였습니다. 바로 카우치서핑Couch Surfing을 통해서였습니다.

카우치서핑

이 세계 일주 여행기의 시작은 외국이 아닌 한국입니다. 기존의 상식대로라면 한국을 떠나면서부터 세계 일주겠지만, 저에게 있어 세계 일주는 그렇지 않았습니다. 외국 친구들을 만나면서 그네들과 간접적으로나마 문화를 교류하는 경험을 바로 한국에서 시작했기 때문이었습니다. 그리고 그 만남의 중심에 카우치서핑이 있었습니다. 그 언젠가 저는 해인사를 방문한 한 미국인 친구에게 제 세계 일주 계획을 말했습니다. 세계 일주를 위한 자금을 모으기는 했지만, 여전히 부족한 상황이라 걱정이라는 말에 그 친구가 이런 말을 했습니다.

"그렇다면 스님, 카우치서핑에 가입하세요. 그러면 전 세계에 있는 카우치서핑 회원들의 집에서 무료로 지낼 수 있으니까요. 친구들하고 밥을 해 먹으면 식비도 절약할 수 있어요."

카우치서핑을 단어 그대로 해석하자면, 카우치(Couch, 소파)를 서핑(Surfing, 찾다)한다는 뜻입니다. 카우치서핑에서 호스트는 집주인이고, 서퍼는 여행자입니다. 호스트는 자신의 집에 있는 소파를 다른 여행자에게 제공합니다. 그리고 서퍼는 여행하는 도시의 호스트의 집 소파에서 머물 수 있을지 요청합니다. 그렇게 호스트나 서퍼가 되어 무료로 잠자리를 내어주거나 받으며 서로 문화 교류를 할 수 있는 커뮤니티가 바로 카우치서핑이었습니다.

그런데 말로는 소파지만, 방을 따로 하나 마련해두는 경우가 대부분이었고, 거실에 소파를 둘 여유가 없으면 같은 방에 토퍼를 깔고 지내는 경우도 있었습니다. 제 경우, 프랑스 파리에서 대학을 다니는 한 호스트의 집에 머물 땐 얇은 토퍼를 깔고 한방에서 잠을 자기도 했고, 반대로 네덜란드 암스테르담의 한 여유로운 심리상담가 호스트를 만났을 땐 4층 집을 통째로 쓰라는 호의를 받기도 했습니다.

카우치서핑의 좋은 점은 '무료'와 '교류'입니다. 가난한 배낭여행자들에게 자금이란 항상 열악한 요소였고, 그 지역 문화권에 있는 사람과의 교류는 필수적인 사항이었습니다. 이 두 가지 요소를 모두 실현할 수 있기에, 저에게 카우치서핑은 천금과도 같은 기회였습니다. 다만 공짜 숙박만을 원하는 게 아니라 그 문화권의 사람들과 원만한 교류를 해야 했기에 언어 소통이 동반되어야 했습니다. 여행하는 그 나라 말을 잘 구사하면 좋겠지만, 대부분의 경우엔 영어가 필수적이었습니다. 저로서는 천만다행이었습니다. 저는 미군에서 카투사로 군 복무를 마치기도 했고, 대학에서는 제2 전공으로 영문학을 했던 터라 사람들과 영어로 대화하는 데는 무리가 없었습니다.

우선 카우치서핑에 회원 가입을 하고 프로필을 작성했습니다. 카우치서핑에서 좋은 호스트와 서퍼가 되기 위해서는 프로필 작성이 중요했습니다. 나는 어떤 사람인지, 무엇을 하며 어떤 관심사가 있는지, 어떠한 교류를 할 수 있는지 등에 대한 소개가 호스트나 서퍼 입장에서 모두 중요한 정보였습니다. 그래서 저는 매우 자세하고 성실하게 프로필을 작성했습니다. 본격적으로 세계 일주를 하면서부터는 제가 서퍼 입장이 될 것이었지만, 한국에 머무는 동안에는 호스트 역할을 경험해볼 수도 있었습니다. 때마침 제가 지내던 곳은 해인사였습니다. 외국인들에게 템플스테이 프로그램이 각광받던 때이기도 했지만, 해인사 자체가 외국인들에게 지명도가 높았습니다. 해인사는 유네스코 세계문화유산인 팔만대장경을 보유하고 있는 대한민국 대표 사찰 중 하나였던 것입니다. 사찰에서의 체험을 위주로 하는 체험형 템플스테이가 아니라, 실제로 절에서 자유롭게 기거하며 승려이자 호스트인 저와 대화를 하며 여러 가지 경험도 하는 기회를 제공해줄 수 있었습니다.

프로필을 작성하고 난 지 하루 만에 프랑스인 친구에게 첫 요청이 왔습니다. 그 후로 해인사에 머무는 동안 열 명 정도 서퍼를 받아 호스트로서의 경험을 쌓았습니다. 해인사에서 시자로서의 소임을 마치고 난 뒤에는 수도암으로 돌아가 대여섯 명의 외국인 서퍼를 맞아들이기도 했습니다. 이렇게 한국에서는 호스트로서 카우치서핑을 해보았습니다.

망월사 천중선원

그러다 세계 일주를 본격적으로 시작한 뒤에는 세계 각지에서 서퍼로서 총 50회가량 외국인 친구들 집에 머물렀습니다. 세계 곳곳에서 만난 친구들과 대화를 하고, 함께 도시를 거닐었으며, 같이 밥을 해 먹기도 했습니다. 많은 친구들이 기꺼이 자신이 머무는 도시를 안내해주는 가이드 역할을 해주었고, 저는 한국의 문화와 불교를 설명해주는 역할을 담당했습니다.

선원에서의 생활을 보여주기 위해 미리 챙겨간 다큐멘터리 〈백담사 무금선원〉을 함께 보기도 했습니다. 이 다큐멘터리는 2008년 여름, 제가 강원도 백담사에서 하안거를 날 적에 KBS에서 선원에서의 수행 생활을 담아 제작한 것이었습니다. 다큐멘터리를 보며 틈틈이 외국인 호스트들에게 선승의 길에 들어선 이들이 실제로 어떠한 삶을 살고 어떤 수행을 하는지, 그 수행 과정에서의 어려움은 무엇인지를 설명해주었습니다. 이 다큐멘터리 내용 중, 일주일 동안 잠을 자지 않고 수행하는 용맹정진勇猛精進이 있었는데, 잠을 자지 않고 정진하는 한국의 선승들을 보고 외국인 친구들이 무척이나 감탄했습니다.

카우치서핑에는 프로필에 소개된 내용을 단어로 검색할 수 있는 기능이 있었는데, 이 기능은 여행하는 도시의 호스트를 찾을 때 무척이나 유용했습니다. 저는 좋은 집을 가지고 더 안락한 조건을 제공하는 호스트보다는, 불교와 명상, 선禪에 관심을 가지고 있는 외국인과의 만남을 우선했습니다. 그래서 제가 검색으로 사용한 단어는 Buddhism이나 Meditation, Zen 등과 같은 것들이었습니다. 카우치서핑을 통해 이루어지는 것 중의 하나가 바로 재능 기부인데, 저는 선 수행이 제 전문 분야였기에 이에 대한 관심을 가지고 있는 사람을 우선적으로 만나려 했던 것입니다. 다행히 불교와 수행에 관심을 가진 사람들이 전 세계적으로 고루 있었습니다. 이러한 관심사를 가지고 있는 호스트들에게 서퍼로서 요청을 보내면, 얼마 지나지 않아 승낙이 떨어졌습니다. 그들에겐 한국에서 찾아온 진짜 선승을 만날 수 있는 기회였고, 저로서는 세계 도처에 있는 불교 수행자를 만나 직접 대화를 나누며 교류해볼 수 있는 기회였습니다.

　카우치서핑은 유럽이나 서구의 선진국에서 무척이나 활발했습니다. 그런데 유럽에서 카우치서핑을 하려는 한국 남자들 사이에선 농담 겸 진담인 말이 돌아다녔습니다. 동양 남성은 카우치서핑에서 다섯 번째 선호도, 즉 꼴찌라는 것이었습니다. 선호도 면에서 동양 여성이 가장 우선순위였고, 그다음에는 서양 여성, 서양 남성 순이었습니다. 그런데 네 번째는 동양 남성이 아니었습니다. 서양 여성이 데려온 개가 네 번째였고, 동양 남성은 제일 마지막이라는 '웃픈' 농담이 있었던 것이었습니다. 실제 한 한국인 친구의 경우, 프랑스 파리에 있는 100여 명의 호스트에게 서퍼 요청을 보냈지만 단 한 군데에서도 연락이 없었다는 푸념의 글을 올리기도 했습니다. 엄밀히 말하자면 저 또한 동양인 남성이었습니다. 하지만 결과적으로 예외였습니다. 프로필을 워낙 꼼꼼히 적어놓아 상대방에게 충분히 어필하기도 했지만, 동양에서 온 실제 선승이라는 정체성은 그 무엇보다도 큰 이점이었습니다. 대부분의 경우 카우치서핑 요청을 한 지 채 하루도 지나지 않아 승낙의 답변이 돌아왔던 것입니다. 이를 두고 저는 친구들에게 몽크 어드밴티지Monk Advantage라고 웃으며 말하기도 했습니다.

그런데 선승이라는 정체성이 도움이 될 수 있다 하더라도, 정작 중요한 것은 자신만의 특성화가 아닐까 하는 생각이 듭니다. 비록 열악한 자금 여건상 경비를 아끼려는 목적으로 카우치서핑을 시작하기는 했지만, 자신만이 가진 정체성이나 특기, 관심 사항은 교류에 있어 가장 중요한 요소입니다. 그러한 점에서 불교에 대한 이해와 수행의 삶이 저만의 경험이며 특기 요소가 됩니다. 하지만 모든 사람들에게는 그 자신만이 가진 정체성에서 비롯한 장점과 매력이 있습니다. 자신만이 가진 장점을 잘 찾아 나서고 특기를 알맞게 계발하고 관심거리를 어떻게 유용하게 나누는지가 사람과의 교류에 있어 가장 중요한 요소가 되는 것입니다.

그러나 이러한 점은 비단 카우치서핑에서만의 일은 아닐 것입니다.

네 명의 서퍼와 은애 씨

　　해인사에서 시자 소임을 마칠 무렵, 카우치서핑에서 공교롭게도 네 명의 서퍼가 같은 기간에 찾아오게 되었습니다. 미국 캘리포니아의 리브모어에 사는 두 아이의 엄마 '킴', 서울대 교환학생으로 이미 한국에서 지낸 바 있던 스웨덴 친구 '마이클', 한국으로 여행을 온 미국인 '민', 그리고 세계 일주 당시 직접 인도네시아에 찾아가 만나기도 했던 대학생 친구 '타미', 이렇게 모두 네 명이었습니다. 그리고 전혀 예상치 못한 인연으로 같이 지내게 된 사람이 있었는데, 그 사람이 바로 은애 씨였습니다.

　킴은 이번이 생애 처음으로 홀로 하는 여행이었습니다. 혼자 하는 여행이라 걱정이 많았던 킴은 마치 겁 많은 소녀 같은 모습이었습니다. 버스정류장에서 해인사까지 올라오는 20여 분 동안 산길에서 행여 강도라도 만나지 않을까 걱정했다는 이야기를 듣고, 저는 크게

31

웃었습니다. 마이클은 명상에 관심이 많아 불교나 절에 대해 호감이 있었고, 한국에서의 여행을 마친 후에는 인도의 한 명상 센터에서 수행할 예정이었습니다.

네 명의 서퍼 중 마지막으로 합류한 타미는 하마터면 해인사로 오지 못할 뻔했습니다. 여행 경비를 절약하고자 제주에서 목포까지 배를 타려 했는데, 그 스케줄이 잘 맞지 않았기 때문입니다. 하지만 막상 목포까지 오는 배를 탔다 치더라도, 해인사까지 오는 버스 시간이 맞지 않을 수도 있었고, 교통비나 시간 비용을 고려한다면 그리 효율적이지 않았습니다. 그럼에도 꼭 해인사에 오고 싶어 하는 타미를 위해 저는 제주에서 출발하는 대구행 비행기표를 끊어주었습니다. 마침 서울에서 내려오는 세 명의 서퍼들과 얼추 비슷한 시간에 대구에 도착했기에, 그들과 만나서 같이 해인사로 찾아오라고 연락처를 남겨주었습니다. 타미는 결국 제주에서 아침 비행기를 타고 점심 즈음 세 명의 서퍼들과 합류해 해인사로 들어왔습니다.

그렇게 우연인지 인연인지, 출신도 살아가는 배경도 다른 생면부지의 네 사람이 서울과 대구에서 만나 해인사까지 걸어 올라오는 것을 저는 일주문 앞에서 지켜보고 있었습니다. 처음 만난 네 사람은 무슨 이야기를 그렇게도 즐겁게 나누는지, 저 멀리 아래 산길에서부터 웃음소리를 싣고 오는 듯했습니다.

저는 네 명의 친구들에게 해인사에서 머무르게 될 방을 안내해주고 도량을 구경시켜주었습니다. 그래도 한국의 대표 사찰에 왔으니,

장삼을 입은 스님들이 멋지게 법고를 치는 모습도 구경시켜주고, 저녁에는 법당에 들어가 장엄한 분위기 속에서 같이 예불을 모시기도 했습니다. 서퍼들에게 소곤소곤 작은 목소리로 법당 안 구조에 대해 설명을 해주고 밖으로 나오던 때였습니다. 갑자기 등 뒤에서 누군가 "익스큐즈 미?"라며 말을 걸어왔습니다. 고개를 돌려보니 한 동양 여자분이 저를 바라보고 있었습니다. 영어를 쓰는 걸 보면 외국에서 온 사람 같았습니다. 여자가 저에게 말했습니다.

"사실 오후부터 당신들 일행을 눈여겨보았어요. 외국인들을 데리고 다니면서 절을 구경시켜주는 스님이 신기했거든요. 사실 저도 당신들하고 함께 다니고 싶었지만, 용기가 없어서 말하지 못했어요."

"아, 그러셨군요. 근데 혹시 해인사에 누구를 알고 찾아오셨는가요?"

"아뇨. 해인사가 유명하다 보니, 시간이 나서 한번 들렀어요."

"네 그럼 실례지만, 어느 나라 분인지 여쭤봐도 될까요?"

여자는 제 질문에 씨익 웃으며 오히려 저에게 되물었습니다.

"제가 어느 나라 사람같이 보여요?"

"중국? 아니면… 말레이시아? 아니면 몽골?"

도무지 가늠이 되질 않는 국적이었습니다. 여자는 해맑게 웃었습니다.

"아니에요. 저 한국인이에요."

한국 이름은 김은애, 벨기에 이름은 도핀 킴. 은애 씨는 두 살 때

벨기에로 입양되었습니다. 은애 씨는 모국인 한국에 실제 부모를 찾으러 온 것이었습니다. 당시에 외국으로 입양된 한국인들에게 실제 부모를 찾아주는 텔레비전 프로그램이 있었는데, 마침 본인이 섭외되어 한국에 온 것이라 했습니다.

"그래서 실제 부모님을 찾으셨는가요?"

"아뇨. 아직은 몰라요. 며칠 뒤 방송국에서 연락이 올 거예요."

이렇게 은애 씨와 이런저런 이야기를 나눈 뒤 저는 좋은 소식이 있길 바란다는 인사를 남기고 네 명의 친구들과 함께 자리를 떠났습니다. 친구들에게 저녁 식사로 해인사 근처에서 맛있기로 소문난 들깨 칼국수를 대접하기로 했던 것이었습니다.

그런데 이상했습니다. 친구들과 주차장을 향해 걸어가는데 자꾸 은애 씨 얼굴이 보였습니다. 마지막 작별 인사를 나눌 때 풀 죽은 듯 떨어진 눈빛이 눈앞에 어른거리는 것이었습니다. 주차장으로 향하던 저는 결국 친구들에게 양해를 구했습니다. 만일 불편하지만 않다면, 좀 전에 법당 앞에서 만난 은애 씨도 같이 식사를 하면 좋지 않을까 하는 생각이었습니다. 다행히 모두들 흔쾌히 응해주었습니다. 서둘러 법당 앞으로 돌아가 보니, 은애 씨는 법당 앞에서 서성이고 있었습니다.

"은애 씨, 사실 우리 저녁 식사로 들깨 칼국수 먹으러 가기로 했는데, 시간 되면 같이 가실래요?"

은애 씨는 마치 저를 기다렸다는 듯, 미소로 화답해주었습니다.

해인사 퇴설당으로 온 카우치서퍼들

타미와 은애 씨를 제외한 나머지 세 명은 다른 일정이 이미 계획되어 있어, 1박 2일의 짧은 템플스테이를 마치고 모두 대구로 향했습니다. 타미와 은애 씨, 저는 퇴설당의 제 처소에서 차와 커피를 마시며 조용히 대화하는 시간을 가졌습니다. 문득 은애 씨가 물었습니다.

"스님, 저는 왜 부모님으로부터 버려졌을까요? 저는 왜 한국이 아닌 벨기에에서 살아야 했을까요?"

은애 씨는 기억도 하지 못하는 아기 때 벨기에에 입양되어, 벨기에 사람으로 살았습니다. 운 좋게 좋은 부모님을 만나 나름 순탄한 삶을 살고 있지만, 자신의 정체성에 대한 고민은 해결되질 않고 있었던 것입니다. 이런 고민 때문인지 은애 씨는 벨기에에서 자신의 정체성을 찾아가는 주제로 그림을 그리는 화가로 활동하고 있었습니다.

참 힘든 질문이었습니다. 제가 겪어보지 않은 사항이었고, 은애 씨와 같은 배경을 가진 사람을 여태껏 만나보지도 못했습니다. 저로서는 은애 씨가 평생 가져왔던 의문과 혼란에 공감할 수 있는 여지가 너무 적었습니다. 그래도 대답은 해주어야만 했습니다.

"수많은 생의 인연과 인과로써 은애 씨의 삶이 그렇게 흘러가게 되었어요. 그렇기에 그것이 꼭 잘못되었거나, 버림받았다거나, 어긋났다는 식으로 생각하지 않았으면 좋겠네요. 그 모든 일에는 다 그럴 만한 이유가 있는 거예요. 하지만 아직 진리에 밝지 못한 우리들이 그 모든 이유나 배경을 알거나 이해할 수 있는 것은 아니라는 말입니다. 지금은 잘 납득되지 않아도, 나중에 시간이 흘러 알게 되기도 하고 이해하게 되는 일도 있는 겁니다. 그러니까 좀 여유롭게 기다려보는 게 어떨까요?"

은애 씨는 대답 없이 가볍게 고개를 끄덕였습니다. 이해는 할 수 있지만, 흡족할 만한 대답은 아니었던 것입니다.

지금 생각해보아도 저의 대답은 참 허술했습니다. 그 이유는, 제가 충분히 공감해주지도 위로해주지도 못했기 때문입니다. 그녀에게 필요한 것은 사실 이해와 설명이 아니었습니다. 그녀에게는 공감과 위로가 필요했습니다. 그러나 저는 그런 마음을 선뜻 내주지 못한 것 같아 저런 대답을 했던 제 자신이 부끄러웠습니다. 은애 씨는 어린 시절 겪었던 아픔과 상처를 용기 내 드러내었건만, 저는 그저 원론적인 이야기만 했던 것입니다. 설명으로는 옳을 수야 있겠지만, 이해와 공감에서는 완전히 틀렸습니다. 공감 능력이 부족하다고 여겨지는 저의 패착이었습니다. 그리고 그 당시를 떠올리며 글을 적어가는 지금, 만일 같은 질문을 받는다면 과연 무슨 이야기를 해줄 수 있을 것인가 저 스스로에게 묻게 됩니다. 그러나 아무래도 이 말 외에 특별한 대답은 떠오르지 않습니다.

'미안합니다.'

은애 씨의 외로움에 공감해주지 못함도 미안하고, 그걸 설명하려 했던 것도 여전히 미안합니다. 그래선지 저는 은애 씨만 생각하면 항상 미안하다는 말이 먼저 떠오릅니다. 그러고는 부끄러워서 어딘가로 숨어들어 가고 싶기만 합니다.

1

여행도 삶도,
꼭 의미가 필요할까요?

시작의
108
번
게
이
트

범어사 금어선원에서 하안거를 마치고 며칠 뒤인 9월 10일이 세계 일주 시작일이었습니다. 제 세계 일주의 시작점은 바로 티베트의 수미산이었습니다. 영어로 카일라스, 현지 말로 킹 리포체라 불리는 수미산은 불교의 우주관에서 그 중심에 자리 잡고 있는 성산聖山입니다. 수미산은 비단 불교뿐만 아니라 힌두교, 자이나교에서도 우주의 중심에 있는 산이라 믿고 있습니다. 그래서 많은 종교인들이 인생에 꼭 한 번은 순례하고 싶어 하는 성지였습니다. 수미산을 이번 만행의 시작점으로 삼은 데에는 이렇듯 불교에서 수미산이 지니는 상징적 의미가 있기 때문이었습니다. 하지만 좀 더 직접적인 다른 이유가 있기도 했습니다.

그 언젠가 저는 사형 스님께서 수미산을 직접 순례하며 찍은 사진을 본 적이 있습니다. 커다란 액자 안에 담긴 수미산을 바라보며, 저는 지형물로서의 설산이 아닌 그 어떤 말로도 형언하기 어려운 거대한 절대의 인격과 마주하는 듯한 강렬한 인상을 받았습니다. 그것은 제가 수미산을 보는 게 아니라, 마치 수미산이 저를 보는 것과 같은 오묘한 느낌이었습니다. 수미산이 저에게 무언가 말을 건네는 것만 같았습니다. 이 강렬했던 기억이 이번 수미산 순례의 가장 결정적인 이유가 되었는지도 모르겠습니다.

그럼에도 수미산 순례를 망설일 수밖에 없었습니다. 이유는 다름 아닌 값비싼 여행비 때문이었습니다. 십수 년 전 티베트 여행에 제약이 적었던 시절에는 어떻게든 라싸에 도착하기만 하면 여행자들이 삼삼오오 모여 지프를 렌트하고 티베트 모든 지역을 자유롭게 돌아다닐 수 있었습니다. 하지만 지금은 상황이 확연히 달랐습니다. 2012년을 전후로 라싸에서는 티베트 분리 독립을 주장하는 스님들의 분신 사건이 수차례 일어났고, 그 밖의 다른 지역에서는 중국 공산당 정부를 규탄하는 대규모 시위가 일어나기도 했습니다. 때문에 티베트는 정치·사회·종교적으로 굉장한 이슈 지역이 되었고, 이런 민감한 상황으로 인해 티베트는 자유롭게 여행하기 힘든 지역이 되어 버렸습니다. 그러던 와중 다행스럽게도 제가 티베트로 향한 2012년 9월에는 한시적으로나마 규제가 풀린 상황이었습니다.

티베트는 개별 여행은 불가능했습니다. 반드시 중국 여행사를 통해 일정 인원이 채워져야만 티베트를 다닐 수 있었습니다. 개별 여행이 아닌 여행사를 통한 티베트 순례는 교통, 호텔, 식사, 가이드, 운전사, 퍼밋 비용 등을 모두 포함했기에 무척이나 비쌌습니다. 날수로

계산해보니 하루 여행비가 무려 20만 원에 가까웠습니다. 티베트 순
례를 마치고 저 홀로 중국 여행을 할 적에 하루 평균 2만 원 정도의
경비가 들었던 점을 감안한다면, 정말로 터무니없이 비싼 여행이었
습니다. 하지만 수미산을 첫 순례지로 결정한 이상 저에게는 선택권
이 없었습니다. 중국의 영토에 들어가 돌아다니니, 중국 정부의 결정
에 따를 수밖에 없었던 것이었습니다.

　이번 수미산 순례객은 총 열한 명이었습니다. 저를 포함한 비구, 비
구니 스님이 열 명이었고, 한 비구니 스님의 친동생인 거사님이 함께
했습니다. 그런데 우연인지 인연인지 출발부터 의미심장했습니다. 저
희 수미산 순례객들을 청두로 실어다 주는 에어차이나 비행기가 출
발하는 게이트 번호가 바로 108이었던 것입니다. 숫자 108은 불교에
서 중생이 지니는 번뇌의 숫자라는 의미가 있습니다. 그렇기에 이 번
뇌를 닦고 잘못을 참회한다는 의미에서 108 참회가 있는 것입니다.
108은 번뇌의 수이면서 동시에 참회와 수행을 통해 지혜가 발현될

수 있는 묘한 의미의 숫자입니다.

여행의 무사 안전을 발원하고 수행의 마음가짐을 이어가고자 여행 중에도 매일 108 참회를 하기로 결심했는데, 이 세계 일주를 시작하는 그 첫 관문이 108이라니. 말 그대로 번뇌 속으로 빠져들어 가게 될지 아니면 이 번뇌마저도 수행과 참회를 통해 지혜로 발현시킬 수 있게 될지, 이 게이트를 통과한 2년 뒤 즈음엔 어느 정도 가늠이 될 것이었습니다. 이 108번 게이트를 지나며 저의 세계 일주가 드디어 시작되었습니다.

티
베
트
의

주
도
,

라
싸

인천에서 출발한 비행기는 약 일곱 시간이 걸려 밤늦은 시간, 중국 청두에 도착했습니다. 하룻밤을 묵고 다음 날 새벽 다시 티베트 라싸로 향하는 비행기를 탔습니다. 그로부터 세 시간 뒤 비행기는 라싸의 공가 공항에 도착했습니다. 전날 호텔에서도 네 시간밖에 자지 못한 저희 일행은 앞선 비행의 여독도 해소하지 못한 채로 티베트에 도착한 것이었습니다. 옆자리에 계신 스님이 저를 흔들어 깨우셔서 엉겁결에 눈을 떴습니다. 그 순간 눈에 들어온 창밖의 모습에 저는 오랜 시간 어리둥절했습니다. 황량하게 헐벗은 듯한 누런 산이 공항 주위를 병풍처럼 둘러싸고 있었고, 푸른 하늘에는 하얀 뭉게구름이 빼곡하게 메워져 있었습니다. 피로에 짓눌려 멍한 상태이기는 했지만 지금까지 접해온 풍경과는 전혀 다른 풍광에 정신이 번쩍 들었습니다. 이제껏 사진이나 영상으로만 봐왔던 티베트에 마침내 도착한 것이었습니다.

라싸에 도착한 첫날 일정은 달라이 라마가 더위를 피해 여름을 지낸 별궁이었던 노블링카 참배였습니다. 라싸 내의 유네스코 세계문화유산 중 하나였던 노블링카는 말끔하게 관리되어 있었습니다. 중국 정부가 티베트 지역을 관할하게 된 이후 티베트 모든 지역은 중국의 여느 도시처럼 말끔하게 정비된 상태였습니다. 도로나 건축물들이 제법 질서 정연한 모습으로 정비되어 있었지만, 20년 전 이곳 라싸를 방문하셨던 노스님은 그때와 비교해 너무 현대화된 모습에 격세지감을 느끼며 아쉬워하셨습니다. 우리 일행은 주인 없는 궁전을 순례객의 자격으로 참배했지만, 저로선 사람의 흔적 없이 말끔한 모습에 다소 쓸쓸함이 느껴지기도 했습니다. 라싸에 도착한 당일엔 노블링카 참배 외엔 일정이 없었습니다. 나머지 시간은 고산 적응을 위한 휴식 시간이었습니다.

그도 그럴 것이 라싸의 해발 고도는 무려 3,600미터였습니다. 이는 저지대에서 살던 순례객들이 고산병을 느낄 수 있는 고도이기도 했습니다. 노블링카를 거닐 때만 해도 몸에 큰 이상이 없었지만, 숙소로 돌아와서 저는 혼절하듯 두 시간 내리 잠에 빠져들었습니다. 그런데 잠에서 깨고 나니 상황은 영 달랐습니다. 목 뒷덜미에 쉽게 가시지 않을 듯한 묵직한 두통이 찾아들었습니다. 문제는 저뿐만이 아니었습니다. 다른 스님들에게도 저와 비슷한 이상 증세가 나타났습니다. 왕진 의사를 불러 진단해보니, 보통의 경우 혈액 산소 함량 수치가 95 정도 되어야 정상인데 제 경우는 79로 떨어진 상태였습니다. 전형적인 고산병의 징후였습니다. 그나마 젊은 나이여서 저는 이 정도였지만, 같이 순례를 하는 노비구니 스님들은 그 수치가 55까지 떨어진 상태였습니다. 고산병을 심하게 느끼시는 분들은 구토를 하시고 밥도 못 드실 지경이었습니다. 앞으로 라싸를 떠나 13일간의 수미산 순례 일정을 소화해야 했기에 예방 차원에서라도 저희 순례객들은 주사와 약 처방을 받았습니다. 그래도 모두들 오랫동안 산에 살아온 스님들인 덕분인지, 다음 날 아침에는 대부분 기운을 회복해 활기찬 모습들이었습니다.

라싸 일정의 백미는 역시 포탈라궁과 조캉 사원이었습니다. 티베트의 손챈감포 왕이 지은 이 포탈라궁은 달라이 라마의 거처로 널리 알려져 있습니다. 라싸에서 제일의 명소이기 때문이겠지만 입장권도 200위안으로 가장 비쌌습니다. 방문객들이 워낙 많은 탓에 궁에 들어가는 그룹의 관람 시간도 한 시간으로 제한되어 있었습니다. 정치와 종교가 일치하는 티베트에서 하얀 빛깔의 백궁은 티베트의 정치를 관할하고, 붉은 빛깔의 홍궁은 종교를 관할합니다. 한정된 시간 탓에 순례객들은 가이드로부터 이 백궁과 홍궁의 주요한 장소나 시설에 대한 설명을 신속하게 전달받는 수준으로 관람을 진행했습니다. 이렇게 속전속결로 포탈라궁 참배를 마친 뒤 가게 된 곳은 바로 조캉 사원이었습니다.

조캉 사원은 손챈감포 왕의 아내이자 당나라 태종의 조카딸인 문성공주가 장안(현재의 시안)에서 가져온 석가모니 불상을 모시기 위해 지어진 사원입니다. 오랜 역사 동안 조캉 사원은 티베트인들에게 있어서 영적인 중심지이자 가장 성스러운 사원이었습니다. 그리고 티베트 순례객들의 최종 회향지이기도 했습니다. 다큐멘터리 〈차마고도〉를 보면 라싸로부터 수천 킬로씩 떨어진 티베트의 여느 고원에서 한 사람이 오체투지를 하며 순례를 시작합니다. 고행에 비견될 수 있는 몇 달간의 오체투지 수행을 하며 순례객은 마침내 이곳 라싸에 도착합니다. 그리고 라싸에서도 바로 이곳 조캉 사원에서의 기도를 마지막으로 그 길고도 힘겨웠던 순례가 대단원의 막을 내리게 됩니다.

과연 조캉 사원에서는 많은 티베트인들이 오체투지를 하고 있었고, 마니차를 돌리며 기도하는 모습도 자주 볼 수 있었습니다. 그런데 순례객들이 한 붉은 문 앞에서 문의 손잡이를 만지고 지나가는 것이 유난히 눈에 띄었습니다. 무언가 중요한 장소의 입구처럼 보이는 그 문의 금색 문고리에는 오색 타르초로 엮은 손잡이가 있었습니다. 그 손잡이를 잡고 복을 비는 듯한 주문을 외우고 지나가는 사람이 많았던 것입니다. 그 문고리를 대하는 모습이 한국과 다른 바가 없어 보여 저는 잠시 웃고야 말았습니다. 사실 한국의 절집에서는 '선방 문고리만 잡아도 삼악도(三惡道: 세 가지 나쁜 길로 지옥, 아귀, 축생을 뜻한다)는 면한다'는 말이 있습니다. 스님들이 수행을 하는 장소인 선방의 문고리를 단 한 번만이라도 잡으면 나쁜 윤회에서 벗어날 수 있다는 믿음이 있는 것입니다.

오색 타르초로 엮은 손잡이와 문고리

2008년 겨울, 동화사 금당선원에서 동안거 정진을 할 때였습니다. 스님들이 수행하는 선원은 사실상 외부인들의 출입이 금지됩니다. 그런데 스님들이 점심 공양을 하기 위해 자리를 비운 사이, 한 노보살님이 선원에 몰래 들어와 계셨습니다. 당시 저는 찜통에서 찌고 있던 고구마를 미리 꺼내놓기 위해 다른 스님들보다 일찍 선원에 돌아가던 중이었습니다. 노보살님은 선방 문고리를 잡고 작은 소리로 중얼거리며 기도를 하시다, 그만 저를 보고는 화들짝 놀라셨습니다. 예상외로 빨리 선원으로 돌아온 저를 보고 보살님은 곧장 그 자리에서 도망가려 하셨습니다. 원칙에 엄격한 스님인 경우, 일반인들의 출입이 금지된 선원에 무단으로 들어오시는 분께 간혹 엄정하기도 했습니다. 하지만 저는 그 정도의 원칙주의자는 아니었습니다. 저는 잰걸음으로 자리를 떠나시던 보살님을 불러 세웠습니다.

"보살님, 그래도 기왕 들어오신 김에 시작한 기도는 마저 다 끝내고 가세요. 저는 괜찮아요. 어른 스님들 오시기 전에만 다 끝내시면 됩니다."

보살님은 쭈뼛거리는 모습으로 정말 그래도 되겠느냐며, 재차 저에게 물었습니다. 저는 고구마를 꺼내기 위해 자리를 피해주었습니다. 보살님은 잠시 머뭇거리는 모습을 보이는가 싶더니, 이내 마치 무슨 소중한 물건을 만지는 것처럼 다시 선방 문고리를 잡고 기도를 이어가셨습니다.

조캉 사원에는 순례객들만 있는 것은 아니었습니다. 순례객을 향해 '아미타불'을 무한 반복으로 외쳐대며 구걸하는 아이들도 있었습니다. 재밌는 것은 아이들 모두 하나같이 절박하고 불쌍해 보이는 듯한 표정으로 연기하고 있다는 사실이었습니다. 아무래도 이러한 표정을 지어야지만 순례객들에게 더 많은 돈을 얻어낼 수 있었나 봅니다. 그렇게 간절한 표정으로 아미타불을 부르다가도, 매서운 눈을 한 사원 관리인과 마주치면 아이들은 친구들과 재빠르게 눈빛 교환을 한 뒤, 아주 날렵하게 자리에서 도망쳤습니다. 그리고 관리인이 멀리 사라진다 싶으면, 다시 순례객들의 행렬로 들어와 예의 이전과 같이 불쌍해 보이는 표정으로 구걸을 시작했습니다. 그런 표정 연기 때문이겠지만, 당연히 아이들이 불쌍하다고 느껴지지는 않았습니다.

하지만 저는 아이들에게 푼돈이나마 적선을 해주었습니다. 다름 아닌 바로 그 노력 때문이었습니다. 진실이든 거짓이든, 그 노력에 대한 보상은 꼭 해주고 싶은 것이었습니다. 게다가 그토록 날렵하게 도망을 쳤다가도 다시 사원으로 돌아와 천연덕스럽게 구걸하는 아이들의 모습이 좋아 보이기도 했습니다. 성스러움과 인간스러움이 한데 어울려 있는 이 모습이 오히려 보기 좋았던 것입니다. 선원이든 조캉 사원이든 기도와 수행을 하는 성스러운 공간인 것은 사실이지만, 이곳에서도 여전히 인간적인 일들은 활기차게 벌어지고 있었습니다.

해발 6,714미터의 카일라스산은 불교, 힌두교, 자이나교와 티베트 토착 종교인 본교 등 4대 종교의 성산聖山입니다. 카일라스산이 영혼의 성소나 신의 영역, 깨달음의 상징으로 대변되는 만큼이나 이 성산은 여지껏 그 어떤 인간에게도 등반이 허락되지 않았습니다. 세계의 여러 등반가들이 카일라스산을 물리적으로 정복하고 싶어 했으나, 끝내 모두 실패하고야 말았던 것입니다. '오직 죄가 없는 사람만이 카일라스 정상에 오를 수 있다'는 티베트인들의 믿음은 이러한 사실을 통해 더욱 군건해지는 듯 보였습니다.

카일라스에 대한 경외와 신에 대한 믿음을 가진 사람들은 정복이 아닌 순례를 합니다. 이 성산을 중심으로 시계 방향으로 돌면서 깨달음을 얻고자 하는 마음으로 수행하는 순례를 코라Kora라고 합니다. 카일라스산을 신성시하는 사람들에게 이 코라는 일생일대의 과업이자 소망입니다. 총 52킬로에 달하는 이 순례의 길은 대부분의 일반인들에게는 2박 3일이 걸리며, 오체투지를 하는 순례객들에게는 보름 이상의 날이 소요됩니다. 티베트인들의 믿음에 따르면, 코라를 한 번 하면 전생의 죄업이 소멸되고, 108번을 해내면 윤회의 굴레에서 벗어나 곧장 해탈을 이룬다고 합니다. 이런 코라에 대한 믿음이 확고한 것은 아니었지만, 저에게 있어서 이번 티베트 여행의 가장 큰 목적은 이 카일라스 코라였습니다. 우주의 중심에 있는 수미산이라는 측면에서의 의미도 강했지만, 이번 저의 세계 일주는 바로 이곳으로부터 시작된다는 저 혼자만의 다짐도 있었습니다.

카일라스 코라의 전초 도시였던 다르첸은 해발 4,700미터 높이에 있습니다. 그러나 다르첸의 숙소에서 하룻밤을 자고 난 뒤에 제 몸 상태는 썩 좋질 않았습니다. 아침에 일어나니, 참기 힘든 수준의 두통이 쏜살같이 밀려들었습니다. 이제껏 머물던 숙소가 4,000미터를 넘어서지는 않았는데, 4,000미터를 훌쩍 넘어서는 곳에서 지내려니 한계선 근처로 다다랐던 두통이 그만 머릿속에서 터지듯 덮쳐온 것이었습니다.

아픈 머리를 움켜쥐고 비구니 스님들 방을 찾아갔습니다. 스님들은 마늘 수프를 먹어야 한다, 고산병 약을 먹어야 한다 등등 조언해 주셨지만, 속도 좋지 않았던 관계로 간단히 무차만 마실 수 있었습니다. 가이드였던 김 부장님께 두통을 호소하니 차에서 압축 산소통을 가져와 주셨습니다. 그렇게 산소를 20분 정도 마시고 나니, 산소 부족으로 밀려왔던 두통의 절반 정도가 해소되는 듯했습니다. 그러나 여전히 몸 상태는 좋지 않았습니다. 그렇다고 해서 이미 정해진 코라 일정을 포기하거나 조율할 수도 없는 노릇이었습니다. 그냥 가는 수밖에 없었습니다.

외부 코라의 첫날 일정은 총 20킬로였습니다. 그중 초반 8킬로는 지프를 이용하기로 했습니다. 저처럼 고산병 증세를 보이는 스님들이 생기기 시작했고, 노스님들의 건강 상태를 염려해서였습니다. 그렇게 첫날은 12킬로만 도보로 소화하면 되는 비교적 간단한 일정이었습니다.

지프를 타고 타보체에 내리면서부터 본격적인 코라가 시작되었습니다. 코라를 시작한 지 얼마 되지 않아 저희처럼 순례를 하는 티베트 현지인들을 만나게 되었습니다. 말간 얼굴의 한 티베트인 가족이 순례를 하고 있었고, 멀리서 찾아온 순례객들의 짐을 싣고 올라가는 야크들과 야크 몰이꾼도 있었습니다. 순례를 하는 티베트인들은 야크의 도움을 받지 않고, 자신들의 짐을 손수 포대기로 감싸 몸에 묶어 짊어졌습니다. 모두들 환한 표정에 가벼운 걸음걸이였습니다. 주인이 없어 보이는 듯한 개들도 저희 일행을 힐끔 쳐다보더니 아무렇지 않게 계곡길을 따라 총총 올라갔습니다. 저 개들도 업장 소멸을 위해, 깨달음에 도달하기 위해 순례를 하는 중일까. 축생의 모습임에도 걸음걸이가 예사롭지 않아 보였습니다.

순례자들

아마도 어젯밤 두통으로 숙면을 취하지 못해서였을 것입니다. 드넓은 순례의 길 위를 걸으며 저는 마치 꿈을 꾸는 듯했습니다. 이것이 생각인지 생각이 아닌지, 내 몸인지 내 몸이 아닌지 모르겠는 의심스러움을 느껴가며 힘겹게 발걸음을 옮겼습니다. 내가 진짜 순례를 하는 것이 아닌, 마치 꿈 안에서의 원제가 순례하는 모습을 바라보는 듯했습니다. 그렇게 얼마간 걸어가다 보니 오체투지로 순례를 해나가고 있는 티베트 여인들도 만나게 되었습니다. 땅바닥으로 몸을 내던지는 그들의 수행에 마음이 뭉클해졌습니다. 하지만 제 몸의 상태는 갈수록 악화되고 있었습니다. 본래 분홍빛이었던 손끝이 시간이 지나며 점차 검게 물들었습니다. 엄지와 검지 뿌리 사이의 두툼한 살도 돌처럼 딱딱하게 굳어버렸습니다. 기혈이 통하지 않고 소화도 제대로 되지 않는 지금의 몸 상태를 알려주는 것이었습니다. 전형적인 고산병 증세였습니다.

중간 쉼터에 도달해서야 비로소 몇몇 스님들이 고산병 증세를 심각하게 호소했습니다. 낯빛이 심하게 어두웠던 노비구니 스님은 결국 말을 타고 숙소까지 올라가기로 결정했습니다. 다시 순례의 길을 나서고 얼마 지나지 않아 점심시간이 되었건만, 저는 두통 때문에 밥을 먹을 수가 없었습니다. 스님들께서 점심 식사를 하는 와중에도, 순례하며 걸어가는 동안에도 카일라스는 구름으로 가려져 있어 그 모습을 보여주지는 않았습니다. 식사가 끝나고 다시 시작된 코라에서 저는 고산병 증세로 걷기가 힘들었습니다. 저는 자주 바위에 앉아 휴식을 취해야만 했습니다. 평상시 보통 스님들보다 체력이 좋은 편이었고, 등산도 곧잘 해내는 편이었는데, 고산에서의 체력 상태는 그 누구도 장담할 수 없다는 말을 뼈저리게 실감했습니다. 제 몸이 이렇게 대책 없이 무너질 줄은 저 역시도 몰랐던 것입니다. 그럼에도 칠순이 넘은 노비구 스님들은 이미 저를 한참 앞질러서 성큼성큼 걸어나가고 계셨습니다. 그러나 숙소까지의 길은 여전히 멀었고, 대자연이 보여주는 계곡길은 도무지 끝이 없어 보였습니다. 그렇다고 순례객 중 유일하게 30대인 제가 칠순이 넘으신 어른 스님들을 뒤로 하고 말을 타고 올라가는 것은 아무리 생각해도 부끄러운 일이었습니다.

그렇게 계속 걸어나갔습니다. 마침내 해발 5,200미터에 있는 디라푹 곰파 근처의 게스트하우스에 도착했습니다. 비록 12킬로의 가벼운 여정이었지만, 산소 부족으로 인한 압박 때문에 코라가 무척이나 힘들었습니다. 허기를 간신히 때울 정도로만 대충 저녁을 먹고, 덮쳐들 듯 찾아온 피곤기에 곧장 잠자리에 들었습니다. 북경 시간으로 채 9시도 안 된 시간이었고, 바깥은 아직도 황혼의 빛이 남아 주위를 감싸던 저녁 시간이었습니다. 이렇게 첫날은 어떻게든 마쳤으니 내일의 일은 내일 생각하기로 했습니다. 그렇게 저는 고된 하루를 마치고 잠을 청하기로 했습니다.

하지만 결과적으로 그건 큰 착각이었습니다. 이날 밤에 잠은 허락되지 않았습니다. 저녁 9시쯤 잠에 들기 시작했고, 중간에 그만 눈이 떠졌습니다. 주변을 보니 여전히 한밤이었습니다. 너무 피곤해서 곯아떨어졌으니 아마 곧 새벽이 다가오겠다는 생각이 들었습니다. 머리가 지끈지끈 아파왔습니다. 그런데 그냥 아픈 수준이 아니었습니다. 마치 아주 힘이 센 거인 둘이서 온 힘을 다해 제 머리를 힘껏 짓누르는 듯한 두통이었습니다. 어영부영 잠자리에서 일어나 손목시계를 보았습니다. 그런데 이상했습니다. 왜 이렇지… 시계가 고장 났나? 시간은 고작 10시 20분이었습니다. 잠을 청한 지 한 시간이 지나 몰려든 두통 때문에 저는 잠에서 깨어난 것이었고, 기상 시간인 아침 6시가 되기까지는 무려 여덟 시간이나 남아 있었습니다. 산소 부족으로 인해 머리가 이토록 아파온 것이기에, 아침이 되어 다시 산소를 마셔야겠다고 생각하던 차였는데, 그 시간이 무려 여덟 시간이나 남은 것이었습니다.

　별 방법이 없었습니다. 어떻게든 다시 눈을 붙이고 잠을 청해야만 했습니다. 그래야만 고통을 잊고 새벽까지 보낼 수 있었습니다. 저녁 식사 후 고산병 약인 다이아막스를 먹었던 터라, 요의가 느껴졌습니다. 밖으로 나가 숙소에서 적당히 떨어진 곳에서 소변을 보고 난 뒤, 게스트하우스 뒤편에 있는 카일라스를 올려다보았습니다. 카일라스는 여전히 짙은 구름에 감싸여 있었습니다. 혹시나 하는 기대로 잠시 기다려보았지만 구름은 가시질 않았습니다. 그렇게 저는 별수 없이 다시 숙소로 돌아와 침낭 안으로 들어갔습니다. 잠을 청하기 위해 두통에 신경 쓰지 않고 아무 생각 없이 가만히 앉아 있었습니다. 그러나 시간은 초 단위가 느껴질 정도로 한없이 느리게 흘러갔고, 두통은 그 초마다 뚜렷하게 느껴졌으며, 제가 그토록 고대했던 잠은 끝내 찾아오지 않았습니다.

숨도 잘 쉬어지지 않았고 잠도 오지 않았습니다. 12시가 되어 저는 잠들기를 포기해버렸습니다. 숙소 안이 갑갑하게 느껴져서 밖으로 나왔습니다. 밤공기는 싸늘했고, 부슬부슬 안개비가 내리고 있었습니다. 무슨 소리가 나서 깜짝 놀라 뒤를 쳐다보니 휴식을 취하고 있는 야크 떼 무리가 눈앞에 보였습니다. 야크는 랜턴 빛을 들이대도 별 움직임 없이 자리에 앉아 저를 빤히 쳐다보고 있었습니다. 잠시 생각을 해보았습니다. 과연 이 정도로 잠에 들지 못했던 밤이 있었는지 말입니다. 20대 초반, 버스 추돌 사고로 병원에 입원한 적이 있었습니다. 당시 충격으로 갈비뼈가 서너 개 부러지고, 그 부러진 갈비뼈가 그만 폐를 찔러 폐에 핏물이 차 수술까지 해야만 했습니다. 몸은 이를 데 없이 고통스러웠지만, 진통제와 안정제 덕분에 밤에 잠들지 못한 일은 없었습니다. 힘들어서 기절하듯이 잠에 빠져들었다가, 몇 시간 뒤에는 온몸의 구석구석을 때리는 듯한 통증을 느끼며 다시 잠에서 깨어났습니다. 그럼에도 그때는 고통의 시간과 고통을 잊은 시간이 분명하게 나뉘어져 있었습니다.

그러나 고산병으로 나타난 두통은 전혀 예상 밖이었습니다. 고통이 사라지질 않았던 것입니다. 처음부터 끝까지 머리가 부서질 듯 아팠습니다. 아스피린이나 다이아막스도 아무런 효과가 없었습니다. 4,700미터와 달리 5,200미터는 전혀 다른 수준의 고통을 가져다주었습니다. 야크 몰이꾼들은 아직 잠들지 않았는지 두런두런 작은 목소리로 이야기를 나누고 있었습니다. 저는 혹시나 몸을 움직여 피곤해지면 잠을 잘 수 있지 않을까 싶어 한동안 밖을 거닐었습니다. 하지만 아무런 효과도 없었습니다. 부슬비를 맞으며 밖에 오래 있던 탓에 체온도 점점 떨어지는 듯해 하는 수 없이 다시 침낭 안으로 들어갔습니다. 차가운 밤공기를 들이켠 탓인지 잠은 더 오질 않았습니다. 자포자기 심정이었습니다. 저는 모든 걸 포기하고 침낭 안에서 누워 그저 천장을 바라만 보았습니다. 정밀하게 흐르는 시간을 체감하며 새벽 4시가 된 것을 확인하고 난 뒤, 저는 잠시 정신을 잃어버렸습니다. 그러나 이루 말할 수 없는 두통이 다시 심하게 찾아왔고 저는 다시 잠에서 깨고 말았습니다. 마음속으로 은근히 기대를 하며 조심스레 시간을 확인했습니다. 4시 20분. 다시 낙담하고야 말았습니다.

저는 생각했습니다. 이제 새벽까지 얼마 남지 않았다. 6시가 되면 나는 산소를 마시고 약을 먹고 아침 식사를 할 것이다. 그러면 몸은 좀 나아지겠지. 걸을 만은 할 것이다. 이보다 나빠질 수는 없다. 그래, 6시까지 기다리자. 그리고 압축 산소를 마시자. 살아날 길은 오직 이뿐이다. 두통과 사투를 벌이며 저는 거의 뜬눈으로 여덟 시간을 버텼습니다. 그리고 정확히 6시가 되자마자 가이드가 묵고 있는 방의 문을 두드렸습니다.

"머리가 너무 아파서 그런데요, 압축 산소 좀 마실 수 있는가요?"

마침 비구니 스님 한 분도 가이드 방 앞으로 찾아왔습니다. 스님의 얼굴을 보니 저보다 더 심각해 보였습니다. 저는 여덟 시간을 버텨냈으니, 그깟 20분 정도는 충분히 견딜 수 있었습니다. 그래서 스님께 산소를 양보했습니다. 평소 쾌활하고 여유가 넘치던 스님이었는데 그 아침에는 시름시름 앓고 있는 병자의 모습이었습니다. 그렇게 30분 정도가 지난 다음, 저는 비로소 자리에 누워 산소를 마실 준비를 하며 마음을 가다듬었습니다. 이제 잠시만이라도 고통이 상당 부분 가시겠지, 적어도 이보다는 덜 고통스럽겠지, 기대를 하며 자리에 누워 있었습니다. 드디어 산소를 마실 차례였습니다. 그런데 산소통을 만지작거리는 가이드의 손길에서 무언가 석연치 않은 상황이라는 느낌이 전해졌습니다. 코로 들어오는 산소의 바람도 영 약했고, 자꾸만 고개를 옆으로 까딱이는 가이드의 모습을 보며 무언가가 잘못되었음을 직감했습니다.

"스님, 산소 다 떨어졌는데요…."

산소가 다 떨어졌다…. 밤새도록 고통을 견디며 참고 기다려온 산소였는데, 그것이 사라졌다…. 마음은 한없이 암담해졌고, 눈앞은 순백으로 하얘졌습니다. 헛웃음이 나왔습니다. 그렇게 순백의 끝에 달하니 오히려 초연해졌습니다. 그래, 그냥 가는 거다. 죽든지 말든지. 죽어도 무슨 걱정이냐. 죽어도 이곳은 카일라스다. 순례하다 죽으면 그것 또한 영광인 성산 아니더냐. 순례를 같이한 스님들이 천도재라도 치러주겠지. 아니면 내 시체는 새들 먹으라고 조장鳥葬을 치러주든 하시겠지. 악이든 깡이든, 죽든 살든, 어떻게든 그냥 가보는 거다.

생각은 그렇게 그냥 죽든 살든 가자는 것이었습니다. 하지만 생각과 몸은 전혀 별개의 일이었습니다. 몸이 전혀 응해주질 않았습니다. 발걸음이 떼어지질 않았습니다. 열 발짝 가고 발걸음이 멈추었습니다. 또 열 걸음에 멈추었습니다. 몸 상태가 이미 바닥을 치고 있던 것입니다. 그러나 불행인지 다행인지, 옆을 돌아보니 같이 체력이 바닥난 비구니 스님 한 분이 계셔서 저는 지극한 동지애를 느끼고 있었습니다. 혼자만 괴로운 것보다, 둘이 같이 괴로운 게 조금은 안도감을 주었습니다. 시간이 지날수록 저희는 순례 그룹에서 뒤처졌습니다. 몸은 생각만큼 앞으로 나아가질 않았고, 마음은 거의 자포자기 상태였습니다. 그래도 방법이 없어 천천히 앞으로 걸어갔습니다.

그러던 차 이런 저희 앞에 구세주가 나타났습니다. 바로 말과 말몰이꾼이었습니다. 그들은 아침 일찍 고개 정상까지 순례객을 태우고 올라갔다가 다시 아래로 내려가는 중이었습니다. 가이드는 낙오 2인조를 위해 말몰이꾼을 불러 세웠고 가격 협상을 시작했습니다. 원래 코라 오르막 시작 지점부터 고개 정상까지 100달러였지만, 이미 중턱까지 왔기에 50달러로 협상을 보았습니다. 30분 타는 것 치고는 정말 비싼 운임이었습니다. 하지만 5,400미터라는 고도도 그러했고, 바닥을 칠 대로 친 몸 상태도 고려해본다면 50달러는 운임 비용이 아니라 차라리 생존 대가에 가까웠습니다. 감사하게도 비구니 스님께서 제 생존 대가까지 내주셔서 저희는 거침없이 치고 올라가는 말을 타고 손쉽게 5,630미터의 돌마라 고개 정상에 도착했습니다. 순식간에 정상에 오른 뒤 저는 속으로 굳세게 다짐했습니다.

'아, 씨… 나 몰라! 다음에 여기 다시 오거든 처음부터 말 탈 거야! 자존심 그딴 거 필요 없어! 말이야, 말!'

사실 젊은 놈이 말을 타고 어른 스님들을 제치고 앞서나가는 게 부끄럽기는 했습니다. 칠순이 넘으신 노스님들도 두루마기를 입으신 채 스스로 산에 오르셨고, 어제 그토록 몸이 좋지 않으셨다던 노비구니 스님도 스스로의 걸음으로 순례를 해내가고 계셨습니다. 하지만 저는 고산병의 증세로 생각대로 움직여지지 않는 몸 때문에 이러지도 저러지도 못할 지경이었습니다. 도무지 방법이 없었던 것입니다.

순례길의 최정상인 돌마라 고개에서 스님들과 모여 인증샷을 찍었습니다. 하지만 어제부터 카일라스산 주변을 둘러싼 두터운 구름은 여전히 가실 기미가 없었습니다. 구름에 가려 하루 종일 카일라스의 얼굴을 볼 수가 없었던 것입니다. 그렇게 아쉬운 대로 저희는 일정을 따라 돌마라 고개에서부터 하산길에 나섰습니다. 고개를 올라오는 길이나 내려가는 길 틈틈이 순례객들이 산에다 벗어놓고 간 옷들이 보였습니다. 순례객들에게 코라는 금생과 전생에 지은 죄업을 씻고 새로 태어나는 정화의 과정입니다. 코라를 마친 순례객은 새롭게 정화된 몸으로 새로운 삶을 살게 된다고 믿습니다. 그런 의미에서 순례객은 자신이 입었던 옷 중 하나를 산에다 두고 옵니다. 그 옷은 단순한 옷이 아닙니다. 그동안 그들이 인간으로 살면서 지어온 죄업이 집적된 하나의 징표이자 분신이기 때문입니다. 그 누군가는 옷이 아닌 머리카락을 남기기도 합니다. 카일라스의 바람이 이 순례객들의 죄업을 씻겨준다는 믿음으로 그들은 그렇게 옷이나 머리카락과 같은 자신들의 흔적을 남겨놓고 가는 것입니다.

등산길에 비해 하산길은 이를 데 없이 수월했습니다. 몸이 편해지니 마음에 다소 여유가 생겼는지, 계곡물 흐르는 소리도 들리고 바

카일라스

위틈에서 자라는 꽃도 눈에 들어왔습니다. 노스님은 처음부터 끝까지 당신의 페이스를 조절해가며 무소의 뿔처럼 당당히 걸어가시며 나머지 일정 모두를 스스로의 힘으로 완주하셨습니다. 그 모습을 보며 저는 제 자신에게 물어보았습니다. 제가 과연 칠순을 넘기고도 저렇게 당당히 걸어갈 수 있을까 말입니다. 그런데 이 질문의 순간, 정신이 번쩍 듭니다. 아, 안 돼, 나는 말 타기로 했지! 속지 말자 원제야, 마음 약해지면 안 돼. 어리석은 질문은 그만두자. 나약한 질문이 멈춰지면 말 타는 것이 곧장 답입니다.

　사실 나머지 하산 일정의 코라는 무난했습니다. 몸 상태가 좋아져 생각하는 대로 발을 움직일 수 있으니 정해진 일정도 무난히 따라잡을 수 있었습니다. 고산병이 점차로 약화되면서 숙면도 취할 수 있었고 피로도 줄어드니 코라의 제일 마지막에는 제가 제일로 앞서가는 수준이 되어버렸습니다. 이렇다 할 만한 사고도 없었고, 건강 악화로 코라를 포기한 사람도 없었기에 나름 성공한 순례였습니다. 하지만 순례를 하는 동안 짙게 몰려든 구름 때문에 맑은 얼굴의 카일라스를 마주하지 못한 것이 저희 순례객들의 아쉬움이었습니다.

카일라스 코라는 저희 모두에게 고행과 같은 순례였습니다. 오체투지를 하는 티베트인들의 신심에 비할 바는 아니었을지 모르지만, 그들이 겪지 않는 고산병은 저희에게 정말로 커다란 시험이자 장애였기 때문입니다. 이렇게 아쉬운 대로 코라를 마치고 저희는 다른 일정을 소화하기 위해 카일라스를 떠났습니다. 후에 구게 왕국을 돌아보고 마나사로바 호수로 오던 중에 먼 곳에서 카일라스를 다시금 보게 되었습니다. 그때 다시 본 카일라스는 푸른 하늘과 하얀 구름을 배경으로 말끔한 모습이었습니다. 정작 우리가 가까이 다가섰을 때에는 모습을 감추다 멀리 떨어진 다음에야 태연하게 모습을 보여주는 카일라스를 바라보며, 카일라스가 하나의 무심한 인격과도 같다는 느낌을 받았습니다. 무심하기에 그 누군가에게 쉽게 허락되지 않는, 투명하도록 맑은 고고함이 느껴졌습니다.

이제서야 맑은 모습의 카일라스를 보니 아쉬우면서도 한편으로는 담담했습니다. 그 언젠가 죽기 전에 제가 다시 한 번 카일라스를 찾을지도 모른다는 생각이 불현듯 찾아들었던 것입니다. 그런 의미에서의 담담한 심경으로 저는 카일라스에게 마지막 인사를 드렸습니다.

'그렇게 고고한 모습으로 한결같이 기다리고 계십시오. 제가 다시 한 번 당신을 찾아뵙도록 하겠습니다.'

나 또한 풍경이 된다

　　　　　　"사진을 찍을 때마다 사람들이 오히려 나를 찍어
요. 내가 도촬(도둑촬영의 준말)하는 것보다 사람들이 나를 도촬하는
경우가 열 배는 많을 거 같네요."

　저는 청두에 사는 중국인 친구 비키에게 이렇게 말했습니다. 중국
말도, 영어도 아닌 한국말이었습니다. 비키는 한국어를 아주 유창하
게 하는 친구였습니다. 비키가 곧 대답했습니다.

　"스님, 중국 속담에 이런 말이 있어요. '내가 풍경 그리는 것이기도
하지만 동시에 내가 풍경이 되기도 한다'라는 말이요."

　문득 놀랐습니다. 속담이지만 마치 수행의 과정이나 결과를 묘사
한 말처럼 들리기도 했던 탓입니다. 내가 풍경을 그린다는 것은 별
다른 설명이 필요 없을 정도로 자연스럽고 당연한 일입니다. 하지만

인도 우다이푸르 근교의 한 성에서 찍힌 '원제'라는 한 풍경

그 풍경을 그리는 나 자신마저도 풍경이 된다는 것은 결코 쉬운 일이 아닙니다. 내가 나를 보는 것이 아니라 허공이 나를 보아야만 가능한 일이기 때문입니다. 허공으로서의 안목을 얻는다는 것은 결코 쉬운 일이 아닙니다. 그것은 나에 대한 집착이 사라져야만 가능한 일이기 때문입니다.

청두에 사는 두 친구,
리와밀리

청두에서 카우치서핑 호스트를 찾을 때 저는 검색어 기능을 사용했습니다. 검색어는 두 가지였습니다. Buddhism 그리고 Buddhist. 그렇게 해서 최종적으로 검색되어 나온 사람이 대략 여섯 명이었는데, 그중 '리'라는 친구의 소개 글에 유난히 관심이 갔습니다. 리는 '현재에 산다'는 말을 좌우명으로 소개하고 있었습니다. 리는 붓다의 제자가 되고 싶다고 말했으며, 매일 수행을 하고 있다고 자신을 소개했습니다. 저는 주저 없이 리에게 카우치서핑 요청을 보냈습니다. 그리고 만 하루가 지나기도 전에 리에게서 답신이 왔습니다. 청두에 오는 저를 환영한다는 것이었습니다.

저는 리가 알려준 대로 청두 버스터미널에서 시내버스를 타고 리가 머무는 아파트로 찾아갔습니다. 리는 아파트 입구에서 저를 기다리고 있었습니다. 초면에 다소 어색한 인사를 나누고 거실에 앉아 대화를 하고 있자니, 리의 오랜 친구이자 동거인인 '밀리'가 방에서 나왔습니다. 밀리는 낮잠을 자고 있다가 그만 저희 대화 소리를 듣고 깬 것이었습니다. 참 속 편한 친구라는 생각이 들었습니다.

리와 밀리, 이 둘은 고등학교 때부터 오랜 기간 같이 지내온 친구였습니다. 둘 모두 청두의 외고 출신인 탓에 영어를 유창하게 구사했습니다. 그렇게 이 둘을 만나면서부터였습니다. 제 세계 일주 중 가장 긴 카우치서핑이 시작되었습니다. 무려 9일이었습니다.

리는 불교에 심취한 불자였습니다. 리는 한국에서 불교 공부를 하는 사람들에게는 익숙한 《금강경》이나 《육조단경》을 읽어나가고 있는 중이었고, 그중 《금강경》을 사경(寫經: 경전을 그대로 베껴 쓰는 것)하는 수행을 해나가던 중이었습니다. 한국에서 나름 신심 있는 불자가 하는 수행을 중국 친구가 하고 있는 모습을 보고 있자니 신기했습니다. 리는 경전을 읽거나 사경을 해내가는 과정에서 생기는 의문들을 적어놓았다가 제게 틈틈이 물어보았습니다. 공부에 열의를 갖춘 사람에게 저 또한 성심성의껏 대답을 해주는 편입니다. 중국 선사의 어록이나 가르침에도 관심이 많았던 리에게 저는 중국 선의 황금기 시대를 사셨던 황벽 스님이나 백장 스님 그리고 여러 조사 스님들에 관한 일화들을 들려주었습니다. 그때마다 리는 집중하고 경청했습니다. 이야기를 듣고 난 뒤에는 저에게 조사 스님들의 이름을 한자로 써달라고 부탁하곤 했습니다. 그리고 이 선사들에 대한 기록들을 인터넷을 통해 찾아보았습니다. 정말 대단한 열의였습니다.

리와는 이렇게 불교와 수행에 관한 이야기를 주로 나눈 반면, 불교에 큰 관심이 없었던 밀리와는 일상적인 내용의 대화를 나누었습니다. 주제는 여행이며 음식, 영화, 연예인 등등 다양했습니다. 특히나 영화 얘기가 많았는데, 밀리와 제가 공통적으로 일본의 뮤지컬 영화인 〈혐오스런 마츠코의 일생〉을 무척이나 좋아한다는 사실을 알게 되었습니다. 이 영화는 제 인생 10대 영화 중 한 편이었고, 밀리는 이 영화를 무려 여섯 번이나 보았다고 말하며 극찬했습니다.

지금 생각해보면 리와 밀리 그리고 그들의 집은 좀 특별했습니다. 그것은 뭐랄까, 카우치서핑을 하는 동안 가장 편한 집이었고, 불편함이 전혀 느껴지지 않는 친구들이었기 때문입니다. 처음에야 초면이기에 행동이나 말을 조심하기는 했습니다. 그러나 하루가 지난 뒤 저는 아예 거실에 비치된 소파에 눌러앉아 버렸습니다. 소파가 무척이나 편해서 밤에 잠을 잘 때를 제외하고는 소파 위에서 지냈습니다. 대하는 사람이 편해지면 자세도 편해지기 마련인가 봅니다. 이 친구들과 이야기를 나눌 때 저는 소파 등받이에 편하게 기대거나, 앞으로 엎드리거나, 턱을 기대고는 옆으로 누웠습니다. 심지어는 아예 누워버리고는 천장을 향해 말하는 경우도 있었습니다. 이런 제 모습을 보고 밀리가 웃으며 말했습니다.

"스님은 저희들보다 더 많은 시간을 그 소파에 앉아 있는 거 같네요. 그 소파 꼭 스님 것처럼 보여요."

형식적으로 편한 건 소파였지만, 진정으로 편하게 느낀 것은 이 두 친구들의 마음이었던 듯합니다.

시간이 생길 때면 저는 친구들과 시장에 가서 장을 보고, 시내에 있는 절이나 도교 사원에 가서 구경도 하고, 공원을 산책하기도 했습니다. 제가 밖에 나가지 않을 때에는 하루 세 끼 식사도 친구들과 같이했습니다. 마치 오래전부터 이곳에서 그들과 함께 지내온 것처럼 느껴졌습니다. 요리를 즐겨 하는 밀리가 항상 식사 준비를 담당했고, 리는 설거지를 전담했습니다. 저 또한 한 역할을 맡고 싶었지만, 친구들이 손님이라며 워낙 사양하던 탓에 결국 맛있게 먹는 역할만 담당했습니다.

　그러던 그 언젠가 하루는 리와 밀리가 저에게 좌선하는 방법을 알려달라고 했습니다. 리의 경우 수행에 관심이 있기는 했지만 구체적으로 무엇을 어떻게 해야 하는지 확신하지 못하는 상황이었습니다. 그래서 매일같이 경전을 읽거나 사경하는 수행만 해왔던 것입니다. 그러나 좌선 수행은 다릅니다. 일반인들이 가부좌를 틀고 오랜 시간 앉아 있는 것은 결코 쉬운 일이 아닙니다. 리의 경우엔 그나마 허벅지에 다리가 올라가 다소 어색하게나마 반가부좌 자세를 취할 수 있었지만, 옆에서 지켜보던 밀리는 다리가 아예 허벅지 위에 올라가지도 않았습니다. 가부좌는 수행에 있어 기본적인 자세지만 바닥에 앉는 생활 습관이 없으면 힘든 것입니다.

　이후 의지의 리는 틈틈이 가부좌를 틀고 자리에 앉아 잠시간이라도 좌선을 했습니다. 좌선을 마친 뒤 리는 그때마다 느낌이나 생각들을 저에게 전해주었습니다. 그러던 어느 날 리는 저에게 제법 심각한 질문을 했습니다. 바로 출가 수행에 관한 것이었습니다.

"그러면 스님, 수행을 제대로 하려면 한국에서 출가를 해야 하는 것 아닌가요?"

"아니, 꼭 그럴 필요는 없지. 수행이란 게 절에서만 하는 것은 아니고, 꼭 한국의 선원이 되어야 할 필요는 없어. 내가 잘은 모르겠지만, 중국에서도 수행할 수 있는 곳은 많을 거야. 물론 한국 선원의 기반이 좋기 때문에 한국으로 출가해 수행하는 외국인이 많기는 해. 하지만 문화의 차이를 느끼고 또 한국에서의 생활에 적응하지 못해 중간에 포기하는 경우도 많아. 만일 진리에 대한 믿음이 확고하다면, 또 그러한 길을 가겠다는 끈기만 있다면, 네가 있는 이곳 청두에서 수행을 해도 상관이 없어. 그러한 열정과 노력을 진실하게 이어갈 준비만 된다면, 너를 도와줄 스승이 결국 너의 눈앞에 나타나게 되어 있거든. 그게 바로 불교에서의 인연법이야."

진지한 표정으로 출가까지 고민하고 있는 리를 보고 있으려니, 저 또한 리가 불러들인 하나의 인연이 아니었나 하는 생각이 들었습니다. 하지만 이때까지만 해도 저는 전혀 예상하지 못했습니다. 몇 개월이 흐른 뒤, 리가 아닌 밀리가 그토록 불교 수행에 몰입하게 될지 말입니다.

제가 구채구로 떠나기 전 마지막 날, 리와 밀리는 저를 위해 훠궈 요리를 만들어 작은 파티를 마련해주었습니다. 한국에서 온 스님이 자신들의 집에서 지내고 있다는 메시지를 전하자 근처에 사는 친구들도 방문했습니다. 파티에 찾아온 친구들 중엔 연인도 있었습니다.

그 연인 중 남자는 애초에 절에서 1년 정도 생활한 뒤 출가하려고 계획했었지만, 지금의 여자 친구를 만나 그 계획이 무산되었다고 털어놓았습니다. 물론 인연도 인연이지만, 출가자인 저의 입장에서 보자면 다소 의지가 약해 보였습니다. 그래서 말해주었습니다.

"내가 아는 어떤 스님은 여자 친구에게 하이힐로 두들겨 맞아가면서도 기어코 출가를 했어요. 출가를 하려거든 그 정도 결의가 있어야지요."

이 말이 끝나자 동시에 모두에게서 탄성이 쏟아졌습니다. 그런데 그 탄성이 두들겨 맞고 출가한 스님을 향한 것이었는지, 아니면 그토록 속상할 수밖에 없었던 여자 친구를 향한 것이었는지 알 수는 없었습니다만, 훠궈 요리는 무척이나 훌륭했습니다.

2012년 가을, 제가 청두에서 지내던 때 리와 밀리는 직장을 그만두고 여행을 준비하고 있었습니다. 그들도 저와 마찬가지로 카우치 서핑을 중심으로 여행할 계획을 세우고 있었고, 그 연습 차원에서 저를 서퍼로 받아들인 것이기도 했습니다. 제가 청두를 떠나고 며칠 뒤 그들은 동남아를 시작으로 그들만의 여행을 떠났습니다. 간간이 페이스북을 통해 그들의 여행 일정이나 경험들을 확인했습니다. 이 친구들과 만남을 시작할 수 있었던 것은 리 때문이었지만, 페이스북에서 주기적으로 연락을 주고받은 것은 밀리였습니다.

그런데 이들의 여행에서 급격한 변화가 찾아왔는데, 바로 미얀마에 있는 위파사나 수행 센터에서 정식 수행 과정을 마친 뒤였습니다.

리는 애초부터 수행에 관심이 많았고, 밀리 역시 저와 많은 대화를 나눈 뒤부터 마음에 무엇인가 큰 의심을 지녀왔다고 고백했습니다. 그런데 열흘간의 수행 과정을 마친 후, 가장 큰 변화가 일어난 것은 리가 아닌 밀리였습니다. 밀리는 자신이 직접 해본 수행 경험을 바탕으로 저에게 메일을 보냈습니다. 밀리는 이 수행을 통해 신선한 체험을 한 듯 보였습니다. 이전에 전혀 인식하지 못했던 안목이 어느 정도 열린 듯했고, 그 안목 덕분에 마음이 다소 큰 전환을 맞이한 듯했습니다. 이런 변화를 거친 신선함 때문이겠지만, 밀리는 저에게 위파사나 수행을 권했습니다. 그만큼 밀리에게 위파사나 수행의 인연이 잘 맞은 것입니다. 저는 밀리에게 답장을 했습니다.

'밀리, 나는 지금까지 한국에서 참선이라는 수행을 해왔어. 이 참선은 화두라는 것을 중심으로 의심을 키워오는 수행법이야. 한국에서는 이 화두 참선이 주요한 수행의 방식이기도 해. 물론 밀리가 경험한 위파사나의 알아차림 수행법도 정말 훌륭한 수행법이야. 나 역시도 이 알아차림이 수행인지 뭔지도 모르던 10대 때부터 마음의 흐름을 면밀히 관찰하는 수행을 해왔으니까. 하지만 현재 내가 하고 있는 수행법은 참선이야. 아직은 확연하지는 않지만, 나는 이 수행법이 나를 깨달음의 길로 인도해줄 것이라는 믿음이 있어. 그래서 내 나름대로 열심히 수행을 하고 있지. 나중에 다시 만난다면 서로의 수행에 관한 이야기를 한번 나눠보면 좋겠다.'

이후 밀리의 페이스북에는 수행과 관련된 글이 한참 동안 올라왔습니다. 명상을 다룬 책 구절에서부터 마음챙김 수행에 관한 글들도 여럿 있었습니다. 라마나 마하르시의 가르침에 크게 자극을 받았는지 마하르시가 남긴 문답들도 자주 보였습니다. 미얀마 수행 센터에서의 경험이 비록 짧았을지언정, 그 열흘의 수행 경험이 밀리의 삶에 질적인 변화를 준 듯 보였습니다.

과연 밀리가 무엇을 체험했는지, 그 체험을 어떠한 입장으로 대하고 해석하는지 그리고 이 수행의 체험이 삶에 구체적으로 어떠한 변화를 주었는지, 그 변화의 지속성이 여전한지, 지속하지 않았다면 그 이유는 무엇 때문이라고 생각하는지 등등. 여러 가지 질문이 떠올랐습니다. 하지만 저는 언제나 직접 마주 보고 하는 대화를 선호합니다. 메일을 통해 여러 가지를 물어볼 수도 있겠지만, 결국 나중으로 미루어두었습니다. 그 언젠가 청두에 다시 가게 될 때, 이 친구들을 만나면 여러 이야기를 나눌 수 있을 것입니다. 이런 제 마음을 엿보기라도 했는지, 밀리는 그 언제고 제가 청두에 있는 자신들의 집에 다시 찾아오면 좋겠다는 메시지를 보냈습니다. 간혹 밀리에게서 메시지를 받을 때마다 저는 곧장 인터넷으로 들어갑니다. 청두까지 가장 싼 왕복 항공권은 얼마나 하는지 알아보기 위해서였습니다.

애들은
애들의 일을 할 뿐

아침에 청두를 떠나 구채구의 버스터미널에 도착한 시간은 오후 5시 반 무렵이었습니다. 중국의 유명한 관광 지구답게 터미널은 버스에서 내리는 사람들을 숙소로 데려가려는 호객꾼들로 북적였습니다. 앞서 조사해보았는데, 구채구의 숙소 비용은 대략 200위안 정도였습니다. 3만 원을 훌쩍 넘는 숙소 비용이 비싸게 느껴져서 저는 밖에서라도 잘 요량으로 텐트까지 가져갔습니다. 그런데 막상 터미널에 도착해 이곳저곳 둘러보니 텐트를 칠 만한 적당한 공간이 없었습니다. 게다가 중국에서는 외국인이 텐트 치고 자는 것을 불법 행위로 간주한다는 말을 북경에서 공부하고 계신 사형 스님한테 전해 들은 바 있어 조금은 걱정이 되었습니다.

다시 터미널로 돌아갔습니다. 터미널에 있는 호객꾼들이 실제 제시하는 방 가격은 대략적으로 100위안에서 150위안 정도였습니다.

여러 호객꾼과 협상하다 결국 저는 한 장족 남자와 100위안의 가격으로 숙박 협상을 맺었습니다. 숙소로 향하는 차량에 '맹'이라는 중국 친구도 동승했습니다. 스물세 살의 이 친구는 혼자 중국 여행을 하는 중이었습니다. 맹은 영어를 하지 못하고, 저는 중국어를 하지 못하니, 서로가 손짓과 발짓을 섞어가며 이야기하다 결국 둘이 한 방을 나눠 쓰는 것으로 합의했습니다. 그런데 막상 숙소에 도착하니 저희를 데려온 장족 친구의 어머니는 150위안을 불렀습니다. 혼자면 100위안이지만 둘이면 150위안이 된다는 것이었습니다. 저는 중국 말을 할 줄 아는 맹을 가격 협상 현장으로 내보냈고, 협상에 뛰어든 맹은 결국 130위안으로 타협을 보았습니다. 아주 만족스러운 결과였습니다. 그리하여 각자가 내게 된 돈은 65위안이었습니다. 비록 형편없는 수준의 방이었지만, 저는 잠자리 환경에 구애받지 않는 편이어서 어떻게든 숙소비를 아낄 수만 있다면 만족했습니다.

방에 들어가 짐을 풀고 있으려니, 주인아주머니의 손자와 손녀가 저희 방으로 찾아왔습니다. 장족 청년의 호기심 많은 아들과 딸이었습니다. 외지인들이 신기했는지 아이들은 방에서 나가지 않고 저희 짐들에 관심을 보였습니다. 저는 이럴 때를 대비해 준비해둔 아이패드를 꺼내 아이들에게 '토킹 벤' 앱을 열어주었습니다. 고양이 캐릭터인 벤을 터치하면 특정한 소리를 내거나 제스처를 취하고 사용자가 하는 말을 그대로 따라 하기도 하는 앱이었습니다. 벤을 보자마자 장난꾸러기 손자의 눈이 초롱초롱 빛났습니다. 터치를 할 때마다

벤이 다양한 형태로 반응하는 것이 마냥 신기했던 것입니다. 그런데 이 녀석은 벤이 어떻게 반응하나 차분하게 지켜보는 게 아니라, 양손으로 아이패드 화면을 꾹꾹 눌러댔습니다. 같이 방에 놀러 온 손녀도 벤을 가지고 놀고 싶어 했지만 욕심쟁이 오빠는 아이패드를 뺏기지 않으려 등을 돌렸습니다. 그런데 시간이 지날수록 녀석의 모습이 심상치 않았습니다. 처음에는 아이패드 화면을 터치하는가 싶더니, 나중에는 아예 주먹을 사용해 속사포로 벤을 때리는 수준이 되어버리고 만 것입니다. 이를 옆에서 지켜보다 결국 저는 아이패드를 회수했습니다. 제 소중한 아이패드를 사수해야만 했던 것입니다. 세계 일주가 이제 막 시작인데, 아이패드가 망가지면 곤혹스러운 일입니다.

그럼에도 손자는 나가질 않고 계속 방 안에서 얼쩡거렸습니다. 맹과 제가 가져온 물품들에 끊임없이 관심을 보인 것이었습니다. 손자는 물건들을 하나하나씩 들어 올려보고 만져보았습니다. 다소 신기해 보이는 듯한 물건들을 별생각 없이 장난치듯 들었다 놨다 반복했습니다. 그러다 결국 문제가 터져버리고야 말았습니다. DSLR 카메라에 달린 끈을 순식간에 들어 올렸다가 그만 그 끈을 공중에서 놓아버린 것이었습니다.

그 순간, 그 모든 장면이 아직도 선명하게 다가옵니다. 허공으로 치솟은 카메라가 공중제비를 한 번 선보인 뒤 곧장 바닥으로 급강하했습니다. 정말 식겁한 순간이었습니다. 바닥에서 나뒹구는 카메라를 서둘러 들어서 살펴보았습니다. 얼마 전 청두에서 산 렌즈의 MCUV 필터가 깨졌습니다. 그러나 다행히도 사진은 별다를 바 없이 찍혔고, 렌즈 줌도 잘 맞춰졌고, 초점에도 문제가 없었습니다. 천만다행이었습니다. 그런데 필터 가격을 생각하니 갑자기 한숨이 나오기는 했습니다. 두 명분의 숙소비도 넘는 150위안이 그렇게 한순간에 날아가 버린 것이었습니다.

깨진 필터를 보더니 룸메이트였던 맹은 주인장한테 손해 배상을 해야 한다고 말했습니다. 하지만 어쩌겠습니까. 애들은 원래 깨부수고 문제 일으키는 게 특기입니다. 애들은 단지 애들의 일을 한 것뿐입니다. 잘못은 어른들한테 있습니다. 평상시에도 저는 애들이 문제를 일으키지 않도록 항상 잘 보살피고, 문제가 벌어지지 않게 상황을 정리하는 것이 어른의 일이라고 생각해왔던 것입니다.

문제는 애들에게 있는 것이 아니라, 방에서 어른인 제가 애들을 살펴보는 일을 제대로 하지 않은 데 있었습니다. 애들이란 본래 문제를 일으키는 법이기에 애들이고, 어른이란 그런 애들을 잘 보살피고 돌보아야 하는 입장에 있기에 어른입니다. 그렇기에 필터가 깨진 것은 사실상 제 잘못이었습니다.

필터가 깨진 사건으로 분위기가 심각해짐을 눈치채고 손자는 말이 없어졌습니다. 잠시 후, 아이나 할머니에게 책임을 묻지 않겠다는 결정을 내리자 맹이 '정의의 손'으로 손자의 머리를 잡고 몇 차례 굴려주었습니다. 이로써 그 모든 잘못과 처벌은 가볍게 끝을 맺었습니다. 약삭빠른 손자가 상황이 정리되었음을 눈치챘는지 다시 장난을 치기 시작했습니다. 맹과 저는 손자의 익살맞은 표정을 보면서 한바탕 웃고야 말았습니다. 잃어버린 것은 150위안짜리 필터였지만, 저 천진난만함은 애써 노력한다 해서 구할 수 있는 것이 아닙니다. 그리고 우리들 사이의 즐거운 웃음은 돈으로 살 수 없습니다. 비록 사고를 치는 아이라 해도 저는 천진함을 항상 좋은 관점으로 바라보는 편입니다. 저로서는 키우는 아이가 없어 온전하게 이해할 수는 없겠지만, 아이를 키우는 부모의 행복은 이런 천연함과 순수함에서 나오는 것이 아닐까 하는 생각을 하게 됩니다. 나이가 들어 어른의 역할을 해내느라 잃어버린 순수함을 아이들이 거리낌 없이 보여주기에, 이를 그리워하면서도 또한 받아들이지 않을 도리가 없는 것이 아닐까요.

지금도 나중에도 그럴 것입니다. 애들은 언제나처럼 애들의 일을
잘 해나가고 있는 것입니다. 애들은 사고를 치고, 순간 주눅이 들었
다가 울기도 하고, 언제 그랬냐는 듯 다시 해맑게 웃어 보이며 장난
을 칠 것입니다. 다만 어른이 어른의 일을 제대로 해내가고 있는가의
문제만 남아 있을 뿐입니다.

삶이
뭐 거창한 건가요

사진 제목을 이렇게 정했습니다.

'나는 아무 생각이 없다. 왜냐하면 아무 생각이 없기 때문이다.'

청두 인근에 있는 판다 생태 공원에 갔다가 펜스 위에 멍 때리고 있는 레드 판다를 보았습니다. 자신이 보이고 있는 모습에 대한 인식이 없고, 자신의 모습을 신기해하며 사진을 찍고 있는 사람들에 대한 관심도 없어 보이는 모습이었습니다. 언뜻 보면 생각이 없는 듯 보이기도 하지만, 잘 알고 보면 생각이 일어나든지 말든지에 초연한 듯한 모습의 판다였기에 강한 인상이 남았습니다.

사실 생각이란 인연 따라 일어나고 인연 따라 사라집니다. 인연은 끊임없이 뒤바뀌고 흐르는 것이기에 잡아서 붙들어 매야만 할 인연도, 떠나서 잊어야만 할 인연도 사실상 없습니다. 변화와 흐름이 우리

삶의 모습이기 때문입니다. 그렇기에 생각도 이 변화하는 인연에 따라 자연스럽게 일어나는 것이고, 또한 자연스럽게 사라지는 것입니다.

그렇기에 생각이 있는가 없는가는 사실상 중요한 사항이 아닙니다. 생각을 흐름으로 용인해줄 수 있는가, 그리고 나 또한 그러한 생각의 흐름으로서 존재할 수 있는가, 이 두 가지가 훨씬 중요하다고 보는 것입니다.

삶이란 게 뭐 거창한 건가요, 그런 자연스러운 인연의 흐름으로 자연스럽게 사는 거지요.

5분여 정도 펜스 위에서 휴식을 취하던 판다는 갑자기 무슨 생각이 났는지, 어슬렁거리며 내려왔습니다. 그리고 나무 계단을 거쳐 숲속으로 천천히 사라졌습니다.

피
에
르
와
만
나
다

중국 원난성의 다리大理라는 도시로 향하던 어느 날이었습니다. 숙소를 찾아가다 불청객처럼 느닷없이 찾아온 소나기를 된통 맞아 옷과 가방이 다 젖어버렸습니다. 짐도 무겁고 갈 길도 한참 남아 있어 이래저래 착잡한 기분이었습니다. 근처의 건물로 급하게 피신하고 혹시나 하는 마음에 가방 안의 물건들을 꺼내 상태를 확인해보았습니다. 다행히 빗물에 젖지는 않았습니다. 그렇게 다시 짐을 챙기고 고개를 드는 찰나, 놀라운 일이 벌어졌습니다. 하늘을 가득 메운 회색 구름을 배경으로 거대한 무지개가 하늘을 수려하게 장식하며 눈앞에 나타난 것이었습니다. 그렇게 큰 무지개는 처음으로 보았습니다. 저 멀리 있는 마을의 입구와 호수의 끝자락을 기둥으로 화려하게 펼쳐진 쌍무지개였습니다. 이런 자연의 마법과도 같은 무지개를 눈앞에서 마주하니, 소나기 때문에 착잡했던 마음이 곧장 환희심으로 가득 찼습니다.

무지개는 공중의 수증기가 빛의 반사와 굴절이라는 특성과 조합되어 일어난 하나의 자연현상입니다. 하지만 그 누가 무지개를 이러한 과학의 원리로만 대할까요. 예고 없이 등장한 자연의 경이에 그저 감동할 뿐, 수증기니 빛이니 굴절이니 하는 말과 개념, 조건들을 따져대지는 않습니다. 어찌 보면 사람 사이의 만남도 그런 경우가 있습니다. 어떤 이유나 목적으로 사람을 만나서 생각이나 평가를 하게 되는 경우도 있지만, 도무지 생각이라는 것이 필요 없이 이유도 모르게 친숙하게 느껴지고 가깝게 지내고 싶은 사람을 만날 기회가 우리 일생에 몇 번은 찾아온다고 생각합니다. 그리고 저에게 있어서 피에르는 분명 그러한 사람 중 한 명이었습니다.

피에르는 미국 애리조나의 플래그스태프라는 도시 근처 사막에서 혼자 사는 환갑이 넘은 노장이었습니다. 약간은 어중간한 크기의 도시였기에 플래그스태프를 알지 못한다 하더라도, 거의 모든 사람이 그랜드캐니언은 알고 있습니다. 그래서 피에르는 플래그스태프가 이 그랜드캐니언 근처에 있다고 설명했습니다. 10월 말이었음에도 패딩을 입지 않으면 온몸이 싸늘해지는 원난의 북부 도시 샹그릴라에서 그를 만났습니다.

샹그릴라. 마치 입안에 알사탕이라도 넣어서 발음하는 것 같은 묘한 이름의 도시였습니다. 샹그릴라에서 제가 머물게 된 숙소는 한국인 사장님이 운영하는 '자희랑 호스텔'이었습니다. 어느 추운 날 저녁, 저는 난로 앞에 앉아서 가만히 난로를 바라보며 불을 쬐고 있었습니다. 그런데 제 옆에서 웬 말끔한 모양새의 외국인 한 명이 같이 불을 쬐고 있었습니다. 하얀 머리칼에다 키도 크고 말끔하게 생겨 꼭 클린트 이스트우드가 떠올랐습니다. 신기했습니다. 여행하는 사람들은 알겠지만, 한국인들이 주로 머무는 숙소에는 서양 여행객이 생각보다 없는데, 그는 분명 서양인이었습니다. 피에르가 어떻게 이 숙소를 찾아왔는지는 아직도 모를 일입니다.

같이 난롯불을 쬐며 앉아 있으려니 피에르가 먼저 말을 걸어왔습니다. 피에르는 제가 한국에서 온 스님인 것을 알고 난 뒤 저에게 여러 가지 질문을 했습니다. 제 세계 일주에 대해, 수행하는 삶에 대해 적극적으로 알고 싶어 했습니다. 보통의 경우 저에게 있어 외국인과의 대화가 오래가는 경우는 극히 드물었습니다. 그런데 이상하게도 피에르와의 대화는 재미있었고 피에르라는 사람 자체도 꽤나 흥미롭게 느껴졌습니다. 난로 앞에서 여러 주제로 이야기를 나누다 보니 무려 세 시간이 흘러버렸습니다. 그와의 대화가 그토록 재미있고 오래도록 지속된 데에는 적어도 한 가지 분명한 이유가 있었습니다. 그는 미국에서 중국으로 여행 온 불교 신자였던 것입니다.

여행에서 가장 기억에 남는 것은 역시 사람과의 만남입니다. 자연의 풍광도 좋고, 다양한 체험도 좋지만, 사람 사이의 만남이 역시나 가장 오래 기억에 남습니다. 스님인 저에게 있어서 불교는 그 모든 만남과 소통의 시작이며 중심입니다. 불교 신자나 불교에 관심 있는

사람들을 만나 그들이 생각하는 불교에 대한 의견을 나누고, 그들이
살아가는 삶의 방식을 들으며 제 경험을 들려주는 일이 제가 하는
대화의 주된 내용이었습니다.

피에르와 오랜 시간 대화를 이어가며 그에 관한 사실을 몇 가지
알게 되었습니다. 피에르는 미국에서 검안사로 일하다 은퇴했고, 당
시에는 저와 마찬가지로 세계 일주를 하던 중이었습니다. 그런데 세
계 일주란 게 육체적으로 고단한 일이어서 체력은 필수 요소입니다.
그렇기에 나이가 들면 체력 여건 때문에 세계 일주 실행이 어려운
경우가 대부분인데, 피에르는 예순둘의 나이에 이런 과감한 결정을
내린 것이었습니다.

대화를 나누다 보니 피에르와 저 사이에는 공통점이 꽤 많았습니다. 우리 둘 모두 불교인이었고, 나름의 방식대로 선 수행을 하고 있었으며, 공히 카우치서핑 멤버였고, 커피를 무척이나 사랑한다는 것이었습니다. 이에 반해 현격한 차이점도 있었는데, 피에르는 제가 한 번도 가보지 못한 장가를 무려 세 번이나 다녀온 바 있었습니다. 절대적인 차이점이었습니다.

이야기를 나눈 다음 날 아침, 피에르는 송찬림사에 같이 가자고 말해왔습니다. 송찬림사는 윈난성에서 가장 큰 티베트 사원이고 중국 전체로 보자면 라싸의 포탈라궁에 이어 두 번째로 큰 사원이었습니다. 송찬림사는 달라이 라마 5세 때인 1681년, 청나라의 강희제와 합작하여 창건한 사찰로, 달라이 라마 5세와 관련된 유품을 보유하고 있습니다. 이 송찬림사로 향하는 높다란 계단을 오르기 전, 저희는 우선 오른쪽에 위치한 작은 절에 들렀습니다. 법당을 참배하려고 가는데, 2층에서 내려온 스님들이 모두 한곳을 향해 걸어가고 있었습니다. 얼핏 살펴보니 스님들이 식당에서 식사를 하고 있었습니다. 마침 시간은 11시였습니다. 그렇게 식당 문 근처를 어슬렁거리니, 스님들이 저를 곧장 알아보고는 안으로 들어오라고 손짓했습니다. 스님들께 양해를 구하고 피에르와 같이 자리에 앉았습니다.

스님들은 우리에게 좋은 자리를 내어주고 수유차와 빵, 묵을 주었습니다. 사실 피에르와 저는 이미 늦은 아침 식사를 하고 온 터라 허기가 느껴지지는 않았지만, 스님들이 주시는 음식을 먹으며 간단하게 점심 식사를 같이하게 되었습니다. 인심 좋은 티베트 스님들은 수유차가 비면 채워주고, 비워지면 또 채워주고를 반복했습니다. 피에르나 저나 중국어를 하지 못하고, 영어를 할 줄 아는 스님도 없었기에 이렇다 할 만한 대화는 없었습니다. 하지만 따뜻한 수유차와 미소만으로도 스님들의 호의와 친절을 느낄 수 있어서 무척이나 좋은 시간이었습니다. 그렇게 티베트 스님들이 대접해주신 훌륭한 식사를 마치고 난 뒤, 감사의 인사를 드리고 우리는 큰 절로 향했습니다. 가파른 계단을 걸어 올라가 송찬림사의 큰 법당을 구경했습니다.

송찬림사를 다녀온 뒤 피에르와 저는 내처 메이리설산의 일출을 볼 수 있는 페이라이쓰와 목가적인 풍경과 안온한 분위기가 좋았던 위병 마을에 같이 다녀오기로 합심했습니다. 그렇게 피에르는 제가 세계 일주를 하면서 처음 만난 동행이었습니다. 세계 일주를 하는 한국의 젊은 선승과 나이가 지긋한 흰머리의 미국 노장이 불교라는 인연으로 같이하게 된 것이었습니다. 평상시 숙소를 정할 때 저는 자금 여건상 도미토리를 선택했는데, 피에르와 함께한 여행에서는 2인실로 들어갔습니다. 방 하나를 얻어서 나누어 쓰니 잠자리가 무척이나 안락했습니다. 마음이 잘 맞는 친구와 함께 같은 공간을 나누어 쓰면서 처음으로 편안함을 느꼈습니다. 그렇게 피에르와 저는 위병 마을에서 일주일간 같은 시간을 보냈습니다. 밥도 거의 같이 먹었고, 커피도 같이 마셨으며, 잠들기 전까지 불교와 수행에 대해, 인간의 삶에 대해 이야기를 나누었습니다. 2년여간 세계 일주를 하면서 그렇게 같이 방까지 나누어 쓰며 오랜 시간을 함께한 사람은 피에르가 유일했습니다.

위병 마을에서 다시 샹그릴라로 돌아온 우리는 우리가 만났던 자희랑 게스트하우스로 들어갔습니다. 이튿날 피에르는 다음의 일정을 위해 비행기를 타고 쿤밍으로 가야 했고, 저는 육로를 따라서 리장으로 내려가야 하는 상황이었습니다. 행여라도 다시 만날 수 있을까 여행 일정을 비교해보았지만, 아쉽게도 겹치는 곳은 없었습니다. 오랜 시간을 함께한 탓인지 아쉬움이 크게 느껴졌습니다. 사람에게 좀처럼 특별한 정을 느끼지 못하는 저였건만 피에르는 예외였습니다. 나이, 국적, 살아온 과정, 하는 일 모두 달랐지만, 인간적인 동질감으로 그 누구보다도 가깝게 느껴진 친구였던 것입니다. 피에르가 공항까지 가는 버스를 타기 전, 우리는 오랜 시간 악수를 나누었습니다. 그 언젠가 인연이 되면 다시 만나자고 서로에게 말했습니다. 그리고 저는 미국에 가면 꼭 피에르가 사는 사막에 찾아가겠다고 약속했습니다.

그로부터 몇 달 후, 인도의 바라나시에 머물고 있을 때였습니다. 한밤중에 저는 피에르에게 온 한 통의 메일을 받게 되었습니다. 그 메일에서 그는 분명하면서도 담담하게 자신의 근황을 전하고 있었습니다. 저에게 있어 그 메일의 내용은 단 한 단어로 각인되었습니다. 바로 '위암'이었습니다.

중국에서 75일 정도의 여행을 마치고 드디어 윈난에서 라오스로 향했습니다. 두 나라 국력의 현격한 차이는 국경 검문소에서부터 느낄 수 있었습니다. 중국이 웅장하고 화려한 국경 검문소를 세워둔 반면, 라오스의 검문소는 단층짜리 허름한 건물에 지나지 않았습니다. 중국에서 라오스로 가니 마치 시골 마을에 마실을 가는 듯한 느낌이었지만, 그 반대로 라오스에서 중국으로 향하면 대국으로 들어간다는 느낌이 들 것이라 생각되었습니다.

예상대로 라오스의 루앙남타까지 가는 길은 마치 혼잡스러운 대도시에서 벗어나 한적한 시골로 들어서는 듯한 느낌이었습니다. 그제야 저는 안도감을 느꼈습니다. 이제부터는 조금 마음 놓고 쉴 수 있겠다는 생각이 들어 설레었던 것입니다. 중국에서의 여행 경험이 물론 인상적이고 활기찼지만, 잦은 이동과 부족한 휴식, 변변찮은 식사로 저는 다소 지쳐가던 중이었습니다. 좀 느긋하게 쉬고 싶다는 생각이 간절했습니다.

  사실 중국은 세계 일주를 본격적으로 시작하는 첫 나라이기도 했고, 또 첫 나라부터 긴축 재정을 유지해야 한다는 압박감 때문에 관광지를 구경할 때나 밥을 먹을 때, 숙소를 정할 때에도 매일같이 저는 고심해야 했습니다. 중국의 물가는 결코 저렴하지 않았습니다. 그때문에 숙소를 정할 때도 위생이나 시설은 고려하지 않고 저렴한 곳을 선호했고, 밥을 먹을 때도 맛보다는 값이 중요했습니다. 그러다 결국 문제가 생겼습니다. 중국 여행을 해나갈수록 체력이 저하됨을 체감한 것입니다. 이유는 몸무게에 있었습니다. 식비를 아끼기 위해 밥을 사 먹을 땐 국수나 볶음밥만 선택했는데, 이 패턴이 오래 지속되다 보니 여행 시작 때와 비교해 몸무게가 6킬로나 빠져버린 것이었습니다. 생각해보니 세계 일주를 해내는 과정에서의 활동량은 절에서 지낼 때보다 월등히 많았건만, 이에 반해 음식의 양이나 질은 턱없이 떨어졌던 것입니다. 여행 초반이었기에 돈을 아낀다는 강박에 사로잡혀 체력이 저하되는 상황까지 초래하게 된 것입니다.

  그래서 라오스로 들어가는 심정은 가볍고 즐겁기만 했습니다. 시골 분위기를 물씬 풍기는 라오스의 물가는 중국에 비해 훨씬 저렴했기 때문입니다. 중국에서는 한 번도 먹지 못했던 피자도 먹을 수 있고, 혼자서 1인실을 써도 가격이 적당하고, 하루에 5,000원 정도의 비용으로 스쿠터를 빌려서 여기저기 마음대로 돌아다녀도 상관없다

생각하니, 라오스로 향하는 그 시골길이 그토록 정겹고도 아름다워 보이는 것이었습니다.

라오스로 향하는 버스 안에서 중국 여행의 결산을 해보았습니다. 여행사를 통해야만 가능했던 티베트 카일라스 순례를 제외하고 나머지 기간 동안의 결산이었습니다. 숙비와 식비, 교통비, 관광지 입장료, 기타 잡비 등 모두 포함해서 계산해보니, 저는 중국에서 하루에 2만 원 정도의 경비를 지출했다는 결론이 나왔습니다. 스스로 아낀다고 노력했지만, 결산해보니 정말 터무니없는 수준의 지출이었습니다. 아껴도 너무 아끼려 했다는 생각이 들었습니다.

여행 경비에 있어 교통비나 관광지 입장료는 줄일 방법이 없었지만, 따져보니 숙비와 식비의 절약이 컸습니다. 중국 여행에서 34일을 카우치서핑으로 현지인과 함께 보내며 숙비와 식비를 절약한 것이었습니다. 하지만 강박적인 절약으로 체력과 정신 모두 지쳐가고 있었습니다. 이젠 좀 쉬고 싶다는 생각이 간절했습니다. 그래서 평화롭고 한가해 보이는 라오스가 더욱 반갑게 다가왔던 것인지도 모릅니다.

루앙남타에 들어가 미리 조사한 대로 타이담 게스트하우스에 갔습니다. 마을의 중심과는 약간 거리가 있긴 했지만, 방갈로 한 채의 숙박비가 하루 5,000원이라는 엄청난 매력이 있었습니다. 중국에서는 호스텔의 도미토리 침대 하나 가격이었습니다. 루앙남타의 중심 거리에서 걸음으로 약 10분 정도 떨어져 있어 한적하기도 했고, 산책 삼아 마을까지 마실 간다고 생각하면 될 일이었습니다. 방갈로에 머물며 저는 기상 시간을 정하지 않고 그냥 눈이 떠지는 대로 일어

났습니다. 카우치서핑을 할 때는 항상 호스트를 고려해 부지런히 움직여야 했는데, 혼자 지내는 상황에만 누릴 수 있는 여유였습니다. 아침에 일어나 미리 사놓은 빵과 잼, 인스턴트 커피로 간단하게 아침 식사를 했습니다. 오전에는 베란다 바깥의 의자에 느긋하게 앉아 논에서 고기 잡는 아이들과 논 사이를 헤집고 다니는 닭들을 구경했습니다. 바쁜 일정으로 그간 미뤄왔던 책을 읽었고, 영화를 보기도 했습니다. 새로 출시되었지만 시간이 없어 플레이하지 못했던 게임 〈보더랜드2〉를 1회 차까지 끝냈습니다. 그러다 피곤하면 낮잠을 잤습니다.

햇살이 약해지는 오후 4시 즈음에는 근처의 사원으로 갔습니다. 사원에 마련된 불상 앞에서 매일의 일과였던 108 참회를 했습니다. 그러고는 풀벌레가 우는 논둑길을 걸어 시내로 향했습니다. 서양 식단과 라오스 식단, 중국 식단 모두 제법 훌륭하게 나오는 마니짠 식당에서 적당한 가격의 한 끼 식사를 했습니다. 식사를 마치고는 숙소 바로 앞에 있는 증기 사우나로 갔습니다. 시설은 투박했지만 사용료 1,500원에 비해 허브 향기가 무척이나 좋았던 곳입니다. 아침에 침대에서 일어나면 몸과 이불에 허브의 잔향이 맴돌았습니다. 이렇게 매일매일이 같은 날이었습니다. 그렇게 저는 피로에 지친 몸을 회복하면서 시골의 여유로움을 주는 방갈로에서 정밀한 평온함을 느끼고 있었습니다. 다음 여행을 위한 휴식의 시간이 이처럼 저에게 꼭 필요한 때였습니다.

사람의 눈은 영혼을 들여다보는 문이라는 말이 있습니다. 어쩌면 제가 심적인 여유를 느끼고 평온함을 누리던 라오스여서 그랬는지는 모르지만, 라오스 사람들의 눈을 보면 참으로 착한 사람들이라는 느낌을 받는 경우가 많았습니다. 방갈로 주인장도 착해 보이고, 논둑길을 거닐며 개구리를 잡는 아이들도 착해 보이고, 시장에서 과일을 파는 아주머니들도 착해 보였습니다. 게다가 시장에 따라나섰다가 방갈로까지 데려다준 숙소 주인장의 개도 착해 보이고, 심지어 방 안에 들어와 설렁설렁 날아다니는 모기마저도 착해 보였을 정도입니다. 모기에게 물려도 가렵지가 않았습니다. 왜 사람들이 그토록 라오스를 손꼽으며 극찬했는지 절로 공감되었습니다. 참으로 오랜만에 느껴본 안락의 시간이었습니다.

차
경
과
현
요

　　　　　한국에서 가져간 밀짚모자를 쓰고 다니며 세계
일주를 시작했습니다. 하지만 매일같이 모자를 쓰고 다니기를 여섯
달, 이제는 밀짚모자가 서서히 부서지기 시작했습니다. 온갖 추위와
더위를 함께하면서 눈과 비를 막아준 고마운 모자였지만, 시간 앞
에서는 장사가 없던 모양입니다. 시간이 흐르면서 밀짚이 툭툭 부서
지며 모자에서 떨어져 나갔습니다. 그렇게 모자가 가벼운 손길에도
부서져 나갈 즈음, 때마침 저는 인도네시아의 족자카르타를 여행 중
이었습니다. 족자카르타의 명소 중 하나인 보로부두르 사원을 갔을
때, 저는 아름답게 정렬된 삿갓들을 보았습니다. 사원 앞의 기념품점
에 수많은 삿갓들이 걸려 있던 것이었습니다.
　사실 그것들은 삿갓이 아니라 인도네시아 농부들의 모자였습니
다. 생각해보면 베트남의 농부들도 비슷한 모양의 삿갓을 쓰고 일했

습니다. 하지만 인도네시아의 농부 모자가 우리가 생각하는 삿갓 모양에 더 가까웠습니다. 가게 주인장에게 삿갓 가격을 물어보니 1만 5,000원을 부릅니다. 네, 이런 종류의 가격 뻥튀기에는 아주 익숙해져 있습니다. 몇 차례 옥신각신하며 가격 협상을 하니, 최종적으로 4,000원에 삿갓을 사게 되었습니다. 보로부두르에 같이 갔던 가이드는 저에게 정말 협상의 기술이 좋다며 칭찬했습니다. 자신이 데려온 다른 여행객들은 대부분 1만 원 가까운 가격으로 삿갓을 사 온다는 것이었습니다. 이런 경위로 저는 결국 부서질 대로 부서진 밀짚모자와 이별을 고하고 새 삿갓을 맞이하게 되었습니다.

새로 들여온 삿갓인 만큼 저는 삿갓에 이름을 지어주기로 했습니다. 앞으로 세계 일주를 하는 동안 저와 같이 지내게 될 소중한 삿갓이었기 때문입니다. 그래서 나오게 된 이름이 바로 차경遮境입니다. 막을 차遮에 경계 경境 자를 쓰는 것인데, '삿된 경계를 막아준다'는 의미에서 이렇게 지었습니다. 저에게 이 삿갓은 단순한 모자가 아니었습니다. 삿갓은 옛 승려의 복장이기도 했지만, 지금의 저에게 있어선 일종의 방어구이기도 했습니다. 삿갓을 쓰고 두루마기를 입고 다니는 이국의 수행자에게는 뭇 관광객에게 벌어질 수 있는 사기나 도난 사건이 현저히 줄어들 것이라 믿었던 것입니다. 물론 도난 사건이 저에게 전혀 벌어지지 않은 것은 아닙니다. 유럽에서 저는 일생일대의 도난 사건으로 멘탈이 붕괴되는 경험을 하게 되었습니다. 그래도 이 차경 덕분에 여러 안 좋은 사건의 빈도가 훨씬 줄어들었으리라 믿고 있습니다. 차경은 그렇게 제가 세계 일주를 마치는 그날까지 저

를 잘 보살펴주었습니다.

　세계 일주를 시작하면서 머리에는 밀짚모자를 썼고, 손으로는 염주를 굴리며 다녔습니다. 제가 노스님도 아니건만, 언젠가부터 혼자 있을 때나 걸어 다닐 때 손으로 염주를 굴리는 습관이 들어버린 것이었습니다. 그런데 라오스를 여행하면서 루앙프라방 그 어디에선가 그만 염주를 잃어버리고 말았습니다. 한나절 동안 방 안을 뒤지고, 그날 다녀온 식당이며 카페 등을 모두 되돌아가 보았지만, 끝내 염주를 찾지 못했습니다. 아쉬운 마음에 야시장을 돌아다녀 보았습니다. 그러다 어느 불교용품점에서 한 염주를 만나게 되었습니다. 가게에 들어간 그 순간부터 저 멀리에 있음에도 단번에 눈에 확 들어온 검은색의 염주였습니다. 왜 검은색인가 했더니, 흑요석으로 만든 염주였기 때문이었습니다. 염주 구슬 하나하나를 살펴보니, 각기 다른 자세를 취한 아라한(阿羅漢: 불교에서 높은 깨달음의 경지에 도달한 성인)

의 모습이 새겨져 있었습니다. 직원에게 가격을 물었습니다. 그는 단순 명쾌하게 대답했습니다.

"120달러예요."

터무니없이 비싼 가격이라 웃고야 말았습니다. 하지만 저는 이미 이런 종류의 사기에 익숙했습니다. 그래서 그냥 밖으로 발걸음을 옮기는 제스처를 취했습니다. 그런데 이상했습니다. 보통의 경우라면 다시 가격 협상을 하기 위해 직원이 저를 붙잡아야 하는데, 이번에는 아무런 반응도 없었습니다. 직원은 해석하기 힘든 묘한 표정으로 그저 저를 망연히 쳐다볼 뿐이었습니다. 다른 염주를 구하기 위해 야시장을 한 시간 가까이 돌아다녀 보았지만, 죄다 마음에 들지 않았습니다. 좀 전에 눈에 확 들어온 흑요석 염주만 자꾸 어른거렸습니다. 결국 저는 다시 그 불교용품점으로 향했습니다. 직원은 예의 묘한 표정으로 저를 맞이했습니다.

"염주 너무 비싸요. 좀 깎아주세요."

제 요구에 직원은 다소 난처한 듯한 눈빛을 보였습니다. 그러고는 가게 주인처럼 보이는 사람에게 걸어갔습니다. 직원은 주인과 한참 동안 실랑이를 벌였습니다. 꽤나 긴 시간이었습니다. 5분이 넘도록 둘이 대화를 나누었지만, 라오스 말을 알지 못하는 저로서는 그 내용을 알 도리가 없었습니다. 결국 직원이 다시 저에게 돌아와 대답해주었습니다.

"60달러에 드릴게요."

100달러나 90달러가 아니고, 갑자기 이렇게 가격을 내린 이유가 궁금해졌습니다. 도대체 주인과 무슨 얘기를 했냐고 물어보았습니다. 직원은 주인에게 가서 제가 한국에서 온 스님이니 스님에게 공양 내는 셈 치고 가격을 좀 깎아주자고 얘기했다고 합니다. 하지만 주인은 완강하게 거절했습니다. 그래서 주인을 설득하는 데 시간이 걸렸다고 말했습니다. 그러면서 이 젊은 직원이 이러한 말을 합니다.

"스님, 사실 저는 얼마 전까지만 해도 스님으로 살았어요. 환속한 지 몇 달 안 돼요. 그런데 한국에서 온 스님이 염주를 사려고 하니까, 제 입장에서는 스님께 최대한 잘 해드리고 싶었던 거예요. 그래서 삼촌에게 염주 가격을 깎아달라고 부탁했어요."

얼마 전 환속한 직원은 가게 주인의 조카였습니다. 직원이 말을 마치자 주인장은 저를 보고 '럭키 몽크'라 부르며 마땅찮은 표정으로 고개를 저었습니다. 사실 이 염주는 가게에 단 하나만 있는 염주이고, 흑요석으로 만들어서 구하기도 힘들다는 것이었습니다. 주인은

애초부터 이 염주를 100달러 밑으로는 팔 생각이 없었습니다. 하지만 환속한 조카가 이토록 간곡하게 부탁하는 통에 주인장은 저에게 염주를 낮은 가격으로 넘겼던 것이었습니다. 시간도 그렇고 표정도 보아하니, 두 사람이 짜고 치는 연기처럼 보이지는 않았습니다. 있는 사실 그대로를 말해주는 것 같았습니다. 이러한 경위로 저는 환속한 직원 덕분에 결국 60달러를 내고 새 염주를 맞아들이게 되었던 것입니다.

처음부터 시선을 사로잡았던 만큼 염주는 상당히 마음에 들었습니다. 흑요석 돌 크기도 적당했고, 잘 가공된 표면도 매끄러웠으며, 제각기 다른 표정과 모습으로 새겨진 아라한도 좋았습니다. 특히나 염주를 굴릴 때마다 돌들이 서로 부딪치며 내는 경쾌한 소리가 듣기 좋았습니다. 무언가 물건을 살 때에 눈에 확 들어오는 경우도 없었고, 물건을 사고 나서 이토록 흡족한 경우도 없었는데, 이 염주는 달랐습니다. 그래서 염주에게 이름을 지어주기로 했습니다.

흑요석은 물론 검은색 돌입니다. 하지만 이 흑요석은 남다른 면모가 있었습니다. 연마가 잘된 흑요석이기 때문이겠지만, 그냥 돌이 아니라 빛나는 검은 돌이었습니다. 사실 검을 흑黑 자와 빛날 요曜 자가 합쳐진 것이니 이름 자체가 이미 흑요석의 외면적 특징을 잘 보여줍니다. 그러나 하나로 고정된 색으로서의 검음은 결코 빛을 품을 수가 없습니다. 제가 그간 생각해오기로, 빛은 색보다 훨씬 큰 바탕이자 근원입니다. 색은 빛으로 드러나는 하나의 결과인 것이지, 결코 색이 빛보다 상위의 자리를 차지할 수는 없습니다. 그래서 검을 흑黑

자를 어두울 현玄 자로 바꾸어주었습니다. 검을 흑黑 자는 단지 외면으로 보이는 색깔을 지칭할 뿐이었지만, 자체의 알 수 없는 성품이나 근원으로서의 배경을 뜻하는 데에는 어두울 현玄 자가 더 적합했습니다. 어둡지만 빛으로도 드러나고, 빛나지만 그 배경은 찾을 수 없음으로서의 어두움입니다. 이러한 묘한 조화가 진리의 모습이고 또한 묘한 세상이 나타나는 방식입니다. 여기에는 제 개인적인 선호가 있기도 했습니다. 현玄 자는 제가 공경하는 노老 선생님이《도덕경道德經》에서 즐겨 언급한 글자이기도 했던 것입니다.

다른 사람들에게는 한낱 물건으로 보이는 삿갓과 염주일 수도 있습니다. 하지만 저에게 이들은 차경과 현요입니다. 이름을 지어주면서 그 대상물에 인격을 부여해준 것이었고, 또한 의미를 새겨준 것이었습니다. 그렇기에 차경과 현요를 대할 때, 저는 소유물로서의 내 삿갓과 내 염주로 보지는 않았습니다. 그보다는 인격물로서의 차경과 현요로 대해주었습니다. 남들 눈에는 좀 신기하게 보였을지도 모릅니다. 저는 삿갓과 염주를 찾을 적에 "차경아", "현요야"라고 불렀기 때문입니다. 이렇게 인격을 부여받게 되고 저와 친구가 되어버린 차경과 현요는 결국 제가 세계 일주를 마치고 한국으로 돌아오는 그 오랜 시간 동안 저와 함께해주었습니다. 세계 일주 중간중간에 차경에게 헝겊떼기를 덮어주며 자체적으로 수술도 해주었고, 현요의 줄이 끊어졌을 때에는 한국에서 준비해간 두꺼운 새 줄로 다시 엮어주기도 했습니다. 세계 일주의 그 모든 시간과 경험을 함께해주었으니,

저에게는 참으로 고마운 친구들입니다. 이렇게 저에게 소중한 친구였건만, 그 어떤 사람들에게는 당연히 물건처럼 보이기도 했을 겁니다. 몇몇 분들은 차경과 현요를 얼마씩 쳐줄 테니 자신에게 팔라는 제안을 하기도 했습니다. 제가 이 친구들을 들인 가격의 몇 배나 되는 꽤나 비싼 가격이었습니다. 물론 저는 거절했습니다. 세계 일주를 함께해준 고마운 친구들이기도 하거니와, 앞으로 제 삶과 함께 가자고 약속한 친구들이기도 하기 때문입니다. 그러면서 저는 말했습니다.

"삿갓과 염주는 물론 물건이어서 돈을 주고 살 수 있습니다. 하지만 제가 이름을 지어주고, 저와 세계 일주를 같이하면서 이들은 저에게 차경과 현요라는 친구가 되었습니다. 죄송합니다. 친구는 돈을 주고 살 수도, 돈을 받고 팔 수도 없습니다."

철
벽
승
원
제

사실 방비엥은 루앙프라방에서 비엔티안으로 가는 중간에 잠시 쉬었다 가는 곳으로 생각하고 있었습니다. 여행가들은 방비엥을 라오스의 '작은 계림桂林'이라고 소개하고 있었지만, 그다지 기대할 만한 곳으로 보이지는 않았던 것입니다. 그러나 방비엥은 그 어떤 기대심마저도 무방비로 풀어낼 수 있을 정도로 평화로운 분위기를 머금은 곳이었습니다. 그 평화로움이 좋아, 강변이 내려다보이는 2층 숙소의 공용 테라스에 앉아 매일같이 해가 떨어지는 모습을 조용히 지켜보았습니다. 이러한 평화라면 아무 일도 일어나지 않아도 상관없으리라 생각했습니다. 매일매일이 같은 날이어도 상관없었습니다. 이 안락함이 너무 좋아서, 저는 본래 사나흘 정도 머물 예정이었던 방비엥에서 무려 보름을 머물게 되었습니다.

단순하고 규칙적인 생활을 좋아하는 제 성향 때문이겠지만, 방비

숙소 앞의 풍경

엥에 머물며 식사를 하러 단 한 군데의 식당만 매일같이 찾아갔습니다. 식당 이름은 바나나 레스토랑이었습니다. 강변을 내려다볼 수 있는 위치가 마음에 들기도 했지만, 음식 수준도 제법 뛰어났습니다. 매일같이 같은 식당을, 그것도 비슷한 시간에 찾아가다 보니 며칠이 지나자 서빙하는 직원들이 저를 반기며 맞았습니다. 그런데 어느 날엔가 한 친구가 저에게 유독 관심을 보였습니다. 볼 때마다 화장에 재주가 없다고 생각되어 안타까움이 느껴지던 친구였습니다. 그것은 화장이라기보다는 얼굴에 조화되지 않는 색을 덧발랐다는 느낌이었습니다. 어느 하루, 이 친구가 저에게 물었습니다.

"혹시 오늘 저녁에 무슨 일정 있어요? 저녁 6시 이후로요."

물론 저에게 다른 일정은 없었습니다. 저녁 식사 이후론 가벼운 산책을 하거나 영화를 보았습니다.

"아니. 아무 일도 없어."

　친구의 얼굴에 화색이 돌았습니다.

"그럼 나하고 같이 파티 갈래요? 가고 싶은 파티가 있는데, 짝이 없어서 그래요."

　숙소 근처에 있는 식당이니 밥 먹으러 나올 때에 저는 반팔 티셔츠에 조끼 차림이었습니다. 제가 스님인 걸 모를 수도 있겠다는 생각이 들었습니다. 하지만 생각해보면 꼭 그런 것도 아니었습니다. 며칠 전 저에게 호기심을 보인 이 친구에게 이미 저는 한국에서 온 스님이라고 말해주었습니다. 그런데 왜 나한테 파티를 같이 가자고 하지?

"파티 같은 데 안 가."

"왜요?"

"그런 데 안 좋아해."

　친구는 금세 실망한 눈치였습니다.

"저녁에 따로 할 일도 없다면서요?"

"응, 맞아. 따로 할 일은 없어도 영화를 보거나 게임을 하기도 해."

"그런 거 하지 말고 파티에 가서 춤을 추는 게 훨씬 즐겁지 않아요?"

"아니 나 춤 안 좋아해. (실은 나 봉산탈춤이야.)"

"그럼 춤은 추지 말고 나랑 같이 가서 맥주만 마셔요."

"아니, 나 술 안 좋아해. (실은 나 술 마시면 기절해.)"

제가 계속해서 철벽을 치자 친구가 속상했던 모양입니다.

"아니, 왜 그렇게 인생을 재미없게 살아요?"

"아니야, 재밌어. 남들이 보기에 재미없어 보이는 삶이어도 나한테는 재미없는 재미라는 게 또 있어."

친구는 제 삶의 방식을 이해하지 못하겠다고 말했습니다. 재미도 없고 말도 통하지 않는다는 푸념을 하고 결국 저에게서 떠나갔습니다. 친구가 떠나자 저는 비로소 안도했습니다.

그 친구는 아직 성전환수술을 하지 않은 트랜스젠더였습니다. 아마도 이런 식당에서 서빙 알바를 하면서는 성전환수술은커녕 주기적으로 호르몬 주사를 맞기도 힘들 것이었습니다. 여자처럼 옷을 입고 어설픈 눈화장을 하고는 있지만, 그 친구는 누가 보아도 영락없는 남자였습니다. 트랜스젠더로서의 정체성을 유지하며 살아가고는 있지만, 아마도 경제적 여건이 허락되지 않아 아직 여자의 모습을 하지 못한 듯 보였습니다. 모든 트랜스젠더가 본인이 원하는 성의 외양을 갖추길 바라는지는 알 수 없지만, 이 친구는 분명히 여자의 모습으로 살아가고 싶은 듯 보였습니다. 비록 남성의 몸매나 골격, 목소리를 갖추었어도, 말투나 제스처, 화장은 분명 여성의 것이었습니다. 다만 두드러진 남성의 특성 때문에, 친구가 원하는 여성으로의 꾸밈새가 잘못된 조합처럼 두드러져 보이기는 했습니다. 파티에 가서 춤을 추고 술을 마시는 게 저의 취향이 아니기도 했지만, 저에게서 떠나간 이 친구가 다른 서양인 남자에게도 퇴짜 맞는 모습을 보고 있으려니 그런 안타까움이 더해졌습니다.

그런데 어찌 보면 이 안타까움도 저만의 느낌이며 생각인지도 모릅니다. 저는 외형적인 완성도 차원에서 이 친구에게 안타까움을 느끼고 있었지만, 퇴짜를 맞은 당시에는 곧잘 새침해 보여도 얼마 지나지 않아 또다시 미소를 지으며 사람들에게 다가가 즐겁게 이야기를 나누던 친구였습니다. 외양이 부조화처럼 느껴질지언정, 타고난 성품은 유쾌하고 활달했던 것입니다. 친구는 이미 인생을 충분히 즐겁고 만족스럽게 살아가고 있는데, 제가 저만의 편견으로 이 친구를 겉모습으로만 평가하고 있었는지도 모릅니다. 결국 안타까움은 저의 일이었지 이 친구의 일은 아니었습니다. 매번 그렇게 식당에서 만난 친구의 얼굴이 항상 즐거운 표정이었던 것을 떠올리면 말입니다.

파티에 가자는 친구의 요청을 거절한 다음 날에도 저는 또다시 바나나 레스토랑에 들렀습니다. 친구는 어제 저에게 퇴짜 맞은 일은 까마득하게 잊어버리기라도 했는지, 여전히 한결같은 모습으로 저를 반갑게 맞아주었습니다. 참으로 밝고 긍정적인 성격이었습니다. 어제 퇴짜를 놓아 제 딴에는 약간 미안한 마음이었는데, 친구의 밝은 미소를 보니 안심이 되었습니다. 다행이었습니다. 그런 친구가 인사를 하며 저에게 이런 말을 꺼냈습니다.

"그럼 오늘 저녁엔 시간 돼요? 친구네 생일 파티 있는데, 같이 갈래요?"

"아니, 나 바빠. 어제부터 〈대장금〉 보기 시작했어. 54부작이야."

마음챙김 농장

태국 북부의 중심 도시인 치앙마이 근교에서 유난히 기억에 남는 곳으로 마인드풀Mindful 농장이 있습니다. 이 농장은 치앙마이 시내에서 북서쪽으로 75킬로미터 떨어진 빵떰이라는 시골 마을에 위치해 있습니다. 이곳은 태국에서 지난 20년간 스님 생활을 해오다가 환속한 피난이 일본인 부인인 노리코, 딸인 노바라와 함께 꾸려나가고 있는 수행 농장입니다. 마인드풀니스Mindfulness는 불교에서의 팔정도 중 정념正念을 뜻합니다. 보통 우리말로 '마음챙김'이라 번역합니다. 참선 수행할 때에 화두를 챙긴다는 말을 하듯, 남방 불교에서는 마음을 챙기는 수행을 하는 것입니다. '지금 여기'에 마음을 오롯이 두는 수행법이 바로 마음챙김인 것입니다. 그렇기에 이 마인드풀 농장은 일을 하기 위해 만들어진 농장이 아니었습니다. 수행을 중심에 두고 일을 하며 일상을 살아나가는 연습을 하는 수행 농장이었던 것입니다.

그런데 마인드풀 농장에 가기 전에 제겐 심각한 고민이 있었습니다. 문제는 제가 일하기를 싫어한다는 것이었습니다. 절집에서 하루에 열 시간 좌선 정진을 하라면 하겠는데, 만일 하루에 세 시간씩 일을 하라 했으면, 저는 아마도 절에서 야반도주했을 겁니다. 왜 그런지 모르겠으나 어렸을 때부터 일하는 것이 싫었습니다. 그래도 대중들이 함께 모여서 일을 하면 당연히 참석하고 역량껏 일을 하지만, 제 스스로 일을 만들거나 일을 시작하는 경우는 거의 없었습니다.

'지요무사只要無事', 즉 '단지 일 없음을 소중히 여긴다'는 옛 어른들의 말을 아전인수 격으로 해석해서, 지금도 어떻게든 일을 하지 않으려고 절에서 요리조리 도망 다니고 있는 형국입니다. 그래서 고민이었습니다. 일을 하기는 싫은데, 농장에 가서 일을 해야만 하다니…. 그러나 결국엔 농장에 가기로 결정을 했습니다. 피난이라는 사람에 대한 궁금증이 일었고, 또한 그가 어떻게 수행 농장을 꾸려가고 있는지 보고 싶었습니다. 아울러 그곳을 찾는 사람들이 과연 어떤 마음가짐으로 농장을 찾아오는지, 또 어떤 방식으로 일과 수행을 겸하면서 살아가고 있는지를 제 눈으로 직접 확인해보고 싶은 열망이 컸던 것입니다.

마인드풀 농장에 가기 위해서는 치앙마이 와로롯 시장 근처에 있는 버스정류장에서 빵떰으로 가는 송태우를 타야 했습니다. 하루에 단 한 대만 운행되는 빵떰행의 송태우는 정오 무렵에 출발했습니다. 한국에서야 75킬로는 오래 걸려도 두 시간이면 도착할 거리였지만, 완행열차처럼 중간에 이곳저곳 다 들르면서 천천히 운행하는 송태우는 네 시간이나 걸려서 빵떰 마을에 도착했습니다. 피난 부부에게 미리 연락을 해두었기에, 그들은 노바라를 안고 직접 버스정류장에까지 나와 저를 기다리고 있었습니다. 제가 마인드풀 농장을 찾은 첫 한국인이기도 했지만, 또한 첫 스님인 이유 때문에 이들 부부가 미리 마중을 나온 것이었습니다. 간단한 인사를 나누고 저희는 곧장 농장으로 향했습니다. 피난은 저를 우선 불단 앞으로 안내했습니다. 제가 먼저 부처님께 인사를 마치고 난 뒤, 부부는 남방 불교의 전통대로 한국에서 찾아온 스님인 저에게 예를 표했습니다. 그들 부부에게서 예를 받는 것이 약간은 겸연쩍었으나, 현지에서의 전통은 또한 전통대로 따라주는 것이 무난할 듯싶었습니다.

간단히 몇 마디 대화를 나누며 인사를 마치고 난 뒤, 피난이 물었습니다.

"그럼 스님 숙소와 식사를 따로 마련해드릴까요?"

남방에서 스님은 일반 사람이 아닌 예경의 대상입니다. 피난이 전직 스님이기도 했거니와, 농장에 처음으로 찾아온 스님이었기에 특별히 예를 갖추려 하는 모습이었습니다.

"아닙니다. 저는 이곳에 스님 자격으로 온 게 아니라, 수행으로 하는 일을 자원해서 찾아온 사람입니다. 저를 일반 사람과 동등하게 대우해주시는 게 저로서는 더욱 편합니다."

남방의 방식대로 수행과 일을 경험해보고 싶어서 수행 농장에 온 것이지, 스님으로서 대우받으며 편하게 지내려고 온 것이 아니었습니다. 피난은 제 말을 수긍해주었고, 결국 저는 다른 지원자들과 마찬가지로 움막에 머물렀습니다. 저의 움막메이트는 미국인 친구 에릭이었습니다. 절반만 외벽이 있었고, 아래는 곧장 시멘트 바닥이어서, 좋은 의미로 보자면 언제고 자연과 바로 소통하며 교감할 수 있는 오픈형 움막이었습니다. 매일 아침 안개가 몰고 오는 서늘한 기운에 눈을 뜨면 모기장에 풀벌레 몇 마리가 기대어 쉬고 있는 모습이 보였습니다. 이렇게 자연과의 막힘 없는 교감은 좋았지만 다만 좀 불편한 문제라면 오픈이 된 이유로 빈대들과도 아무런 장애 없이 교감해야만 했다는 점입니다. 농장에서 며칠을 보내자 온몸이 가려웠습니다. 옷을 다 벗고 빈대를 찾으려 했지만, 결국 찾지를 못했습니다. 그래서 농장을 나온 뒤에도 보름 정도는 극심한 간지러움 때문에 고생을 해야 했습니다.

일주일간 머문 마인드풀 농장에는 몇 가지 특색이 있었습니다. 기본적으로 이곳 수행 농장으로 자원해 들어온 사람들은 유기농 채소를 재배하는 일을 했습니다. 또한 수행 농장의 특징대로 오로지 채식만 허락되었습니다. 주변에 있는 카렌의 농장이나 해피힐링홈 농장의 경우는 육식도 가능했으니 마인드풀 농장의 차별점이었습니다. 그리고 저녁 식사 후에는 매일같이 법당에 모여 피난의 법문을 들었습니다. 이 밖에 농장에 머무는 외국인들 중 일요일마다 빵떰 마을로 가서 아이들에게 영어를 가르치며 재능 기부를 하는 경우도 있었습니다.

제가 농장에 머무를 당시의 하루 일과는 대개 규칙적이었습니다. 사람들은 새벽 6시 반에 일어나 명상룸에 모여 차를 마시거나 요가나 체조 같은 걸 하며 간단히 몸을 풉니다. 그러고는 농장에서 기르는 채소에 물을 주는 것으로 하루의 일을 시작합니다. 8시가 되어서는 아침 식사를 준비하고 9시부터 농장에서의 오전 일을 시작합니다. 제가 농장에 있을 당시에는 흙을 이겨서 벽돌을 만들고, 그 벽돌을 쌓아 건물의 외벽을 만드는 일을 했습니다. 외벽을 쌓고는 진흙으로 그 벽의 틈을 바르는 일도 같이 진행했습니다. 이 외에 대나무로 간단한 형태의 옷장을 만드는 일도 있었습니다. 그러나 이렇게 일을 하는 와중에도 우리가 명심해야 할 것은 바로 일하는 순간의 마음 챙김이었습니다. 피난은 우리와 같이 일을 하면서도 자기 자신이 무엇을 하고 있는지 매 순간 알아차림으로 일에 임해야 한다고 강조했습니다.

12시 반에는 점심 식사를 준비했습니다. 농장은 철저히 자급자족 시스템이라, 농장에서 일하는 사람들이 함께 스스로의 식사를 마련하고 또 식사를 마친 뒤에는 설거지를 했습니다. 오후 3시까지는 개인적인 수행이나 자율적인 운동 시간이 주어졌습니다. 물론 몸이 피곤하면 쉬어도 되었습니다. 그리고 한낮의 더위가 조금씩 사그라지는 오후 3시부터 5시까지 다시 일을 시작하고, 5시 반에는 저녁 식사를 합니다. 아침과 점심 식사 시간에는 명상룸에 모여서 가지런히 줄지어 앉아 수행 차원에서의 묵언 식사를 했지만, 저녁 식사 시간에는 옹기종기 모여 앉아 밥을 먹으면서 담소를 나누는 것이 허락되었습니다. 그리하여 저녁 7시 반에는 모두 모여서 30분간 좌선 명상을 합니다. 명상을 마친 뒤에는 피난의 마음챙김 법문을 듣고 하루 일정을 끝마치게 됩니다.

묵언이 요구되는 아침과 점심 식사에서 우리는 식사 전에 수행에 관한 짤막한 글귀를 하나씩 읽었습니다. 그중에는 틱낫한 스님의 수행기도 있었고 마음챙김에 관한 지침서, 자연의 조화와 사람의 인연에 대한 좋은 글귀도 있었습니다. 그리고 저녁 명상을 마친 다음, 피난은 자신의 수행담을 중심으로 해서 우리가 마음을 챙겨야 하는 필요성과 이를 어떻게 이어나가야 할지에 대한 수행법을 들려주었습니다. 비록 환속을 했을지언정 피난은 일상에서도 수행을 삶의 중심으로 여기는 수행자였으며, 동시에 외국인들에게 수행을 가르치는 선지식이었습니다. 멀리 일본에서부터 찾아와 깊은 인연을 맺게 된 노리코에게는 자상한 남편이었고, 딸을 지극한 마음으로 사랑하는 아버지이기도 했습니다. 제가 환속에 대해 딱히 부정적인 견해를 가지지 않아서이기도 하겠지만, 피난은 한 사람의 인간으로서 그 모든 인연에 충실하게 살아가고 있는 것으로 보였습니다.

그러던 언젠가 피난은 한국 불교의 수행 풍토에 대해서 알고 싶어 했습니다. 그래서 저는 피난의 저녁 법문 뒤에 사람들에게 다큐멘터리 〈백담사 무금선원〉을 보여주었습니다. 영상 중간중간 멈춰 한국의 선 수행 문화에 대해 자세한 설명을 더해주었습니다. 사람들은 용맹정진 기간에 일주일간 잠을 자지 않고 스님들이 수행하는 모습

마인드풀 농장. 작업하는 모습과 숙소로 지낸 오두막

에 감탄하기도 했다가, 좌선하다가 졸기라도 하면 곧장 죽비로 경책을 받는 모습을 보고는 경외감에 고개를 젓기도 했습니다. 저에게는 별다를 바 없는 익숙한 수행의 삶이었지만, 저와 전혀 다른 수행 풍토에 있는 피난이나 수행 경험이 전무했던 외국 친구들에게는 굉장히 새로운 감회와 자극을 주는 한국의 선 수행 전통이었던 것입니다.

다음 날 저녁이 되어 피난은 혹시 좋은 한국 영화가 있는지 물어보았습니다. 이런 경우를 대비해서 저는 세계 일주 준비물을 챙기며 외장하드에 한국 영화 몇 편을 준비해놓았습니다. 외국인들이 이해할 수 있게끔 영어 자막도 함께 준비해놓았습니다. 다음 날 농장에 머물던 우리들은 모두 모여서 한국 영화를 시청했습니다. 영화는 김기덕 감독의 〈봄 여름 가을 겨울 그리고 봄〉이었습니다. 이 영화를 보고 아주 감동을 받았다는, 한국에서 만난 외국인 친구들의 말을 귀담아듣고 준비한 영화였습니다. 농장에서 같이 지낸 크레이그는 이 영화를 너무나도 좋아해서 이미 두 번이나 보았다고 자랑했습니다. 두 시간 가까이 모두들 집중해서 영화를 시청했습니다. 그리고 영화가 끝난 뒤에는 영화 내용과 관련해 10여 분간의 질의가 이어졌습니다.

그렇게 한국에서의 선 수행 다큐멘터리를 보고, 불교와 관련된 영화를 시청한 다음 날이었습니다. 피난은 저에게 좀 멀리 떨어진 다른 농장에 볼일이 있다며 며칠 출타를 해야 한다고 말했습니다.

"그래서 그런데요 스님, 오늘 저녁에는 스님께서 저 대신에 법문을 해주실 수 있을까요?"

인연에 따라 자연스럽게 살자는 제 신조 때문에, 저는 피난의 부탁을 받아들였습니다. 그렇게 수행 농장에 머물던 그 마지막 저녁 시간에 저는 불단 앞 법좌에 앉았습니다. 피난이 하던 대로 모두 모여 잠시 좌선을 했습니다. 보통 피난이 법문을 할 적에 절에 사는 고양이 펌킨이 피난의 허벅지 위에서 저녁잠을 청했는데, 이날엔 제 허벅지 위에서 잠을 잤습니다. 저는 명상룸에 모인 친구들에게 숨을 내쉴 때마다 숫자를 세는 수식관을 하도록 했습니다. 숨을 내쉴 때마다 하나부터 열까지 세고, 또 숨을 내쉴 때마다 다시 열에서부터 하나로 내려오는 아주 단순한 수행법입니다.

하지만 신기합니다. 이토록 단순한 수행이라고 해도 그 짧은 20여 분 동안 수 세는 과정을 멈춤 없이 이어가는 이가 단 한 사람도 없습니다. 수식관이 언뜻 보기엔 단순하고 쉬운 듯하지만, 실제 해보면 결코 쉽지 않은 수행이라는 것을 알게 됩니다. 숨쉬기에 맞춰 숫자를 세다가도 어느샌가 찾아온 망념에 그 숫자를 잊어버리는 일이 허다하게 벌어지는 것입니다. 이러함은 마음도 같습니다. 우리가 아주 손쉽게 마음먹을 수 있는 그 어떤 일이라고 해도, 그 마음먹음이 한결같이 이어지지는 않는 것입니다. 그래서 제가 물었습니다.

"그러면 왜 마음이란, 마음처럼 되지를 않는 것일까요?"

이것이 제 저녁 법문의 첫 질문이었습니다. 이 질문을 시작으로 농장의 어두운 밤은 두 시간 동안 생생한 대화로 떠들썩했습니다.

몽
키
포
레
스
트

      원숭이는 천성적으로 아주 활발하고 장난기도
많고 다혈질에다가 거침없이 행동하는 동물입니다. 중국의 윈난 지
방에서 두 마리의 원숭이를 보았는데, 모두들 호기심 넘치는 친구
들이었습니다. 뉴페이스 투숙객들이 오면 허공으로 날아 차기를 하
는가 하면, 이기지도 못할 싸움을 신청하기도 했습니다. 제가 근처로
지나가면 허공에서 나풀거리는 제 두루마기 옷끈을 물어뜯기 바쁜
녀석도 있었습니다. 그러다가도 쌀쌀한 저녁이 되면, 옷가지 속으로
숨어들어 머리만 빼꼼 내밀고는 사람들에게 청승을 떨었습니다. 줏대
없는 장난기 때문에 원숭이가 경박해 보일 수도 있지만, 저에게는 되
려 그러한 모습이 천진하고 순수해 보였습니다. 그래선지 저는 원숭이
를 좋아합니다.
    마침 제가 가게 된 인도네시아 발리의 우붓에는 몽키 포레스트가

있었습니다. 우붓에서 인기가 가장 많은 관광지라 우붓을 찾는 거의 모든 이들이 들르는 곳입니다. 몽키 포레스트는 시내에서 가깝기도 하고 입장료도 2만 루피아(한화로 2,300원 정도)로 저렴한 편이어서, 가벼운 산책 삼아 다녀오기 좋습니다.

이 우붓의 몽키 포레스트에서는 실로 다양한 군상의 원숭이들을 만날 수 있습니다. 관광객들에게 음식을 얻으려는 구걸 원숭이, 아예 대놓고 가방을 열어 음식을 뺏어가는 강도 원숭이, 그러든 말든 물웅덩이로 점프하며 물놀이를 즐기고 있는 다이빙 원숭이, 세월아 네월아 배부르게 밥 먹고는 자빠져 자고 있는 한량 원숭이, 누군가의 이를 잡아주느라 바쁘게 손과 눈을 놀리는 착한 원숭이, 빈 음료수병을 찾아다니며 남아 있는 음료수를 입에 털어 넣고 있는 애들 입맛 원숭이, 사진을 찍는 카메라를 물어뜯어 버리기라도 할 듯한 호기심 원숭이, 관광객이 오든 말든 아랑곳없이 그저 먼 허공을 응시하는 사색 원숭이 등, 참으로 다양했습니다. 저는 원숭이를 좋아해서 원숭이를 만나면 곧잘 장난을 치며 놀았습니다. 원숭이 앞에 서서 비슷한 자세를 취하며 따라 해보기도 하고, 원숭이가 내는 소리도 따라 하며 그 반응을 살펴보기도 했던 것입니다.

한 시간쯤 몽키 포레스트를 구경하다가 저는 한 원숭이를 만났습니다. 그 원숭이는 수도꼭지에 남아 있는 물을 먹으려고 수도꼭지를 핥고 있었습니다. 꼭지를 누르면 물이 나오는 원리인데 아마도 이 원숭이는 이를 알지 못하는 듯했습니다. 제가 다가가 꼭지를 눌러주려

하자 원숭이는 수도 뒤로 휘릭 도망갔습니다. 그러더니 고개를 빼꼼 내밀고는 제가 하는 행동을 지켜보았습니다. 제가 수도에서 떨어지자 원숭이는 다시 꼭지로 돌아와 꼭지 끝에 남아 있는 물을 열심히 핥았습니다. 원숭이가 물을 다 핥았을 때쯤, 저는 다시 꼭지를 눌러 주려 앞으로 다가섰고, 원숭이는 뒤로 도망갔습니다. 다가서고 도망가고. 도망가고 다가서고. 이 과정이 몇 차례나 반복되었습니다. 옆에서 보면 제가 꼭 원숭이와 장난을 치는 것처럼 보이기도 했을 것이고, 원숭이와 숨바꼭질을 하는 것처럼 보였을 수도 있습니다. 그래선지 누군가는 원숭이와 저의 모습을 카메라에 담기도 했고, 누군가는 저희 밀당을 마치 술래잡기나 숨바꼭질 지켜보듯 바라보며 웃기도 했습니다. 원숭이와 저와의 밀당 놀이가 재밌게 보였나 봅니다.

그렇게 수도꼭지를 두고 원숭이와 밀당 놀이를 하고 있으려니, 한 백인 여자가 굉장히 심각한 얼굴을 한 채 저에게 성큼성큼 다가왔습니다. 그리고 그녀는 무척이나 진지한 표정으로 저에게 말했습니다.

"원숭이를 위협하는 행위를 그만두세요."

도대체 무슨 소리지…? 원숭이와 제가 하던 밀당 놀이가 그녀에게는 제가 원숭이를 위협하는 모습으로 비쳤던 것입니다. 여자의 굳은 얼굴을 보고 상황이 파악되었습니다. 저는 바로 대답했습니다.

"미안해요. 안 그럴게요."

제 대답을 듣고 여자는 예의 진지한 표정 그대로 고개를 돌리고 돌아갔습니다. 난데없이 찬물처럼 끼어든 그녀의 말에, 밀당 놀이를 구경하던 주변의 다른 사람들도 저와 마찬가지로 그 여자를 쳐다보

발리 울루와투 사원의 원숭이

있습니다. 왜 저렇게 심각한 표정과 말투냐며 의아해하는 사람도 있
었습니다. 말을 마친 여자는 수도 근처에서 떠나 서서히 다른 쪽으
로 멀어져 갔습니다. 여자가 시야에서 사라지고 다시는 되돌아오지
않겠다 싶었습니다.

  여자가 사라지자 저는 다시 원숭이와 밀당 놀이를 시작했습니다.
저는 여자에게 거짓말을 하지는 않았습니다. 굳이 변명을 보태자면,
(당신이 있을 때) 안 그러겠다고 한 것이었지, 다시는 그러지 않겠다고
말한 것은 아니었습니다. 미안하다고 한 것은 그녀가 그렇게 오해를
한 것에 대한 저의 반응이었지, 제가 원숭이에게 한 행동이 잘못되
었다고 생각한 건 아니었습니다. 제가 원숭이와 노는 모습을 관심 있

게 지켜본 대부분의 사람들은 제가 원숭이를 위협하거나 괴롭힌다고 생각하지는 않았습니다. 주변에서 들려오던 사람들의 웃음소리나 카메라의 셔터 소리가 이를 대변해줍니다. 하지만 이유가 어찌 되었건, 친근감으로 시작된 저의 장난을 여자는 위협으로 해석했습니다. 물론 여자에게 제 행동이 위협이 아니라고 설명을 할 수도 있었을 것입니다. 하지만 저는 설명하지 않았고, 미안하다고 말하기로 결정했습니다.

무엇보다 여자의 불편한 심기를 가라앉히는 게 우선이었기 때문입니다. 그래서 앞뒤 설명 없이 미안하다고만 말했습니다. 그리고 제 장난을 멈췄습니다. 그러자 상황은 단번에 해결되었고, 괜히 오해를 하거나 얼굴 붉히는 말싸움 같은 것은 일어나지 않았습니다. 얼마 후 여자는 시야에서 사라졌습니다. 그러자 상황은 다시 변했습니다. 오해나 다툼의 여지가 사라졌기에 저는 또다시 원숭이와 밀당 놀이를 시작했던 것입니다. 하지만 찬물을 끼얹은 것처럼 분위기가 확연히 바뀌어선지, 이후의 밀당 놀이는 재미가 없었습니다. 놀이를 지켜보던 사람들도 서서히 자리를 떠나갔고, 저도 이내 다른 곳으로 자리를 옮겼습니다.

제 개인적인 믿음이랄 수도 있겠지만, 저는 '미안합니다'라는 말의 공덕을 믿습니다. 매일매일은 아니겠지만 저는 '미안하다'는 말을 종종 합니다. 상대방의 입장, 나의 생각, 상황에 대한 판단 등등 여러 가지에 대한 옳고 그름의 여부를 따지는 것이 필요한 경우가 있지만,

그 무엇보다 앞서 '미안합니다'라는 말 한마디를 먼저 해주면, 불편한 상황이 훨씬 완화되며 매끄럽게 흘러감을 알기 때문입니다. 이것이 말 한마디의 공덕입니다. 내 입장을 변호하기 위함도 아니고 상대방의 행동을 평가하는 것도 아니고, 그 무엇이 바른 행동인가를 논하는 것도 아니고, 그냥 내가 먼저 미안하다는 말을 꺼내 들면, 그 모든 갈등과 오해의 정도가 순식간에 경감되는 것입니다.

시비를 잘 가려내는 것이 불필요하다거나, 시비 자체가 없다고 말하는 것이 아닙니다. 다만 이 '미안합니다'라는 말 한마디가 나와 상대방의 감정과 생각을 가라앉혀주고, 시비에 대한 집착의 마음을 누그러뜨리는 공덕이 있음을 아는 것뿐입니다. 기왕 대화를 한다면 서로가 필요 이상으로 불편해지지 않은 상태에서 대화를 이어가는 것이 훨씬 좋습니다. 조금만 더 감정과 생각의 여유를 가지고 편안해진 마음으로 서로를 대하는 것이 우선이기 때문입니다. 그러기 위해 내가 먼저 '미안합니다'라고 말해도 좋습니다. 나와 상대방 모두를 위해서 말입니다. 좀 더 명확하게 시비를 가르는 것이나, 누가 잘나고 못나고를 나누는 것은 그 후의 선택 사항이지 필수 요건은 아닙니다. 저는 차분해진 마음을 가지고 대화를 나눌 때에 서로를 이해할 수 있는 여지가 더욱 생겨난다고 믿고 있었고, 그러기 위해 내가 먼저 '미안합니다'라고 말하는 것이 훨씬 유익하다는 것을 삶의 여러 경험을 통해서 배웠습니다.

사실 이 '미안합니다'의 공덕은 제가 존경하는 사형 스님 한 분께서 제가 스님 생활을 시작할 적에 가르쳐주셨습니다. 처음에는 자존심 때문에 힘들었습니다. 제 생각이 옳다는 분별심 때문에도 쉽게 이 말이 나오질 않았습니다. 하지만 그 언젠가 도반 스님과 가벼운 불화가 있었을 때 앞뒤 정황에 대한 제 견해를 모두 걷어내고, 먼저 미안하다는 말을 꺼내 들었습니다. 그런데 놀라운 일이 일어났습니다. 이 말을 꺼내는 순간, 상황이 급변했습니다. 도반 스님도 처음에 자신이 실수한 것 같다며 같이 미안함을 토로한 것이었습니다.

이후로 저는 여러 문제 상황이 생길 때마다 우선 자존심을 접고 '미안합니다'라는 말을 꺼내 들었습니다. 이후 많은 문제 상황들이 훨씬 순조롭게 해결되어감을 알게 되었습니다. '미안합니다' 스킬을 쓰면 쓸수록 저의 자존심이 상처를 받는 것이 아니라, 되려 내 마음이 편해지고 동시에 상대방도 편하게 만든다는 것을 경험으로 익히게 된 것이었습니다. 그리고 몇 차례 계속 연습하다 보니, 자존심에 대한 집착도 크게 줄어들었습니다.

어떻게 보면 수행이라는 것은 참 단순한 것이기도 합니다. 내 생각, 내 분별, 내 믿음이 점점 엷어지는 것이 바로 수행이 바르게 나아가는 모습이기 때문입니다. 그 근원이 되는 나에 대한 집착이며 생각에 대한 고집이 떨어져 나감이 수행의 진정한 요지입니다. 수행이라는 것은 꼭 법당에서, 선원에서 하는 것만이 아닙니다. 수행은 삶에서 하는 겁니다. 삶이 펼쳐지는 일상의 순간에서 그 어느 때나 행하며 마음을 비움으로 돌이킬 수 있다면 그 모든 것이 수행인 것입니다. 제가 세계 일주를 하며 꼭 즐겁고 긍정적인 경험만 한 것은 아닙니다. 그러나 좋든 안 좋든 그 수많은 상황을 접하며 낱낱의 경험들을 통해 자신의 마음을 돌이켜 비움으로 이끌어낼 수만 있다면, 그 모든 경험을 치러냄이 모두 훌륭한 수행이 될 수 있었다는 것을, 저는 세계 일주가 끝난 뒤에야 알게 되었습니다. 세계 일주를 하던 당시에는 그런 여러 경험의 수행을 치러내느라 바빠서, 또 그렇게 비움으로 제대로 돌이킬 만한 사색의 여유가 없어서, 도리어 그것이 수행인지조차 모르는 경우가 많았던 듯합니다. 그때도 연습 중이었고, 지금도 연습 중입니다. 그렇게 끊임없이 '미안합니다'라는 말을 반복하면서 저의 마음을 돌이켜보고 비우는 연습을 해가고 있는 것입니다.

'미안합니다'는 단 한마디에 불과한 말입니다. 그러나 이 간단한 말 한마디가 사실 마음의 안정을 가져다주는 엄청난 수행의 시작이었음을 수많은 연습을 거친 다음에야 비로소 뒤늦게 깨닫게 되었습니다. 안정이라는 결과는 먼저 찾아올 수 있습니다. 다만 그 평온의 상태에서 왜 이러한 안정이 찾아오게 되었는지의 이유는 뒤늦게 헤아리게 되는 경우도 있는 것입니다.

간혹 안목이 좋은 친구들이 있었습니다.

"스님, 꼭 스물네 살 같아 보여요~!"

이 말을 듣고 제 기분이 꼭 이랬습니다.

바
보
도
인

간혹 지적 장애를 겪는 분을 보는 경우가 있습니
다. 그런 분들을 보면 대부분의 경우, 내심 안타까운 심정이 듭니다.
하지만 그러한 분들의 행동이나 표정을 자세히 들여다볼 때마다, 저
는 조금 다른 생각을 하기도 합니다.

'저분은 아마도 우리와 전혀 다른 세계에 사는 것일 테지….'

저는 인도네시아를 떠나 세계의 지붕이라는 네팔에 들어왔습니
다. 네팔의 수도 카트만두 시내의 한 티베트 절에서 그런 분을 보았
습니다. 그분은 절 근처에서 지내는 듯 보이는 네팔 현지인이었습니
다. 행동이나 표정, 말하는 것이 우리 기준으로 지적 장애로 보이는
분이었습니다. 그래도 제가 먼 이국에서 온 스님이라는 걸 아는지 그
분은 저를 보고 깍듯이 예를 표해주었습니다. 저도 같이 인사로 공

경을 표했습니다. 그러고 난 뒤 그는 무슨 기분 좋은 일이라도 있는지 제 일행 앞에서 한 차례 춤을 추었습니다. 동행한 스님이 박수를 치며 추임새로 흥을 돋우자 춤사위가 더욱 즐거워졌습니다. 이런 저희 모습을 절의 어린 사미승들이 창문으로 머리를 빼꼼히 내밀고는 쳐다보고 있었습니다.

중국 샹그릴라에 머물 때도 이분과 비슷하지만 약간은 다른 이를 만난 적이 있습니다. 무슨 이유인지는 모르겠으나 그는 항상 기분이 좋아 보이는 독일 친구였습니다. 그의 얼굴에는 미소가 떠나지 않았고 늘 그에게서 흥겨움이 느껴졌습니다. 그러나 그의 몸에서 땀내와 암내가 합쳐진 기묘한 냄새가 풍기는 탓에 호스텔에 머무는 사람들이 그를 좀 기피하는 편이었습니다. 제가 그 친구에게 남다르다고 느끼는 것이 하나 있었는데, 그것은 바로 눈빛이었습니다. 세상에서 가장 맑아 보이는 빛을 초롱초롱 내뿜는 그런 눈빛이었습니다. 저는 이 친구의 눈빛을 보며 어떻게 사람이 저리도 맑은 빛을 내보일 수 있을까 하고 궁금해하곤 했습니다.

그러던 어느 하루, 호스텔 공용실에 앉아 사람들과 이야기를 나누고 있는데, 그 친구가 저를 불렀습니다. 그는 공용실에 있는 컴퓨터로 구글맵을 보여주었습니다. 그러고는 중국 내에 있는 독일 대사관의 위치를 보여주었습니다. 제가 "아, 그렇네요"라고 대꾸를 하니, 이제는 베트남으로 넘어가 독일 대사관 위치를 보여주고, 그다음엔 태국, 캄보디아, 라오스에서의 독일 대사관 위치를 보여주었습니다. 왜 저에게 독일 대사관의 위치를 보여주는지는 모르겠지만, 그는 그 일을 무척 즐거워했고 그 모든 순간에도 그의 눈빛은 여전히 빛나고 있었습니다.

저는 그 친구가 보여주는 대사관의 위치를 같이 확인하며 그의 대화에 응해주었습니다. 아무도 자신의 이야기를 들어주지 않아서 스스로 안타까워하는 것 같았는데, 제가 오랜 시간 그의 이야기를 들어주니 기분이 좋아 보였습니다. 그렇게 한동안 그 친구와 대화를 해나가니 공용실에 있던 투숙객들이 저희를 힐끔힐끔 쳐다보았습니다. 숙소 사장은 저에게 묘한 눈빛을 보내기도 했습니다. 알고 보니 사장은 저보다 앞서 이 독일 친구에게 세계 곳곳의 독일 대사관 위치를 소개받다 질려 도망간 것이었습니다. 그렇게 저는 그 친구와 함께 전 세계에 산재한 독일 대사관의 위치에 대해 이야기를 나누다, 밤이 깊어 같이 도미토리로 올라가 잠을 잤습니다. 저에게 독일 대사관의 위치를 소개해주고 나니 그 친구는 무척이나 행복한 표정이었습니다.

다음 날 저는 피에르와 함께 위병 마을로 가기 위해 그 초입에 있는 페이라이쓰라는 마을에 도착했습니다. 샹그릴라에서 무려 일곱 시간이나 버스를 타고 가야 하는 나름 먼 고행길이었습니다. 사실 페이라이쓰는 메이리설산의 일출을 보는 곳으로 유명했습니다. 그런데 어쩐 일인지, 그곳에 그 독일 친구도 따라왔습니다. 아마도 메이리설산의 일출을 보고 저희처럼 위병 마을로 가리라 생각했습니다. 다음 날 새벽, 페이라이쓰에 머무는 모든 사람들이 일제히 전망대로 향했습니다. 아침 햇살이 메이리설산을 붉게 물들이는 그 장엄한 광경을 보기 위해서였습니다.

피에르와 함께 일출을 구경하고 난 뒤, 저는 한 친구에게 전해 들었습니다. 샹그릴라에서 같이 이곳으로 찾아왔던 그 독일 친구가 새벽 6시 첫차를 타고 다시 샹그릴라로 돌아갔다는 것이었습니다. 어제 오후 늦게 예의 해맑은 얼굴로 페이라이쓰에 도착한 그 친구는 숙소에서 하룻밤을 보내고 새벽이 되어 또다시 맑은 얼굴로 웃으며 짐을 싸고 나갔다고 합니다. 독일 친구의 이러한 행보를 알려준 이는 그를 두고 "페이라이쓰까지 와서 메이리설산의 일출도 보지 않고 돌아간 바보"라고 놀려댔습니다. 그러면서 그런 바보가 도대체 무슨 생각으로 여행을 하는지 모르겠다고 고개를 저었습니다.

하지만 이 소식을 전해 듣고 솔직히 저는 큰 충격을 받았습니다. 자꾸만 그 독일 친구의 맑은 눈빛이 떠올랐습니다. 역시 보통 사람이 아니라는 생각이 들었습니다. 일반 상식 수준에서 그 독일 친구는 제대로 여행을 계획할 줄도, 여행의 묘미를 즐기지도 못하는 바보처럼 비칠지도 모르겠습니다. 하지만 저에게는 그 친구가 '한 생각이 떨어져 나간 사람'처럼 보이기도 했습니다. 새로운 풍경을 구경하며 감동을 느끼고, 사람들을 만나며 다양한 교감을 하는 것은 우리가 여행을 통해서 기대하고 얻는 바입니다. 하지만 그러한 기대에 대한 열망조차 없고, 순간순간을 그 자체로서 즐길 수 있는 사람이라면 과연 어떨까요. 열망도 어찌 보면 욕망이고 생각입니다. 그러한 생각이 떨어져 나가면, 그만큼 분별의 망상은 줄어들게 되어 있고, 그 망상이 줄어들기에 사람의 집착 또한 줄어듭니다. 집착 없는 사람의 마음은 고요합니다. 생각이 정말로 크게 떨어져 나간다면 망상이 사라지기에 집착 또한 사라집니다. 망상과 집착이 사라진 사람을 두고 우리는 흔히 도인道人이라고 부릅니다.

우리는 도인을 부러워하지만, 바보는 불쌍하다고 여깁니다. 우리의 기준으로 도인은 정신적인 자유에 도달한 사람이고, 바보는 그냥 일반 상식과 정신의 기준에 미달되는 사람입니다. 티베트 절에서 만난 현지인이나 페이라이쓰까지 찾아든 독일 친구는 아마도 우리의 일반적인 기준에 따르자면 바보에 속하지, 절대로 도인이 아닙니다. 그 누구도 이러한 사람들을 부러워하지 않습니다. 그러나 저는 그들이 자유로운 정신으로 살아가는 사람이라는 점에서, 오히려 도인에 가까운 게 아닌가 하는 생각이 들었던 것입니다.

인간이 불행한 것은 정상이라고 규정하는 그런 관념과 기준이 있어서입니다. 정상이라고 믿는 정신은 상식과 분별이라는 기준 안에 들어가 있고, 그 상식과 분별을 벗어나면 곧장 비정상이 되어버립니다. 나이 오십이 되어 느슨한 정신으로 경건한 절 안에서 춤을 추는 네팔인이나, 장시간 버스만 타다 일출도 보지 않고 돌아간 독일 친구는 우리의 상식과 분별이라는 기준에서 보면 정신이 약간 부족한 사람들입니다. 하지만 정작 그들이 부족한 게 아니라 그 상식과 분별이라는 틀을 벗어난 사람들이라면 어떨까요. 상식과 분별을 가진 일반인들에게는 바보와 도인이 현격한 차이로 나뉘겠지만, 그러한 상식과 분별을 벗어던진 사람은 그 결과에 연연하지 않고 오히려 눈앞의 자유를 곧장 누리는 도인의 삶을 살아가고 있는 것인지도 모릅니다.

체면이라는 상식이 없기에 설혹 절 안에서 기분 좋게 춤을 춘다고 해도 부끄러움이 없는 것이고, 효용이라는 분별이 없기에 설혹 메이리설산의 일출을 보지 않고 다시 고된 길을 돌아간다고 하더라도 아쉬울 게 없습니다. 그 어떤 분별의 조건에 의해 기분이 좋고 나쁜 것은 생사의 파도에 허우적거리는 중생의 일이지, 조건이라는 틀에서 벗어나 눈앞의 행복을 순간순간 누릴 수 있는 것은 도인의 자유 아니던가요. 분별이라는 조건으로부터도 벗어나는 행복이자 자유 말입니다. 어쩌면 정작 바보는 이 분별심을 그토록 소중하게 껴안고 살아가는 우리일지도 모릅니다. 상식과 분별이라는 기준에 맞추어 끊임없이 남을 평가하고, 또한 동시에 남의 평가에 얽매이며 살아가며 정상이라고 믿는 우리 말입니다. 그런 생각이 문득 뒤통수를 세게 후려치며 원제라는 중생을 크게 흔들어놓았습니다.

박수를 들으니 춤을 추고, 날이 밝으니 첫차에 오릅니다.

이들은 이처럼 그 어떤 분별에도 얽매임 없는 자유를 누리는 그런 도인이었는지도 모릅니다.

두
번
의
번
지
점
프

세계 일주를 하면서 꼭 도전해보고픈 액티비티
는 바로 번지점프였습니다. 한국에도 번지점프대가 있기는 하지만
기껏해야 60미터 내외의 높이였습니다. 세계 제일의 높이를 자랑하
는 마카오타워가 233미터라는 기록을 가지고 있지만, 제 세계 일주
루트에 마카오가 해당되지도 않았고, 50만 원도 넘는 터무니없는 가
격에 애초부터 엄두를 낼 수 없었습니다. 그 밖에 216미터 높이에
해당되는 남아공의 번지점프대가 있기는 하지만 접근성 측면에서
불편했습니다. 세계 일주를 떠나기 전, 과연 어디에서 번지점프를 해
볼까 알아보던 중 최종적으로 선택한 장소가 바로 네팔 히말라야였
습니다.

번지점프 장소는 카트만두에서 티베트 방향으로 약 세 시간 반 정
도 차를 타고 가야 도착하는 히말라야산맥의 어느 중간에 있었습

니다. 대자연인 히말라야산맥의 거대한 협곡을 이은 철제 다리 위에 점프대가 있었습니다. 히말라야에서 흘러내리는 강이 까마득하게 내려다보이는 다리의 높이는 160미터였습니다. 비록 200미터를 넘지는 않지만, 점프대의 높이 기준으로 세계 10위 안에 드는 곳이었습니다. 깎아지른 듯 가파른 협곡과 흐르는 강물, 다소 서늘한 바람과 화창한 날씨. 번지점프를 하기에 최고의 조건이었습니다. 번지점프는 제 버킷리스트 중 하나였습니다. 처음 도전해보는 것이었지만 평상시에 고소공포를 느끼지 않는다고 자신하던 저였기에 무척이나 기대가 되었습니다.

저는 앞서서 번지점프를 하는 사람들을 호기심 있게 지켜보았습니다. 허리와 가랑이 사이, 발목 등에 줄을 묶고 점프대 앞에 서는 순간, 많은 사람이 그 암담한 높이에서 점프하기를 주저했습니다. 어떤 이는 밑도 끝도 없는 공포를 느꼈는지 진행 요원의 허리춤을 붙잡고 놔주지 않았습니다. 이 광경을 지켜보던 우리 후발 주자들은 그저 실실 웃었습니다. 그러나 그렇게 망설이던 지원자들도 결국엔 아득한 허공을 향해 몸을 던졌습니다. 어떤 이는 한 치의 망설임도 없이 가볍게 몸을 내던지기도 했습니다. 그 대단한 결행을 지켜보며 우리는 박수를 쳤습니다.

먼저 온 사람들이 점프를 끝낼 때까지 대기하느라 우리 일행은 협곡 다리 건너편에서 무려 네 시간을 기다려야만 했습니다. 이 기다림의 시간은 무척이나 지루했습니다. 새벽 여섯 시에 카트만두에서 출발해 실제로 번지점프를 한 시간은 오후 두 시 반 정도였습니다.

이제 그토록 열망해온, 허공을 향한 내던짐의 순간을 드디어 제가 직접 경험해볼 차례였습니다. 제 차례를 준비하며 철제 다리 위를 성큼성큼 걸어가는데, 이전에 느끼지 못했던 긴장감이 몰려들었습니다. 다리 위를 걸어가며, 이제 곧 이곳이 내가 뛰어내릴 장소라고 생각하니 그 긴장감이 더욱 커졌습니다. 고소공포증 따위는 없다고 호언장담한 저였건만, 160미터 높이의 다리 위에서 까마득하게 내려다보이는 강의 아득한 거리감에 현기증이 이는 듯했습니다.

지원자 중 몸무게가 가벼운 순으로 점프가 진행되었습니다. 그렇게 하나둘씩 각자의 방식대로 허공을 향해 몸을 내던졌습니다. 처음에 스무 명 남짓으로 시작한 사람들이 점차 줄어들고 결국엔 저의 차례가 돌아왔습니다. 진행 요원이 저를 호명하고 점프대에 서라고 손짓했습니다. 가장 공포스러워야 할 순간인데, 이상하게 마음이 차분히 가라앉았습니다. 진행 요원이 물었습니다.

"기분 괜찮아요? 자신 있게 뛰어내릴 수 있겠지요?"

"노력해볼게요."

오후여서 그랬는지 모르겠지만, 어디선가 이상하게 따뜻한 봄바람이 부는 듯했습니다.

진행 요원이 로프로 제 다리를 튼튼하게 묶은 뒤에야, 이제 진짜 점프를 한다는 실감이 들었습니다. 다리와 허리를 감싼 고무줄 이외에는 더 이상의 안전장치가 없었습니다. 그런 상태로 저는 앞이 훤하게 트인 점프대 앞으로 주춤주춤 걸어갔습니다. 히말라야의 거대한 협곡이 만들어내는 이 경계 없는 허공을 곧장 눈앞에서 마주 대하

려니, 그제야 암담함이 몰려들었습니다.

'아… 왜 이걸 한다고 했을까!'

하지만 저는 이미 점프대 위에 서 있었습니다. 선택을 되돌리기엔 너무 늦어버렸고 후회의 심경만이 생생했습니다. 협곡 위로 펼쳐진 허공이 제 가슴을 압도하는 암담함이었지만, 저는 이 암담함을 느끼기 위해 그 먼 한국에서 이곳 히말라야까지 왔던 것입니다. 그냥 마음을 접기로 했습니다. '뭐 어떻게든 되겠지…'라는 생각뿐이었습니다. 점프하기 바로 전 합장을 한 채 저는 미리 마음먹었던 대로 〈반야심경〉의 진언을 외웠습니다.

가테가테 파라가테 파라삼가테 보디스바하.

가세 가세 어서 가세, 저 피안의 언덕으로 어서 가세.

그렇게 저는 허공을 향해 온몸을 내던지듯 멋지게 날았습니다~!!

라고 말한다면 그건 새빨간 거짓말입니다. 나중에 여행사 측에서 찍어준 비디오를 사서 보았는데 점프대로 향하는 원제는 무서움에 발발 떨며 2센티미터씩 살금살금 걸어가고 있었습니다. 어디 도축장에 끌려가는 동물의 모습 같기도 했습니다. 그러고는 정말 어정쩡한 자세로 점프대 위에 섰습니다. 생각으로야 몸을 허공에 멋지게 날리고 싶었습니다만, 비디오에 찍힌 실제 모습은 점프대 끝에 서서, 무릎을 살짝 굽히고는 찔끔거리는 듯한 자세로 떨어져 버린 것이었습니다. 정말 볼품없었습니다. 게다가 점프대에서 뛰어내릴 때에 멋진 함성을 내지른 것도 아니었습니다. 그렇게 슬쩍 미끄러지듯 떨어지는 순간 "으윽!" 하는 신음소리가 자동으로 흘러나왔습니다.

히말라야에서의 번지점프는 제 일생에 가장 쪽팔리는 경험이었습니다. 저는 멋있게 점프할 줄 알았지만, 실제로는 그토록 비굴한 모양새로 툭 떨어진 것이었습니다. 제 점프 모습을 제가 지켜보는 순간, 복서 타이슨의 명언이 떠올랐습니다.

'누구나 그럴싸한 계획을 가지고 있다. 처맞기 전까지는 말이다.'

네, 우리는 모두 그럴듯한 다짐과 상상을 가지고 있습니다. 저 역시 번지점프를 멋지게 해내리라는 다짐과 계획이 있었습니다. 물론 그 점프대 끝에 홀로 서기 직전까지 말입니다.

비록 비굴한 모습의 점프였지만, 점프한 뒤의 느낌은 정말로 생생했습니다. 히말라야 협곡의 강을 향해 자유낙하하는 그 순간, 거센 바람이 뺨을 때렸습니다. 그제야 저는 바람에도 부피가 있음을 느꼈습니다. 그 바람이 제 귓전을 지나며 시끄러운 소리를 내는 통에 정신이 없었습니다. 다리에서 점프를 해 최저점까지 내려간 시간은 단 4초. 짧은 시간이었지만 강렬했던 경험만큼이나 생생한 기억을 남겼습니다. 그렇게 떨어지는 것은 짧은 시간이었지만, 허공에서 거꾸로 매달린 채 강기슭에 있는 안전 요원이 건네준 대나무를 붙들고 지상의 착륙 지점에 몸을 누이기까지는 무척 오랜 시간이 걸렸습니다. 그렇게 한참 동안 거꾸로 매달려 있던 터라 피가 머리에 쏠려 땅에 내려오고서도 저는 한참이나 어지럼증을 느껴야만 했습니다. 그래도 어찌 되었건 저에게 최고의 버킷리스트였던 번지점프는 무사히 마쳤습니다.

사실 이후로 여행하는 내내 번지점프에 대한 아쉬움이 조금 남아 있었습니다. 아쉬운 마음에 한 번 더 도전하고 싶었던 것입니다. 그런데 이 아쉬움이 불러온 인연인지 액티비티의 성지라고 알려진 에콰도르의 바뇨스에 갔을 때 번지점프가 있음을 알았습니다. 네팔에서 뛴 번지점프가 120달러나 했던 데 반해, 바뇨스에서의 번지점프는 고작 20달러였습니다. 바뇨스 버스정류장에서 걸어서 5분 정도 걸리는 다리 위에 도착하니 안내 요원이 물었습니다.

"번지점프 하러 왔어요?"

"네, 다시 시도하려구요."

사실 여행사를 통하면 20달러를 받았지만, 수소문해보니 직접 현장에 찾아가면 15달러에 할 수 있는 번지점프였습니다. 너무나 저렴한 가격에 안전을 걱정하는 사람들이 있었으나, 이제껏 사고가 없었을뿐더러 15달러라는 가격은 정말로 큰 매력이었습니다. 바뇨스 다리의 높이는 100미터 정도였습니다. 하지만 번지점프 줄의 길이는 대략 40미터였습니다. 비록 히말라야에 비해 높이가 낮았지만, 그래도 15달러에 다시 한 번 번지점프를 시도할 수 있다면, 이 또한 기회였습니다. 제 뒤에서 번지점프를 하려고 대기하는 서양인 친구에게 제 폰을 건네고, 점프 장면을 동영상으로 녹화해달라고 부탁했습니다. 그래도 한 번 해본 경험이 있다고 지난번 히말라야 때보다 훨씬 여유롭게 느껴지기는 했습니다. 그러나 이 마음 역시 점프대 위에 서기 전까지였습니다. 점프대 위에 서서 이번에는 거대한 협곡을 만들어내는 안데스의 탁 트인 허공을 마주했습니다. 헛웃음이 나왔습니다.

‘내가 왜 이걸 또 한다고 했을까…’

사람이란 같은 실수를 반복하고, 같은 생각을 되풀이합니다. 그래도 스스로를 다시 시험대에 올리며 자신의 모습과 생각을 돌이켜볼 시간을 가질 수는 있습니다. 이러한 성찰의 기회가 잦아지고, 돌이켜봄의 시간이 늘어날수록, 그 실수의 크기며 무게는 점차 줄어듭니다. 비록 실수처럼 느껴졌을지언정, 저는 점프대에 다시 올랐고, 그렇게 다시 뛰어내렸습니다. 서양 친구가 찍어준 영상을 확인해보니, 지난번에 비해 크게 잘난 모습이랄 것은 없었습니다. 그래도 지난번의 구질구질한 추태보다는 한결 나아진 모습으로, 그렇게 저는 안데스의 허공을 향해 한 차례 웃어 보이고는 즐거운 마음으로 ‘폴짝’ 뛰어내렸습니다.

무
심
의

한
가
운
데
서

네팔의 카트만두 공항에 도착했을 때 제일 반가
운 것은 사실 공기였습니다. 가벼운 옷차림으로 다닐 수 있는 동남
아가 좋기는 했지만, 수개월간 열대 지역을 거닐다 보니 슬슬 그 무
더위에 지쳐가고 있었던 것입니다. 그래선지 히말라야의 서늘하고
상쾌한 공기가 그토록 반가웠습니다. 2009년에 안나푸르나 베이스
캠프까지 트레킹을 한 바 있지만, 이번에는 조금 더 긴 트레킹 코스
를 계획하고 호반의 도시 포카라로 들어갔습니다. 트레킹에 앞서 필
요한 서류들을 준비하면서 오랜만에 한국 식당에 들러 한국 음식을
먹으며 체력을 회복해두었습니다. 고산을 일주일 남짓 트레킹 하려
면 당연히 체력이 좋아야 했기 때문입니다.

지난번에는 우기가 끝나가는 시점인 10월 중순에 트레킹을 시작
해서 트레킹 하는 와중에 소나기가 폭우처럼 쏟아져 고생을 했습니

다. 하지만 이번에는 비가 훨씬 덜 내리는 4월이었습니다. 봄의 히말라야는 오전엔 맑고 오후에는 흐리다가 이따금 적은 비를 흩뿌리는 날씨가 이어졌습니다. 오후에 내린 비 덕분인지 저녁이 되면 서늘하다 못해 싸늘한 정도였습니다. 트레킹을 하다 하루 묵어갈 수 있는 고산의 로지에서는 기온이 영상 10도 아래로 아무렇지 않게 떨어졌습니다. 그래도 봄의 트레킹에는 좋은 구경거리가 있었는데, 바로 산 전체를 붉게 물들인 야생화였습니다. 트레킹 코스를 따라 무리 지어서 있는 나무들에는 주먹만 한 크기의 빨간 꽃들이 마치 누군가가 밤새 달아놓은 장식마냥 빼곡히 매달려 있었습니다. 이 야생화가 산 전체를 붉게 물들이는 장관을 보기 위해 일부러 봄에 안나푸르나를 찾는 사람들도 제법 있었습니다.

포카라에서 만난 한국인 세 분과 트레킹 일정을 같이하게 되었습니다. 무릎 수술을 해서 6개월간 병원에 누워 있다 왔다는 이 형이나, 애초부터 무릎이 좋지 않아 트레킹을 힘겨워하던 박 형이 그 수많은 돌계단을 오르내리는 것은 쉬운 일이 아니었기에, 우여곡절이 많았습니다. 그래도 한국인 특유의 끈기로 우리는 6박 7일의 일정 끝에 안나푸르나 베이스캠프에 같이 도착했습니다. 서로를 격려하며 정상의 베이스캠프까지 도착한 일행은 로지에서 치즈 토마토 피자를 먹는 것으로 등산 성공을 자축했습니다. 그리고 아침이 되어서는 안나푸르나를 배경으로 점프 인증샷을 함께 찍었습니다.

하지만 걱정은 이제부터였습니다. 무릎에 이상이 있어 가까스로 등산을 해낸 이 형과 박 형이 더욱 조심해야 할 것은 바로 하산이었기 때문입니다. 아무래도 모두가 같은 속도로 움직일 수 없다는 판단이 들어, 베이스캠프에서 저희는 각자의 템포대로 내려가기로 결정했습니다. 결국 저는 일행들과 포카라에서 만나기로 약속을 하고 하행길을 재촉했습니다. 제가 산행을 하는 평균 속도라면 다른 일행들이 하산을 하는 날에 저는 오스트레일리아 캠프 일정까지 소화한 뒤에 포카라로 들어갈 수 있었기 때문입니다.

트레커들 사이에서 '오캠'이라 불리는 이 오스트레일리아 캠프는 호주 등반대가 개척한 루트라 해서 오스트레일리아 캠프로 불렸습니다. 저는 이 오캠에 꼭 한번 가보고 싶었습니다. 비록 잔디가 깔린 작은 고갯마루에 불과한 곳이지만 이 오캠이 유명해진 이유는 바로 마차푸차레를 볼 수 있는 최적의 장소였기 때문입니다. 게다가 오캠은 사방이 환히 트여 있어서 광활하게 뻗어 있는 히말라야의 산맥들을 바라보기 좋았고, 저 멀리 포카라 시내와 근교 마을도 시원하게 내려다보였습니다. 트레킹을 할 시간 여유가 없거나, 건강 문제로 트레킹 하기 힘든 사람들의 경우엔 이 오캠으로 와서 멀리서 설산을 구경하다가 다시 포카라로 돌아가기도 했습니다.

보통 사람이라면 오캠까지 나흘 정도 걸리는 하산 코스를 저는 단 이틀 만에 끝내버렸습니다. 아침 일찍 산행을 시작해 저녁 늦게까지 이어가는 강행군이었습니다. 오캠에서 되도록 많은 시간을 보내고 싶다는 생각 때문이었습니다. 그렇게 하산길 이틀째 되는 날 해 떨어지기 전의 늦은 오후, 저는 드디어 오캠에 도착했습니다. 숙소에 짐을 풀고 난 뒤에 곧장 잔디밭에 앉아 오랜 시간 마차푸차레

오캠에서 바라본 마차푸차레

를 쳐다보았습니다. 안나푸르나의 정상이 다소 밋밋한 데 반해 마차
푸차레 정상은 이를 데 없이 뾰족했습니다. 안나푸르나가 좀 더 원만
한 성격처럼 보이는 반면, 마차푸차레는 인정머리 없는 성격처럼 보
였습니다. 그러면서 저는 안나푸르나 정상을 향한 길에서 돌아가신
박영석 대장을 떠올렸습니다. 한국의 대표적인 산악인이었던 그는
안나푸르나 정상으로 향하는 길 한 모퉁이에서 생을 마감하고야 말
았습니다. 그런데 생각해보면, 저 마차푸차레 정상으로 향하는 어느
길의 한편에서도 분명 다른 산악인들이 죽기도 했을 것입니다. 저는
상상했습니다. 저 인정머리 없어 보이는 봉우리에서 죽으면 과연 어
떤 느낌일까….

　저는 저 봉우리에 오르는 길을, 사람의 목숨을 아무렇지 않게 앗

아가는 극한의 추위를 상상했습니다. 저야 물론 잔디밭 위에 편안히 앉아 극한의 추위를 상상할 뿐이지만, 실제 그 극한의 상황에서는 상상마저도 통하지 않을 것입니다. 그러면서 이러한 생각이 들었습니다. 저 뾰족한 봉우리가 어찌 보면 사람이 가지게 되는 그 어떤 인정이나 생각도 절대로 통하지 않는, 거대한 무심無心의 상징이 아닐까 하는, 그런 생각이었습니다. 그렇다면 저 무심의 한가운데에서 아무런 감정 없이, 그 어떤 생각 없이 얼어 죽는다 해도 그것 역시 어찌 보면 나름대로 좋은 형태의 죽음이 되지 않을까 하는 상상이었습니다. 실제 그런 일이 벌어질 수 있다고 생각하지는 않지만, 만일 제 자신이 죽을 장소를 정할 수만 있다면 저 마차푸차레에서 얼어 죽고 싶다는 생각이 강하게 일어났습니다. 아무런 감정도 없이, 그 어떤 후회나 생각도 없이, 모든 것이 멈춰버리는 무심으로서의 정지가, 저 극한의 추위 속에서 영원히 이어질 것처럼 보였습니다.

그런데 참 이상한 일입니다. 이러한 상상이 거듭될수록 추위에 대한 상상으로 잔뜩 긴장했던 몸이 서서히 나른하고도 기분 좋게 풀려가는 것이었습니다. 죽음 그 자체는 어찌 보면 무서운 일이 아닙니다. 죽음에 대한 생각과 상상이 두려운 것이겠지요. 하지만 이 죽음을 스스럼없이 받아들이고 또 죽음으로 온전하게 들어갈 수만 있다면, 죽음 또한 삶의 흐름처럼 편안하게 느껴지지 않을까요. 마치 죽음을 받아들이며 지금 나른하게 풀려가는 몸처럼 말이지요. 그래서인지 모릅니다. 마차푸차레를 바라보며 마시던 종이 잔 속의 커피가 유난히 따뜻하게 느껴졌습니다.

나의 친구
피에르에게

　　한밤중 잠결에 받은 메일이었기에, 어쩌면 어두운 방 가운데 핸드폰에서 쏟아져 나온 강렬한 빛 때문에 눈이 부셔서 퍼뜩 이해가 되질 않았나 봅니다. 네, 저는 인도에서 반년 정도 쉴 계획이라는 당신의 말을 기억하고는 바라나시에 도착했습니다. 그리고 피에르 당신이 인도 어디 즈음에 머물고 있는지를 메일을 통해 물어보았습니다. 얼마 지나지 않아 당신은 답신을 보냈습니다. 그리고 그 내용은 참으로 간략하고 명료했습니다. 델리에 머물 때 소화에 좀 문제가 있어 병원에 가 진찰을 받아보았는데 위암 말기였다는 것, 상황은 이미 손쓸 수 없을 정도로 지나버린 뒤여서 앞으로 1년 정도 남았을 거란 통보를 받았다는 것, 당신은 그런 내용을 메일에 적어 보냈습니다. 잠결에 꼭 꿈인 것만 같아 저는 당신이 보낸 메일을 거듭해서 읽어봐야 했습니다. 정신을 차리고 당신이 보낸 메일을 온전히 이해할 수 있을 때가 되자, 저는 밤의 어두움에 기대어 오랜만에 숨죽여 울어보기도 했습니다.

당신도 머문 적 있는 이곳 바라나시를 두고 사람들은 삶과 죽음이 공존하는 장소라고 이야기합니다. 힌두교의 시바 신이 하늘에 흐르던 강을 땅으로 내려놓았는데, 그것이 바로 바라나시의 갠지스강이라는 전설이 있습니다. 천상에서 내려온 신성한 강이기에 인도인들의 갠지스강에 대한 애정이 그토록 각별했나 봅니다. 매일 아침 인도인들은 갠지스강에서 성스러운 목욕을 하고 있었습니다. 이 씻음을 통해 그들은 자신이 지은 악업이 사라지고 새롭게 태어난다고 생각했습니다. 또한 인도인들은 육신이 멸한 뒤에 그 몸을 곱게 태워 갠지스강에 흘려보내면 해탈의 길로 나아간다 믿었습니다.

이렇게 인간의 생과 사를 주관하는, 하늘에서 내려온 가장 성스러운 장소이기에 이토록 많은 이들이 이곳을 찾는가 봅니다. 어쩌면 저도 그런 장엄한 부름에 이끌려 인도에 올 때마다 매번 이 바라나시를 찾았는지도 모릅니다. 그러고는 가트에 앉아 조용하고도 깊게 흘러가는 갠지스강을 가만히 바라보았습니다.

갠지스강에서 이렇게 부단히 생사가 교차되듯, 수많은 성속聖俗의 일상들도 가트 뒤편의 비좁은 골목에서 생동감 있게 펼쳐집니다. 아침 햇살을 받으며 명상에 잠긴 수행자와 오물들이 즐비한 어두컴컴한 골목을 맨발로 걸어가는 순례자들을 당신도 보셨는지요. 외국인들이 얼굴을 찌푸리며 어떻게든 피하려 드는 동물의 배설물을 그 수행자들은 단지 길바닥의 돌부리 보듯 무심하게 쳐다보며 피할 뿐이었습니다. 그러한 그들의 모습에서 저는 무언의 경건함을 느끼기도 했습니다. 한편으론 신통찮은 마사지로 호객하는 안마사들과 방생을 강요하며 어망에 갇힌 물고기를 미소와 함께 보여주는 어부의 얼굴에서 어떻게든 살아내려는 삶의 치열한 열망도 보았습니다.

당신이 경험하고 또 제가 보았던 바라나시는 단순히 인간의 생과 사를 관장하는 신성한 의례만 있는 곳이 아니라, 우리 삶의 그 다채로운 모습 그대로가 활기차게 펼쳐져 있는 곳이었습니다. 그렇지요. 그 처음과 끝이라는 생사를 말하기는 하되, 우리가 그토록 의미 부여한 생사도 이 삶이라는 장대한 흐름에서 보자면 단 한순간일지도 모릅니다.

당신이 어느 가트 가까이 짐을 풀었는지 알 수는 없습니다. 하지만 저는 매일 시체 타는 비릿한 내음이 스며들어오고, 망자의 넋을 달래는 곡성이 좁은 골목 벽을 타고 울려 퍼지는 화장 가트 주변에 머물렀습니다. 숙소가 있는 2층에 하릴없이 앉아 골목을 내려다보고 있을라치면 하루에도 수십 번 넘게 망자들의 행렬을 보게 됩니다. 망자는 한결같이 하얀 보자기에 몸이 감싸여 있고, 기다란 대나무 들것에 들린 채 화장터로 이동됐습니다. 그런데 신기했습니다. 망자를 뒤따르는 가족 중 그 누구도 울지 않았던 것입니다. 망자가 화장대 위에서 벌건 불길에 휩싸여 까맣게 타들어 가는 모습을 보면서도 가족이나 인척들의 얼굴은 도리어 희열에 들떠 있는 듯했습니다. 더러는 그 화장 의식이 치러지는 불기둥 앞에서 즐거운 미소를 머금고 가족사진을 찍기도 했습니다.

갠지스강 아침 목욕

꼭 죽음을 슬퍼해야만 하는 것은 아니라는 것을 저는 이 바라나시에 와서 다시금 깨닫게 됩니다. 불에 휩싸여 문드러지는 망자의 몸뚱어리를 보면서, 그토록 속절없이 사라지는 육체를 보며, 이 몸은 금생에 어쩌다 잠시 빌려 쓰는 것이라는 생각을 되새기는 것입니다. 이런 저의 생각이야 어찌 되었든, 인도인들이 갠지스강에서 죽은 자의 몸뚱어리를 떠나보내는 의식은 열반으로 향해 가는 조용한 축제처럼 보였습니다. 이 축제가 장대한 끝을 맺으면 화장 의식에 참여한 가족들 모두 기쁜 얼굴로 서로에게 인사를 나누고 뿔뿔이 화장터를 떠났습니다.

고대 인도인들의 믿음에 따르면 50세는 바나프라스타, 즉 숲으로 가는 나이라고 합니다. 세상에서 인간으로서 해야 할 의무를 모두 마치고 숲으로 들어가 조용히 자신을 반조하며 살아가는 시기인 것입니다. 한국에서 50세는 '하늘의 뜻을 안다' 해서 지천명知天命이라고 부르기도 합니다. 이 지천명은 세상의 일에서 한 걸음 물러나 하늘의 뜻을 더욱 중요하게 여기며, 그 묘리를 헤아린다는 의미가 내포되어 있습니다.

인도와 한국에서는 이렇듯 세상에서의 과업을 마치고 삶의 치열한 현장에서 한 발짝 뒤로 물러서는 시간을 똑같이 50년으로 여긴 것입니다. 그런데 생각해보면 이는 모두 지금 육순을 넘긴 당신의 상황과 꼭 닮아 있다는 생각이 듭니다. 당신은 얼마 전엔가 검안사라는 현생의 직업에서 은퇴를 했습니다. 그러고는 평생 관심을 가졌던 불교 수행을 위해 전 세계를 돌아다니고, 각처에서 나름의 깨달음을 얻어가고 있었습니다. 당신의 이러한 삶의 모습은 사실 바나프라스타나 지천명과 닮아 있던 것입니다. 다만 무슨 인연인지 당신에게 남은 기한이 1년으로 짧아지게 되었건만, 그 남은 시간 역시 당신 스스로를 돌이켜보는 하나의 수행으로 받아들이겠다고, 당신은 그렇게 저에게 메일을 적어 보냈던 것입니다. 이 말을 듣고 제가 얼마나 뿌듯했던지요. 당신의 그 당찬 결의와 흔들림 없는 정신이 정말 대단하다고 느꼈습니다. 피에르 당신은 정말 훌륭한 수행자였습니다. 그리고 제가 당신의 친구이자 도반인 것이 자랑스러웠습니다.

　사람들은 아마도 당신이 죽는 것이라고 볼 터입니다. 세상과 작별을 하고 영영 딴 세상으로 떠나는 것이라 여길 것입니다. 당신과 작별을 하게 될 것이기에 저 역시 슬픔을 느끼지만, 마냥 슬프지만은 않습니다. 몸뚱어리를 기반으로 살아갈 적에 죽음은 영원한 단절이겠지만, 끝없는 흐름으로 살아가는 당신에게 그 죽음은 곧 새로운 인연을 시작하는 출발점이 되기 때문입니다.

　지난가을 샹그릴라와 메이리설산에서 열흘 넘도록 당신과 나눈 그 소중한 경험들을 저는 아직도 선명하게 기억합니다. 당신의 사려 깊은 말투, 너그러운 웃음, 섬세한 제스처가 저에겐 아직 또렷이 떠오르는 것입니다. 당신이 사는 미국에 들어갈 내년 가을 즈음, 당신이 아직 이 세상에 살아 있을지, 아니면 오래된 몸을 벗어버리게 될지 저는 아직 알 수 없습니다. 당신이 그렇게 몸뚱어리와 이별을 준비하고 있듯이, 저 역시도 피에르라는 소중한 친구와의 이별을 준비하고 있겠습니다. 그리고 만일 당신이 떠나게 된다면 저는 당신을 위해 스님이 되고 난 뒤, 처음으로 꽃을 사볼까 생각 중입니다. 제가 존경하는 전강 큰스님은 세월 따라 늙어가는 노스님들의 흰머리를 보시고는 마치 하얀 들꽃이 핀 것 같다는 비유를 종종 하셨습니다. 저는 담백하고 차분해 보이는 백발을 무척이나 좋아합니다. 당신을 좋아한 데에는 그 멋진 백발도 큰 이유였는지 모릅니다.

꽃은, 하얀 데이지가 좋겠네요.

슬픔은 나눌수록 줄어듭니다

마하트마 간디는 카주라호에 있는 나체 조각상들을 보고 이러한 말을 남겼습니다.

"지금 당장 이 석상들을 모두 부숴버리고 싶다."

다소간에 과장이 섞인 말이라 여겨지기도 하지만, 간디의 이런 저주에 가까운 언급은 아이러니하게도 카주라호에 더 많은 명성을 가져다주었습니다. 왜냐하면 우리에게 알려진 간디는 비폭력주의자이자 평화주의자였는데, 그가 이토록 대놓고 불쾌한 심경을 표현한 것이 오히려 사람들의 관심을 더 많이 불러들였기 때문입니다. 카주라호와 관련된 모든 소개 글에는 항상 이 간디의 언급이 따라다녔습니다. 사원 차원에서는 간디의 언급을 일종의 노이즈 마케팅으로 활용한 것입니다.

지난 두 차례의 인도 여행에서 저는 카주라호에 방문하지 못했습니다. 카주라호까지 가는 교통편이 좋지 않아서였습니다. 하지만 2009년 3월, 많은 여행자들이 숙원해왔던 철도가 개통되면서부터 이제는 버스를 타고 험난한 길을 달려 카주라호에 도착하는 순간 녹초가 되어 쓰러져버리는 시절은 점차 사라져가고 있었습니다. 바라나시에서도 일주일에 세 번 카주라호로 떠나는 저녁 기차가 있었습니다. 그렇게 저는 열한 시간 기차 여행 끝에, 다음 날 새벽 6시가 되어 카주라호에 도착했습니다. 숙소에 도착해 잠깐 짐을 정리한 뒤, 곧장 서부 사원군으로 향했습니다.

그런데 서부 사원군에 입장할 때까지만 해도 몰랐습니다. 제가 카주라호에 도착한 날은 4월 18일, 즉 인도의 '세계문화유산의 날'이었던 것입니다. 유네스코 유적지에 무료로 들어갈 수 있는 날이었는데, 카주라호의 서부 사원군은 1986년 유네스코 세계문화유산으로 등재되었던 것입니다. 그 사실을 모른 채 사원군을 방문했건만, 입장료 250루피를 절약하게 되니 속으로 쾌재를 불렀습니다. 운이 좋았습니다.

날씨도 좋고 기분도 좋고, 아무튼 이래저래 좋았습니다. 그렇게 사원군을 돌아다니며 신전이며 석상을 구경하고 사진도 찍었습니다. 간디가 그토록 욕했다던 락슈마나 사원의 미투나 석상들도 꽤나 멋있는 조각 작품처럼 보였습니다. 여러 예술가며 고고학자가 관능미가 생동감 있게 살아나는 석상들이라고 평했는데, 딱히 공감하지는 못하더라도 그럭저럭 이해할 수 있는 수준이었습니다. 그러나 속으로 '간디가 뭐 그렇게 화낼 정도였나' 하는 의심이 들기는 했습니다.

카주라호의 서부 사원군

그렇게 250루피를 아낀 덕분에 기분 좋게 사원을 돌아다니다가, 저는 카주라호를 떠나 내일 가기로 한 아그라를 생각했습니다. 아그라에는 인도에 오는 사람이라면 반드시 들러야 한다는 타지마할이 있습니다. 지난 두 번의 인도 여행에서 가보지 못한 타지마할인데, 이번에야 가게 되었습니다. 타지마할 또한 유네스코에서 지정한 세계문화유산이었습니다….

'아차…!'
사원군 근처에 있던 직원에게 그럼 타지마할도 오늘 무료입장이 되냐고 물어보았습니다. 그러자 직원은 환히 웃으며 대답해주었습니다.

"오늘은 인도 전역의 모든 세계문화유산에 공짜로 입장할 수 있지요."

이 말을 듣고 저는 갑자기 우울해졌습니다. 이유는 단순했습니다. 타지마할은 입장료가 750루피였습니다. 아그라에서 타지마할 다음으로 유명한 아그라성도 세계문화유산이었고, 그곳의 입장료는 300루피였습니다.

'아, 이 둘을 합치면 1,000루피도 넘는데….'

인도를 여행할 때 저는 평균적으로 300루피 정도의 숙박비를 내던 상황이었고, 1,000루피면 무려 3일 치의 숙박비였습니다. 단 하루 차이로 저는 아그라에서 1,000루피를 아낄 수 있는 기회를 잃어버린 것이었습니다. 이 사실을 알게 된 이후 갑자기 우울해지기 시작했습니다. 주위를 둘러보니 날씨도 별로고 기분도 별로고, 아무튼 이래저래 별로가 되었습니다. 배낭여행자는 인도에서 다들 짠돌이가 되는데, 그래서 돈을 아낄 수 있는 일이라면 사서 고생도 하는데, 저라고 별수 없었던 것입니다. 그렇게 우울해지다 결국 저는 최종 결론을 내리고야 말았습니다.

'나만 슬퍼할 수 없다~!'

유적군에는 저뿐만 아니라 수많은 여행자가 사원을 구경하고 있었습니다. 그들은 모두 오늘이 인도 세계문화유산의 날인 덕에 유적군을 무료로 감상할 수 있다는 사실에 기뻐하며 즐거운 마음으로 돌아다니고 있었습니다. 그런 여행자들을 만날 때마다, 저는 내일 아그라로 갈 예정이라고 말했습니다. 그러면서 말해주었습니다. 타지마할은 입장료가 750루피이고 아그라성은 300루피라고, 그렇게 1,050루피를 아낄 기회를 단 하루 차이로 놓치게 되었다고 아쉬움을 토로했습니다.

저의 전략은 성공적이었습니다. 이 얘기를 꺼내자마자 같이 카주라호를 구경하던 동료 여행자들의 낯빛이 순식간에 어두워지고야 말았습니다. 제 이야기를 들은 여행자 동료들은 모두 "아, 타지마할~!"이라고 탄식하며 아쉬움을 느끼기 시작했습니다. 과연 저의 물귀신 작전은 성공이었습니다. 제 이야기를 들으며 슬픔을 느끼는 동료들이 점차 늘어날수록 저는 점점 기분이 나아짐을 느꼈습니다. 무덤덤한 잿빛의 석상들도 생명력을 얻으며 조금씩 밝아 보이기 시작했습니다. 그렇게 날씨도 좋아지고, 기분도 좋아지고, 아무튼 이래저래 차츰차츰 좋아지기 시작했습니다. 역시 옛 어른들의 말씀은 옳았습니다.

슬픔은 나눌수록 줄어듭니다.

#쫌생이원제 #비열한원제 #물귀신원제

인도를 세 번째 방문한 뒤에야

비로소 타지마할을 거닐게 되었습니다.

세계문화유산의 날에 공짜로 들어오지 못해

아쉬움이 컸습니다.

매
너
리
즘
굴
복
기

그때가 언제였는지 정확히 꼬집어 말할 수는 없지만, 저에게도 여행 매너리즘은 찾아오고야 말았습니다.

세계 일주를 하는 장기 여행자들에게는 반드시 여행 매너리즘이 찾아오는데, 저 또한 예외가 아니었던 것입니다. 쉽게 볼 수 없는 이국적이고 웅장한 자연 풍광을 보아도, 현지에서 새로운 사람들을 만나도, 이전에 겪어보지 못한 색다른 경험을 해도 마음에 이렇다 할 만한 자극이나 감흥이 일지 않게 되는 것입니다. 우리의 마음은 좀 더 새로운 자극을 원하는데, 시간이 흐르면 새로운 것들에도 적응하고 익숙해지는 바람에 기대 이상의 감흥을 느끼지 못하게 됩니다.

이 매너리즘이 라오스 방비엥의 평화로운 풍광을 앞에 두고 다소 짧게 느껴지기도 했고, 태국 방콕의 혼잡스러운 카오산 로드에서 거침없이 찾아오기도 했습니다. 어떻게 보면 사람도 그렇습니다. 새로운 사람들에 대한 궁금증도 더 이상 일어나지 않고, 호스텔에서 만나는 다양한 국적의 친구들에게 더 이상 호기심이 생기지 않게 되는 것입니다. 그렇다고 그저 숙소에 누워 있을 수만은 없는 노릇이었습니다. 여전히 무의식적인 관성에 따라 또다시 발걸음을 내딛고, 사람들이 추천하는 도시의 유명한 볼거리를 찾아 떠나갑니다. 이 패턴이 별다른 감흥 없이 익숙한 무료함으로 이어집니다. 이것이 여행 매너리즘입니다.

일주일 안쪽의 여행에서는 대개 이 매너리즘을 느낄 겨를조차 없습니다. 새로운 풍광과 낯선 경험에 채 적응할 시간조차 없기 때문입니다. 황금 같은 여행의 기회이기 때문에 이국의 풍경을 카메라에 담고, 그 나라만의 음식도 맛보고, 일상에서 해보지 못한 경험들을 치러내느라 심신 양면으로 바쁩니다. 그러나 이러한 새로운 자극들에 대한 감각의 민감도도 유통기한이 있기 마련입니다.

제가 아는 한, 장기 여행자들에게 여행에 대한 감각이 무뎌지기까지의 시간은 100일을 넘어서지 않습니다. 그 모든 세계 일주 여행가들은 이 100일 안에 심신의 피로를 느끼고, 새로운 풍경들에 더 이상 감동하지 않으며, 타지에서 만나는 사람들에게 흥미를 느끼지 못하는 순간이 반드시 찾아오게 되는 것입니다.

생각해보면 저의 첫 여행 매너리즘은 세계 일주가 70일 즈음에 다다른 무렵 중국의 쿤밍에서 찾아왔던 것 같기도 합니다. 그나마 채식 식당에 간 것 외에, 쿤밍에서의 사진도 없고, 특별한 기록도 없으며, 떠오르는 기억도 없습니다. 혼자 하는 여행에 지쳐갔고, 어떤 면에서는 매일매일의 비슷한 여행이 지루해졌던 것입니다. 새로운 자극에 대한 요구의 임계점이 높아질 대로 높아져서 여행의 매너리즘이 찾아오게 된 것입니다.

이럴 때 많은 여행가들은 이 매너리즘을 극복하기 위해 색다른 시도를 합니다. 누군가는 무료함을 피하기 위해 영화나 예능 프로그램 시청에 몰두하기도 하고, 전혀 생각해보지 않은 여행 루트를 짜보기도 합니다. 글쓰기에 몰입하는 사람도 있고, 여행책에서 말하는 관광지가 아닌, 주변의 평범해 보이는 것들에 집중하는 경우도 있습니다. 어느 여행가의 경우엔 '새로운 기쁨을 찾을 수 있는 여행자의 시선'을 갖기 위해 그간 평범하고 사소해 보였던 주변 풍경을 새롭게 보려고 노력합니다. 이러한 노력을 거치면서 매너리즘을 극복하는 경우도 있지만, 여전히 극복하지 못하는 경우도 많습니다.

하지만 매너리즘을 극복하지 못한다 해도 문제가 되는 것은 아닙니다. 여행에 대한 관심과 흥미가 언젠가 한계에 도달하여 떨어지듯, 이 무료함과 지루함의 연속인 매너리즘도, 언젠가 수그러들 날이 오게 되어 있기 때문입니다. 매너리즘에도 유통기한이 있다는 것입니다.

세계 일주를 하며 간혹 찾아오는 매너리즘에 저 역시 설렘의 감정을 잃어버리고 무료한 일상들이 반복되기도 했습니다. 매너리즘은 장기 여행자라면 반드시 치러야 할 과정이자 진통입니다. 그렇기에 매너리즘에 빠지는 것 자체가 문제라고 할 수는 없습니다. 하지만 저에게 있어 매너리즘이 문제가 되는 이유는 앞으로도 너무 많은 여행 기간이 남아 있다는 사실 때문이었습니다. 앞으로도 이 매너리즘이 자주 반복될 가능성이 컸습니다. 저는 이유를 찾았습니다. 과연 무엇 때문에 이 매너리즘에 빠지는 것일까.

저 역시 다른 이들과 마찬가지로 여행을 통해 새로운 경험을 추구하고 색다른 자극을 원하기도 했을 것인데, 그 원하는 것 이상의 경험과 자극이 더 이상 들어오지 않는 것은 너무나도 분명한 사실이었습니다. 그런데 사람의 욕망은 끝이 없고, 욕망이 채워지면 더 큰 욕망을 바라게 됩니다. 욕망과 기대가 쉽게 사라지지는 않습니다. 그렇다고 해서 욕망과 기대를 의식적으로 줄이려는 노력을 하는 것도 딱히 적합해 보이지 않았습니다. 노력이라는 것에 대한 불신도 있었지만, 어쩌면 그 노력 자체가 그러한 욕망에 휘둘리지 않으려는 다른 종류의 욕망이라는 생각이었습니다. 욕망으로 욕망을 제어할 수는 없습니다. 그러면 과연 저는 어떻게 해야만 하는 것일까요.

그 순간은 인도에서 요가의 본고장인 리시케시의 강가를 보던 때, 불현듯 찾아왔습니다. 그날도 저는 어제, 엊그제와 똑같은 일정을 맞이하고 있었습니다. 아침이 되어 숙소에서 빵과 차이, 커피로 간단한 아침 식사를 하면서 핸드폰으로 한국의 뉴스를 보았습니다. 쓸 만한 글감이 떠오르면 글을 쓰지만, 달리 생각이 나질 않으면 글을 쓰지 않았습니다. 아침에 리시케시의 철제 다리를 건너서 강가 건너편에 있는 리틀 붓다라는 카페에 갔습니다. 근처 음식점 중에서 맛도 좋고 경관도 좋아 매일같이 들르던 곳이었습니다. 카페에 앉아 우기에 흙탕물로 변해버린 강물을 내려다보며 커피를 마셨습니다. 휴가를 맞은 인도인들이 이곳 리시케시에 찾아와 래프팅을 즐기고 있었지만, 저는 저런 흙탕물에서 래프팅을 하고 싶지는 않았습니다. 많은 이들이 요가를 체험하러 찾아오는 요가의 본고장이지만, 정작 저는 요가를 좋아하지도 않았고, 그렇다고 요가 체험을 해보고 싶지도 않았습니다. 비틀스가 이곳에 와서 명상을 접했다고 하지만, 명상은 한국의 선원에서도 늘상 해왔던 것이라 관심이 가질 않았습니다.

6월, 우기였던 리시케시에는 예고 없이 소나기가 퍼붓기도 했고, 그러다가 돌연히 비가 멈추기도 했습니다. 그나마 리시케시가 좋았던 것은 이런 소나기와 높은 해발 고도 덕분에 인도 내의 다른 도시와 달리 찜통더위가 없다는 점이었습니다. 점심 무렵에는 제가 머물던 일본인 숙소의 식당으로 돌아가 달걀덮밥을 주문해 먹었습니다. 달걀과 밥에는 특이할 만한 것이 없었지만, 덮밥의 다른 재료인 표고버섯과 간장 소스는 정말로 맛있었습니다. 표고버섯을 인도 현지에서 구할 수 있는지는 모르겠지만, 간장 소스는 분명 일본에서 가져온 것이었습니다. 매일 먹어도 지겹지 않은 달걀덮밥이었습니다. 밥을 먹고 난 뒤에는 방으로 돌아가 낮잠을 한숨 청했습니다. 한 시간쯤 지나 낮잠에서 일어나면 정신도 차릴 겸 다시 동네 구경을 나갔습니다. 그리고 저녁이 되면 간단한 저녁을 먹고, 영화를 보거나 게임을 했습니다. 방 안의 불을 끄고 플레이하는 〈디스아너드〉는 재밌었습니다. 리시케시에 요가를 하러 온 것도 아니고 특별히 원하는 바가 있어서 들른 것도 아니었기에, 저는 그렇게 매일같이 똑같은 하루를 보내고 있었습니다. 이처럼 똑같은 생활 패턴이 반복되는 여행

리시케시

에서 저는 매너리즘이 슬금슬금 찾아오려 함을 느꼈습니다. 그러면서 이 매너리즘을 다시 어떻게 받아들이고 보내야 하는지에 대한 고민을 했습니다. 그러나 마땅한 방도가 떠오르지 않았습니다. 지난밤에 쏟아진 폭우 때문에 흙탕물로 변해버린 강물이 더욱 거세게 흐르고 있었습니다. 이 흙탕물을 보다 불현듯 한 생각이 떠올랐을 뿐입니다.

'꼭 여행일 필요는 없잖아. 삶이 이렇게 큰데 말이야…'

저는 2년 계획으로 세계 일주를 하는 중이었고, 이것은 분명히 여행이었습니다. 시간과 돈을 들여 하는 여행에서는 나름대로 얻어야 할 것들이 있습니다. 그것이 새로운 자극이든, 색다른 경험이든, 외국인 친구든, 자신의 발전이든, 우리는 여행을 통해서 그 무언가를 기대하고 얻습니다. 그런데 그것을 얻지 못하거나 경험하지 못한다고 해서 그것이 삶이 아닌 것은 아닙니다. 어느 특정한 기간의 여행에는 나름의 목적과 성취라는 게 있을지 모르겠지만, 삶이라는 전체의 시간과 공간은 그 어떤 목적과 성취 없이도 저 흙탕물처럼 아무렇지 않게 흘러갈 수 있었습니다. 관점이 서서히 옮겨가고 있었습니다. 여행이 아니라 삶으로 말입니다.

'아무렇지 않으면 왜 안 된다는 걸까. 삶이나 여행에 꼭 의미가 있어야 하는 건 아닌데 말이야. 차라리 포기를 해버리자.'

남들처럼 매너리즘을 극복하기 위해 저는 다른 대상이나 상황에 몰입한 것이 아닙니다. 오히려 그 반대입니다. 아예 포기를 해버렸습니다. 매너리즘에 빠지지 않기 위해 무언가에 집중하고 노력한 것이 아니라 '아예 매너리즘에 빠져버리라지!'라며 포기한 것이고, 여행을 의미 있게 만들기 위해 애쓴 것이 아니라, 이 여행이라는 의미 있는 순간과 공간을 아예 삶이라는 거대한 흐름으로 던져버린 것이었습니다. 사실 저는 여러 차례 여행을 포기해버렸습니다. 여행한다는 의미에서 인도를 다니고 있는 것이 아니라, 단지 이 삶이라는 거대한 흐름의 한순간에, 이렇게 인도의 리시케시라는 곳을 지나고 있는 중이었습니다.

'나는 여행을 하고 있는 것이 아니다. 2년 동안 전 세계를 돌아다

니는 삶을 살아가고 있는 것이지…'

사실 포기한 것은 여행이 아니라 여행에 대한 의미 부여였습니다. 그런데 의미 부여를 포기한 여행은 달랐습니다. 의미가 있어야 한다고 믿었던 여행을 포기하면서 자연스레 열망과 기대도 수그러들었습니다. 이젠 더 이상 설렘의 감정과 새로운 경험을 원하는 여행이 아니었습니다. 그저 아무렇지 않은 삶의 흐름으로 쓰윽 들어가는 것 같았습니다.

그런데 이상했습니다. 여행을 포기하니, 여행에 대한 의미 부여를 멈추니, 이상하게도 눈앞의 삶이 보이기 시작했습니다. 마침 눈앞에서 흙빛 강물이 아무런 소리도 없이, 고요하고도 묵직한 흐름을 이어가고 있었습니다. 그 거대한 흐름 위에서 사람들이 파란색 보트를 타고, 노란색 구명조끼를 입고, 열심히 노를 저어가고 있는 모습이 보였습니다. 노를 젓든 젓지 않든, 보트와 사람들은 그 거대한 흐름을 따라서 하류로 내려가고 있었습니다. 저 흙빛 강과 파란 보트, 보이지 않는 흐름과 사람들이 젓는 노…. 아무렇지 않으면서도 그토록 분명한 눈앞의 흐름이 보이기 시작한 것이었습니다. 어쩌면 이때부터였을 것이라 생각합니다. 그때부터 저에게 있어서 여행은 죽었지만, 그와 동시에 눈앞이 제대로 살아나고 있었습니다.

사실 저는 여행 매너리즘을 극복하지 못했습니다. 솔직히 말하자면 저는 극복이라는 단어를 좋아하지 않습니다. 도대체 무엇을 왜 극복해야 한다는 것인지 잘 모르겠습니다. 말한 대로 어쩌면 저는 매너리즘에 굴복당해버린 것인지도 모릅니다. 매너리즘을 이겨내려 하던 저 자신이 오히려 매너리즘에 철저히 굴복한 것입니다. 그런데 이 굴복이 도리어 눈앞의 삶을 살려냅니다. 아무렇지도 않고, 아무렇지 않아도 아무런 상관이 없는 그런 눈앞입니다. 그래서입니다. 저는 앞으로 남은 1년 반이라는 시간 동안 세계 일주를 포기하기로 했습니다. 그저 눈앞의 삶을 살아가기로 결정했습니다. 꼭 의미 있는 여행일 필요는 없었습니다. 그저 삶이어도 충분했습니다. 의미 부여를 포기했어도, 여행에 굴복했어도, 눈앞이 여전히 생생하게 살아 있으니 이미 그 자체로 충분한 것이었습니다.

강물은 보이지 않게 흐르고, 사람들은 열심히 파란 노를 젓습니다. 하늘은 온통 회색 구름으로 흐린데, 어느새 내리는 비가 양철 지붕을 톡톡 때립니다.

이미 완벽한 눈앞인 것입니다.

달
라
이
라
마
를

뵙
지
못
한
다
해
도

리시케시에서 저녁이 되어 출발한 버스는 다음 날 새벽 다람살라에 도착했습니다. 다람살라는 티베트 망명정부가 있는 곳이자, 달라이 라마 14세께서 주석하시는 곳으로 유명합니다. 그중 여행객들을 위한 시설과 여러 주요 사원들이 위치해 있는 곳이 바로 맥그로드 간즈입니다. 한국 여행자들이 흔히 '맥간'이라고 줄여서 부르는 곳이었습니다.

버스에서 내리자마자 우선 이른 새벽에 문을 연 식당으로 들어가 아침 식사로 뗀뚝을 먹었습니다. 뗀뚝은 한국식으로 말하자면 수제비 같은 것인데, 어떤 친구가 뗀뚝을 기억하기 좋게 설명해주어서 잊지 않고 있습니다. 한국에서 수제비 만들 때처럼 반죽 덩이를 젓가락으로 '떼'어서 끓는 국물에 '뚝' 떨어뜨린다 해서, '뗀뚝'입니다. 이 설명을 들은 한국 사람들 모두가 박수를 치면서 좋아했습니다. 이른 아침부터 아침 식사를 한 것은 허기진 이유도 있었지만 사실 더 큰 이유가 있었습니다. 무엇보다도 먼저 숙소를 구해야 하는데, 숙소를 알아보러 다니는 동안 식당에 큰 배낭을 잠시 맡아달라고 부탁을 할 수 있었기 때문입니다. 그렇게 돌아다니다 결국 적정한 가격에 화장실까지 딸린 방을 구하게 되었습니다.

맥간에 머물며 가장 큰 사원인 남걀 사원에 매일같이 찾아갔습니다. 사원에 갈 때에 108 참회문과《금강경》을 가져갔습니다. 사원의 법당으로 들어가 108 참회문을 펴고 절을 했습니다. 그간 숙소에서 부처님 사진을 앞에 놓고 절을 하거나《금강경》을 읽어오던 차에, 이제야 제대로 된 사원에 와서 기도를 드리려니 기분이 좋았습니다. 참회문을 마치고 난 뒤에는《금강경》을 작은 소리로 읊조렸습니다. 그렇게 40여 분 정도 기도를 마친 다음에는 사원을 천천히 구경했습니다.

달라이 라마라는 위대한 선지식이 머무는 곳이기에 세계 도처에서 사람들이 이곳 다람살라로 찾아왔습니다. 이들은 마음의 휴식을 위해 찾아왔을 수도, 티베트 불교를 체험하기 위해서나 수행을 통한 나름의 깨달음을 얻기 위해 찾아왔을 수도 있습니다. 저는 맥간에 머무는 동안 규칙적으로 기도를 하고 다람살라 주변 절들을 구경했습니다. 하루는 날을 잡아서 트리운드 정상까지 등산을 하기도 했습니다. 트리운드는 맥간에서 두세 시간 정도 트레킹 해서 도착할 수 있는 산입니다. 운이 좋으면 설산의 장엄한 풍광을 구경할 수 있는 뷰포인트이기도 합니다.

이렇게 나흘간 맥간에 머물렀지만, 저는 달라이 라마를 뵙지 않고 마날리로 떠나기로 결정했습니다. 제가 맥간에 머물 당시에 달라이 라마께서 뉴질랜드에 계신다는 말을 어느 비구니 스님께 전해 들었던 듯합니다. 조만간 달라이 라마께서 다람살라로 돌아오신다고 하셨지만, 확실한 기약을 할 수는 없었습니다. 그런데 저는 비록 달라이 라마를 뵙지 못하고 떠난다 해도 크게 아쉽지는 않았습니다. 사실상 이곳에 온 것도 달라이 라마를 친견하기 위함은 아니었고, 마날리에 들어가기 전에 들른 경유지 의미가 컸던 것입니다.

4년 전 이곳 다람살라에 와보았을 때가 기억납니다. 의도한 바는 아니었지만 제가 다람살라에 머물 때는 아시아인들을 위한 달라이 라마의 특별 법회가 열리기 바로 며칠 전이었습니다. 한국에서 찾아온 순례객들을 거리에서 많이 만났습니다. 특별 법회가 시작될 즈음이면, 다람살라의 물가가 일제히 몇 배 이상 오를 예정이었습니다. 비교적 한산했던 남걀 사원도 이제 곧 사람들로 북적여 발 디딜 틈조차 없게 될 터였습니다. 당시에 저는 며칠만 더 머무르면 달라이 라마를 직접 친견할 기회를 얻을 수도 있었습니다. 하지만 그러고 싶지는 않았습니다. 그래서 별다른 아쉬움 없이 짐을 싸고 다람살라를 떠났습니다.

세계 불교의 큰 선지식인 달라이 라마를 뵐 수 있는 기회를 왜 잡지 않았느냐는 어떤 사람의 질문에 저는 스스로에게 질문을 해보았습니다. 이유는 꽤나 단순했습니다. 저는 단지 달라이 라마의 얼굴을 보거나 인증 사진을 찍는 것에 관심이 없었던 것입니다. 학생 시

다람살라 전경

절 저는 달라이 라마의 책을 두어 권 본 적이 있습니다. 불교를 이해하고 마음을 돌이켜봄에 좋은 법문을 담은 책이었습니다.

하지만 제가 종국에 들어간 수행 체계는 한국의 선禪이었습니다. 비록 사람들에게 잘 알려지지는 않았을지언정, 저는 한국의 선원에서 가장 훌륭한 선지식 중 한 분이었던 법전 스님을 은사로 모시고 출가를 했습니다. 은사 스님은 해인사 최고 어르신인 방장方丈이셨고, 또한 대한불교 조계종에서 최고로 존경받는 원로인 종정宗正이셨습니다. 하지만 제가 노장님을 은사로 모시게 된 것은 이런 직함때문이 아니었습니다. 출가할 때에 저는 은사 스님을 정함에 있어서 오직 하나의 원칙만을 세웠는데, 그것은 바로 평생 수행만을 해오신 분을 제 스승으로 모시겠다는 원력이었습니다.

이 원력의 보이지 않는 인연이라 생각하고 있습니다. 저는 출가할 때부터 노장님을 곁에서 모시는 역할을 하는 행자로 차출되었습니다. 그렇게 노장님을 보필하는 행자로 지내다 보니, 자연스럽게 노장님과 스승과 제자 사이의 인연이 이루어졌습니다. 노장님은 제 발원대로 선 스승이셨습니다. 종단 차원에서의 권위나 직함과는 별개로, 제가 언제나 찾아뵙고 궁금한 것을 묻고 지도를 받을 수 있는 선승이셨던 것입니다. 노장님은 만일 상황이 여의치 않으면 전화라도 걸어서 공부하는 데 있어 궁금한 것들을 물어보아야 한다고 말씀해주시기도 하셨습니다. 그렇게 저는 행자 때부터 노장님을 모시며 공부하기 시작했고, 정식으로 구족계를 받은 후에는 노장님과 제일 가까운 시자로 지내면서 어른의 삶을 바로 곁에서 지켜보고 배웠습니다.

그렇습니다. 저에게 있어서 가장 중요한 것은 스승이었습니다. 그리고 저의 스승님은 노장님이었지 달라이 라마는 아니었습니다. 달라이 라마는 물론 세계적 차원에서 저명한 티베트의 영적 지도자입니다. 하지만 사람이란 문화와 역사, 인간관계의 영향을 받게 되어 있고, 불교의 수행 체계에서도 예외가 없습니다. 선원의 일개 선승인 제게 여러 방면으로 공부의 길을 열어주시고, 앞으로 수행해나갈 수 있는 표본을 세워주신 분들은 바로 한국의 선사들입니다. 그 선사들 중 제가 가장 믿고 따르던 분이 바로 저의 노장님이었습니다. 수행자에게 있어서 중요한 것은 공부를 지도해주시는 스승에 대한 믿음과 존경 그리고 스승의 가르침입니다.

만일 제가 달라이 라마를 친견한다면 그것은 분명 저에게 있어서 대단한 영광일 것입니다. 하지만 스승과 그 가르침을 가장 중요한 요소로 삼은 저에게 있어서 별다른 이유나 목적 없이 달라이 라마와의 만남만을 목적으로 한다면, 그것은 위대한 사람을 단지 눈으로써 확인하고자 하는 사소한 바람이 될 뿐이라는 생각이었습니다. 달라이 라마가 대단한 선지식이며 훌륭한 지도자라는 것은 명백한 사실이지만, 저는 그 명성이나 권위를 따라가고 싶지는 않았습니다. 저는 저의 스승님을 믿고 따를 뿐입니다. 이것뿐이었습니다. 달라이 라마를 뵙지 않고 다람살라를 떠났던 이유 말입니다.

이러한 생각이 들자 한번 웃고야 말았습니다. 그렇게 한국에서 온 고집쟁이 선승 원제는 어쩔 도리가 없는 것이었습니다.

배
움
보
다
익
힘

한 친구가 물었습니다.

"정말 세계 일주를 하면 새로운 삶을 살아갈 수 있는 걸까요?"

제가 대답했습니다.

"글쎄… 꼭 그렇다고 말할 수는 없을 거야. 대부분 자신이 살던 삶의 방식으로 다시 돌아간다고들 하던데."

"왜 그런 걸까요?"

"아무래도 사람이란 이미 제 볼 것 다 정해놓고, 그렇게 보기 마련일 테니까. 새로운 것을 보고 경험하는 것이 물론 중요하긴 하지. 하지만 그 보는 관점이 이미 정해져 있는 경우가 많거든. 살아가며 이미 그렇게 보도록 관점이 익어졌으니까 말이지. 경험의 양이나 빈도가 중요하긴 하겠지만, 그 경험이나 기억을 스스로 소화할 수 있는 관점이나 안목이 전환되는 데에는 더 많은 숙고가 필요한 거야. 그래

판공초

서 사람이 철학이라는 걸 하지 않겠어? 그렇게 충분한 숙고와 정립의 과정을 거치면 새로운 안목을 얻을 수도 있을 거야. 하지만 그 새로운 안목이라는 것도 결국 자신의 삶으로 입증될 때에야 의미가 있다고 생각해. 생각이 대단할 수도 있고, 말이란 것이 훌륭할 수도 있지. 그런데 결국엔 그 생각이며 말이 자신의 삶으로 드러나고 본인 스스로 그렇게 살아야지만 의미가 있지 않을까? 앎이나 안목은 당연히 중요해. 하지만 제일로 중요한 것은 그 앎과 안목이 드러나는 자신의 삶이야. 그렇게 자신의 삶으로 익어가면서 온전해지기까지 훨씬 더 많은 시간과 노력이 필요한 것이지. 그런 점에서 참 다행이지. 인생은 참 길거든."

제가 아는 한 선생님께서 이런 말씀을 하셨습니다. 1리터의 물이 끓는 데에는 100킬로칼로리의 열량이 필요하지만, 그것이 수증기로 기화되기까지는 이보다 훨씬 많은 540킬로칼로리가 필요하다고 말입니다. 끓는 데에 필요한 열량보다 공기 중으로 완전히 녹아들어 가는 데에 더 많은 열량이 필요하듯, 새로운 앎을 얻는 것보다도 그 앎이 삶으로 자연스럽게 녹아들어 가는 데에 더 많은 노력이 필요합니다.

이것이 학습學習, 곧 배움과 익힘입니다. 배움學의 결과는 앎이지만, 익힘習의 결과는 삶입니다. 그 앎이 삶으로서 온전해지기까지는 배움보다 훨씬 많은 익힘의 시간과 노력이 필요하다는 것은 너무나도 당연한 일입니다. 그래서 저는 이렇게 말하는 것입니다. 앎보다 삶이 훨씬 중요한 것이고, 그렇기에 배움보다 익힘이 더 값지고도 긴요한 노력이라고 말입니다.

당신의 안목은요?

　　세계 일주를 하다 보니 결혼 적령기에 이른 한국 친구들을 종종 만나기도 합니다. 나이가 나이이니만큼 상황에 따라 결혼 이야기가 오가기도 했습니다. 결혼에 대한 생각이 아예 없는 친구가 있는 한편, 결혼할 생각이 있지만 시기를 늦추는 친구도 있었습니다. 그리고 아직 괜찮은 사람을 만나지 못했다고 말하는 친구도 있었습니다. 그러면 저는 농담 반 진담 반으로 이렇게 물었습니다.

　"괜찮은 사람을 만나지 못했다고 하는데 그럼, 당신은 괜찮은 사람인가요?"

　몇몇은 화들짝 놀랍니다.

　모든 인간관계는 나로부터 시작됩니다. 결혼을 해서 가족을 이루며 살아가야 할 반려자를 만나는 것도 실상 나로부터입니다. 관계란 인연이 무르익을 때 자연스레 형성되는 것입니다. 그렇기에 괜찮은 사람을 만난다는 것은 사실상 나 자신이 괜찮은 사람이 되어 있을 적에 가능합니다. 상대방이 괜찮은 사람이냐의 문제뿐 아니라, 나 자신도 괜찮은 사람이 되어야 한다는 준비가 필요하다는 것입니다. 그런데 어떤 사람은 상대방의 조건과 상태만을 따질 뿐, 자신의 준비 여부는 채 살펴보지 않는 경우가 있는 듯했습니다. 그러할 때 한번 시험 삼아 이런 단도직입적인 질문을 던져보기도 했던 것입니다.

제 개인적인 믿음일지도 모르겠지만, 저는 똑같은 수준이나 업식의 인연이 모여서 부부가 된다고 생각하는 편입니다. 나는 잘났는데 반려자는 못났고, 그런 못난 반려자 때문에 무고한 내가 피해자가 되는 경우는 없다고 보고 있습니다. 결국 똑같거나 비슷한 수준의 사람이 만나는 것이지, 서로 다른 수준의 사람들이 만나는 경우는 없다는 것입니다. 그런데도 그 수준에 분명히 차이가 있다고, 그래서 내가 손해를 보았다고, 내가 속았다고, 그렇게 믿고 계신 분들께는 이런 질문을 던지기도 합니다.

"그렇다면 그 사람을 반려자로 선택한 당신의 안목은요?"

사람이란 제 수준만큼 보고, 제 수준만큼 해석하며, 또한 제 수준만큼 받아들입니다. 사람의 관계도 마찬가지입니다. 인간관계의 경험이 어느 정도 쌓이기 이전까지 우리는 문제의 근원을 상대방에게 자주 떠넘깁니다. 20대 때엔 경험이 부족한 탓에 사람을 보는 안목 또한 부족할 수 있습니다. 하지만 성인으로서의 경험을 충분히 치러낸 서른 이후에는 더 이상 다른 사람이나 상황으로 문제의 원인을 돌려서는 안 됩니다. 그때부터는 자신이 가진 안목의 책임이 반드시 들어서기 때문입니다. 사람을 알아보는 이 안목 역시 나의 책임인 것이지, 결코 상대방의 문제라고만 말할 수 없다는 것입니다.

사람의 마음이나 성품은 비록 결혼해서 같이 살지 않더라도, 이미 그 사람을 만날 때 여러 조짐들을 통해서 충분히 드러나게 되어 있습니다. 사람을 잘 파악하고 그 조짐을 잘 보는 것은 그 사람과 결혼을 해서 살아가야 하는 본인의 일이며 책임입니다. 삶이 자신의 책임이듯 그 사람을 바라보는 안목도 온전히 자신의 책임입니다. 서른이란 그러한 나이입니다. 자신의 안목을 다시금 돌이켜보아야 하는 것이지, 더 이상 남 탓만을 할 수는 없는 나이입니다. 자신이 살아가는 삶과 사람을 보는 안목에 스스로 책임을 져야만 하는 나이라는 것입니다. 그래서 말합니다.

"안목은 선택이 아닙니다. 필수입니다."

영화 〈세 얼간이〉의 마지막 장면 배경이었던

라다크의 판공초입니다.

판공초를 함께 여행한 한국 사람들과

한번 뛰어올라 보았습니다.

예비출가자

마니쉬

본래 카우치서핑을 하게 된 데에는 외국에서 현지인들을 만나며 그네들의 삶에 조금 더 가까이 다가서고, 그들과 경험을 공유해보고자 함에 있었습니다. 또한 한편으로는 불교에 관심을 가지고 있는 현지인들을 만나 그들의 이야기를 들어보고 그들이 궁금해하는 불교에 대해 대화를 나누겠다는 목적도 있었습니다.

그러나 인도를 여행하면서 이런 생각과 결정을 잠시 보류하게 되었습니다. 인도를 여행해보신 분들은 아시겠지만, 인도에서 가장 많은 여행객이 한국인이라고 해도 될 정도로 인도 도처에 한국인들이 많았습니다. 갖가지 배경과 여행 동기를 가진 한국 여행자들은 삿갓을 쓰고 두루마기를 입고 다니는 웬 젊은 스님과 대화 나누기를 원했습니다. 비록 한국인이라 하더라도 불교를 접할 기회, 혹은 스님을 직접 만나서 불교를 주제로 대화를 나눌 기회가 없었던 것입니다.

한국의 절에 가면 스님들은 각자의 소임에 바쁘기도 했고, 설혹 이야기를 나누고 싶어도 따로 시간을 내달라고 요청하기가 겸연쩍어서 그럴 기회를 갖지 못했다는 것입니다. 이런 차에 인도에서 우연찮게 스님을 만났으니 불교에 대해 물어보기 좋은 기회였습니다. 현지인들을 만나는 것도 중요했지만, 정작 가까운 한국 사람들도 저에게는 중요했습니다. 영어보다 한국어가 백만 배쯤 편한 이유도 컸습니다. 이런 이유 때문에 저는 인도에서 당분간 카우치서핑을 쉬고 한국인들과의 만남과 대화에 더 많은 시간을 할애하기로 결정했습니다.

그런 연유로 인도 도처에서 한국 친구들을 만나며 인연에 따라 잠시 동행하기도 하고, 또 그 인연에 따라 헤어지기도 했습니다. 그러면서 자연스럽게 인도를 혼자 여행하게 됐을 때, 카우치서핑을 해봐야겠다는 생각이 들었습니다. 해인사에서 카우치서핑을 하던 중에 찾아왔던 프랑스 친구 갤이 헤먼트를 소개했습니다. 마침 헤먼트는 벵갈루루에 살고 있었습니다. 저는 헤먼트를 꼭 만나봐야겠다고 생각했습니다. 갤이 소개하기로 헤먼트는 '독특한 철학과 낙관주의가 합쳐진 대단한 캐릭터'였습니다. 도대체 갤이 무슨 이유로 그런 말을 했는지, 헤먼트는 제가 꼭 한번 만나 직접 겪어보고 싶은 사람이었습니다.

그래서 저는 벵갈루루에 가기 전부터 헤먼트에게 연락을 해두었습니다. 그는 자신의 플랫에 인도인 친구가 같이 살고 있으며, 그 또한 언제든 저를 환영한다는 메시지를 보내왔습니다. 그런데 제가 막상 벵갈루루에 갈 즈음, 헤먼트는 급작스럽게 아프리카로 출장을 가게 되었습니다. 그럼에도 그는 자신이 지내는 플랫에 인도인 친구가 있으니, 꼭 이곳에서 머물다 갔으면 좋겠다는 말을 건넸습니다. 그렇게 해서 벵갈루루에서 만난 친구가 바로 마니쉬입니다. 마니쉬는 출가를 계획하고 있는 스물여덟 살의 인도 청년이었습니다.

IT 산업으로 유명한 벵갈루루에서 마니쉬가 하는 일은 IT 관련한 프로그램을 제작하는 것이었습니다. 마니쉬는 앞으로 7년 정도 이일을 할 계획이었습니다. 그렇게 부모님의 노후를 걱정하지 않아도 될 정도의 돈을 벌어놓고 난 뒤에, 출가를 할 계획이었습니다. 출가에 대한 결심이 굳으면 앞뒤 재지 않고 출가를 하는 한국의 풍토와 달라 다소 신기하게 보였습니다.

"그런데 마니쉬는 왜 출가를 하기로 결심했어요?"

"저는 수행을 하고 싶어요. 몇 년 전엔가 뭄바이 근처의 자그마한 시골에서 한 스님의 지도를 받아 고엔카 위파사나 수행을 한 적이 있어요. 그 수행의 경험이 좀 특별했어요. 자세히는 모르겠지만 무언가 제 자신이 변하는 듯한 느낌을 받았거든요. 그 수행을 체험한 이후, 시간이 되는 대로 틈틈이 수행을 해나가 보려고 하고 있어요. 물론 지금은 일이 바빠서 수행에 전념하기 힘들기는 하지만요."

이후 마니쉬에게 설명을 들어보니 그가 인도에 살며 경험한 인도 내 불교 종단의 스님들은 뭇 사람들로부터 존경을 받고 있지는 못하는 듯했습니다. 스님들이 계율에 있어서 청정치 못한 삶을 살아가고 있었고, 위의(威儀; 고결한 행동과 몸가짐)를 지키지 못해 사람들로부터 비난을 받는 듯 보였습니다. 그런데 인도에서 사는 스님들의 모습이 어떠한지의 여부를 듣기 이전에, 불교에 귀의하려는 한 젊은이가 스님들에 대해 이렇게 좋지 못한 견해를 가지게 된 것은 안타까운 일이었습니다. 이러한 이유 때문에 마니쉬는 인도 내 불교 종단이 아닌, 남방 불교의 한 맥이라고 할 수 있는 고엔카 수행 센터를 출가 사찰로 염두에 두고 있었습니다.

마니쉬는 말했습니다.

"마땅히 스님이라면 청정한 삶을 유지하고, 스스로도 수행에 매진하면서, 사람들의 고통을 들어주고, 그들의 고민에 조언을 해주는 정신적 스승이 되어야 하지 않나요?"

네, 백 번이고 천 번이고 옳은 소리입니다. 하지만 저는 마니쉬의 이러한 이야기를 들으며, 한편으로는 마니쉬의 출가가 수월하지 않겠다는 짐작을 하게 되었습니다. 왜냐하면 마니쉬가 생각하는 출가는 생사라는 근본 문제를 해결하려는 열망이라기보다는 출가자의 역할과 본분에 가까웠기 때문입니다. 역할과 본분은 물론 당연한 것입니다. 하지만 제가 믿기로 생사의 근원 문제 해결이 우선입니다. 세상의 수많은 성인들은 이 근원에 관한 문제를 해결하고자 수행을 하게 되었고, 이 수행을 통해서 얻은 깨달음을 통해 다른 이들에게 성인으로서의 여러 역할을 수행할 수 있었습니다. 본인의 내적인 갈증을 먼저 해결한 뒤, 그 갈증 해소의 시원함과 이에 도달하는 방법을 여러 사람에게 일러주며 함께 나아갔던 것입니다. 이는 곧 본인이 지닌 문제의 근원을 해결하여 지혜와 평온을 얻은 뒤에 비로소 남을 인도할 수 있는 역량과 감화를 발휘하는 수순을 따른 것입니다.

그런데 마니쉬는 아무래도 사회적 문제에 관심이 많은 듯했습니다. 수행자라면 사회적 문제에 전혀 관심을 두지 말아야 한다고 말하는 것이 아닙니다. 하지만 저는 수행자로서의 본분 문제 해결이 우선이라고 믿고 있는 사람입니다. 자기 스스로의 문제도 해결하지 못하고 갈증에 허덕이는 사람이 어떻게 남을 제대로 가르칠 수 있으며, 상대방의 갈증을 해소시켜줄 감화력을 발휘할 수 있을까요. 자기의 근본 문제를 해결하지 못하면 삶의 무상한 흐름에서 부단히 흔들립니다.

　저는 진리에의 깨달음과 내면 문제의 해소가 가장 우선이라고 말합니다. 그러한 뒤 실제 삶에서 구체적인 경험을 치러내 가며 그 진리가 삶으로서 증명되고, 또한 내 내면이 평안으로 안정화된다고 믿고 있습니다. 진리와의 만남이나 내면 문제의 해결은 기실 온전한 삶으로 돌아가기 위한 필수 과정입니다. 결과적으로 가장 중요한 것은 삶입니다. 그러나 그 온전한 삶으로 돌아가기 위해 필수적으로 해결해야 하는 자기 숙제가 있다는 것입니다.

　이 숙제를 제대로 거치지 않으면서, 곧장 삶을 이러한 식으로 바꾸고 저러한 방식을 고수해야 한다고 주장할 수는 없습니다. 세상이 바뀌길 원한다면 내가 먼저 바뀌어야만 하고, 세상이 안정되길 원한다면 내가 먼저 안정이 되어야 합니다. 인류 역사의 위대한 성현들은 하나같이 나의 변화라는 과정을 뼈아프게 치러냈다는 사실을 잘 알아야만 합니다. 그러한 과정 뒤에 그 성현들의 역할과 본분이 각자가 처한 사회나 문화라는 인연에 따라 자연스럽게 익어가며 변화를 일구어냈습니다. 나의 변화라는 수순을 경시하고 곧장 자신의 생각대로 사회를 바꾸려는 열망은 아무래도 성급합니다. 깊은 안목이 그모든 변화의 폭을 넓혀주는 것이므로, 안목을 심화하기 위한 수행의 시간은 필수적입니다. 그나마 앞서 수행의 길을 가고 있는 제가 해준 설명에 마니쉬는 묵묵히 고개를 끄덕이며 수긍해주었습니다.

그러나 7년은 긴 시간입니다. 비록 마니쉬가 출가 결심을 했더라도 이 7년의 시간 내에 생각은 수도 없이 바뀌게 될 것입니다. 과연 7년 뒤에도 마니쉬가 한결같은 결심으로 출가를 감행하게 될지, 혹 상황이 변하여 다른 종류의 삶을 살아갈지는 아무도 모릅니다. 설혹 출가를 했다 하더라도 그 결심을 고스란히 유지해가면서 그가 바라던 모습 그대로의 수행자로서 살아가는 것은 쉽지 않습니다. 이제껏 수많은 출가자를 보아왔고, 또한 여러 인연으로 출가의 삶을 포기하게 된 경우도 수없이 보아왔기 때문입니다.

출가와 수행… 결코 쉬운 일이 아닙니다.

목샤로 찾아오세요

벵갈루루에서 마니쉬와 그의 친구 헤먼트가 사는 플랫에 머물 때에, 집이라는 곳의 의미를 생각하지 않을 수가 없었습니다. 헤먼트가 이 플랫으로 저를 초청할 때에 '목샤Moksha'라는 말을 썼습니다.

'저희 목샤로 찾아오세요. 스님은 언제나 환영입니다.'

목샤는 이 친구들이 사는 플랫의 이름이었습니다. 사실 목샤는 '신과의 합일' 혹은 '깨달음을 통해서 생사와 윤회로부터 벗어나는 궁극적인 해방'을 의미하는 산스크리트어 단어입니다. 헤먼트나 마니쉬는 플랫을 '집'이라 부르지 않고 '목샤'라고 이름 지어준 것입니다. 그것은 마치 제 흑요석 염주에 현요, 삿갓에 차경이라는 이름을 지어준 것과 비슷합니다. 이름을 지어준다 함은 대상에 특성이나 의미를 부여해주는 것이고 또한 원력을 심어주는 행위이기도 합니다.

그리고 그 이름을 부름으로써 원력을 다지는 수행이 되기도 합니다. 목샤라 이름 지어줌으로써 그들은 아무런 의미 없는 시멘트 건물에 갇혀 사는 게 아니라, 해방의 자유 안에서 지내게 됩니다. 바깥에서 일을 마치고 플랫으로 가는 것이 아니라, 깨달음과 합일되는 공간으로 다시 되돌아가는 것입니다.

그렇기에 집에 이름을 지어준다는 것 그리고 이 이름을 계속해서 불러준다는 것은 자신이 종국에 돌아가게 될 정신적인 고향이나 근원의 속성을 재확인해주고, 이를 향한 여정을 다져주는 행위입니다. 이름을 지어준다는 것의 의미가 이렇습니다. 누구에게는 그저 흥미로운 일이나 독특한 사고방식처럼 보일 수도 있겠지만, 그들에게는 자신들이 도달하고자 하는 종국의 지향점을 이 집을 빌려 표현한 것입니다. 참으로 멋있는 친구들이었습니다. 그리고 그들은 이렇게 이 플랫을 목샤라고 부르면서 그들만의 수행을 반복하며 다져갈 것입니다. 그리고 끝내 목샤에 이르게 될 것입니다.

사실 절집에서 스님들이 지내는 요사채(거처를 뜻하는 절집 용어)에 이름을 짓는 일은 예사로 있어 왔습니다. 번뇌를 잘라낼 수 있는 지혜의 검을 찾고자 하여 심검당尋劍堂이라 이름 짓는 경우도 있고, 향기로운 저녁노을처럼 집에 사는 사람의 시적인 운치를 드러내 향하당香霞堂이라 짓기도 했습니다. 또 스스로 겸손한 마음에 다섯 요소로 이루어진 몸뚱어리가 기거한다 하여 오색암五色庵이라 지은 경우도 있고, 번뇌와 생사의 흐름에서 흔들리지 않고 고요하게 살고자 하는 뜻으로 무심당無心堂이라 이름 지은 경우도 많았습니다. 그렇게 자신이 가지는 원력과 지향점을 집의 이름을 통해서 불러주면 수행을 해나가거나 원력을 이루어가는 데 훨씬 좋습니다. 그렇기에 저는 절집에서만 그럴 게 아니라, 일반 사람들의 평범한 집이라고 해도 집의 이름을 지어주는 것이 좋다고 조언하는 편입니다. 괜히 남들에게 멋있어 보이기 위해서가 아니라, 내 자신이 가지는 원력을 집의 이름을 통해서 재확인하고 다져가기 위함입니다. 그렇게 집의 이름을 짓고, 대문이나 현관 위에 '향하당香霞堂'이나 '무심당無心堂'과 같은 현판을 걸어놓기를 권유하고 있습니다.

참고로 말하자면 수도암 산사에서 제가 살고 있는 집의 이름은 낙가암洛迦庵입니다. 관세음보살님이 지내고 계시는 산의 이름이 보타락가補陀洛迦산인데, 그 산의 이름을 따와서 낙가암인 것입니다. 낙가암에는 물론 이 집의 주인이신 관세음보살님이 중앙에 모셔져 있고, 지금은 제가 관세음보살님께서 기거하시는 낙가암에 더부살이를 하고 있습니다. 비록 제가 더부살이를 하는 형편이라 해도, 관세음보살님과 함께 지내고 있으니 모자라기 짝이 없는 제가 관세음보살님의 대자대비한 성품을 약간이라도 닮아갈 수 있는 건 아닐까 하는 기대를 내심 조금은 하고 있습니다. 비록 제가 세운 원력으로 지은 집의 이름은 아니더라도, 크나큰 대자대비의 원력을 가지신 관세음보살님이시니, 그 밑에서 보살님의 성품을 조금은 닮아가고 싶다는 그런 소박한 원력이 있는 것입니다.

그렇습니다. 집은 단순한 시멘트 건물이 아닙니다. 집에 이름을 지어주고, 집에 인격을 부여해주며, 또한 집에 원력을 심어줄 적에, 집은 단순한 물리적 공간에 머물지 않고, 자신이 바라는 이상을 실현시켜주는 의미의 상징으로 승격됩니다. 그래서 저는 집에 이름을 지어주어야 한다고 말하는 것입니다. 집의 이름 자리에 걸려 있는 'CCTV 작동 중'이라는 그 멋대가리 없는 글귀는 이제 떼어버릴 때가 되지 않았는가요?

재정비를 위해
한국으로

중국에서 시작한 세계 일주는 나름 순탄하게 진행되었습니다. 블로그에 여행기를 기록해가면서도 저는 해인사 편집부에서 발행하는 월간 〈해인〉과의 약속에 따라 매달 특정한 주제로 여행기를 연재했습니다. 이제 세계 일주를 시작한 지 아홉 달이 다 되어가는 중이었습니다. 인도 여행을 마칠 즈음, 저는 잠시 한국에 돌아가기로 결정했습니다. 많은 여행가들이 그리도 극찬한 파키스탄 훈자와 이란에 꼭 가고 싶었지만, 시간이 부족하기도 했고 비자 문제도 컸습니다. 그리고 여행이 9개월 즈음 접어드니 한 번쯤 재정비가 필요하다고 느꼈습니다. 게다가 한 일간지 측에서 저의 세계 일주에 관해 인터뷰를 하고 싶다고 요청을 해왔는데, 이 약속을 지키기 위해서라도 잠시 한국으로 돌아가야 할 듯싶었습니다.

귀국한 뒤, 서울에서 한 지인 집에 머물렀습니다. 그러고는 이틀간

짐 정리를 했습니다. 그간 여행을 하면서 실질적으로 썼던 물품만 다시 챙기기로 했고, 나머지 사용하지 않는 물건들은 모두 제가 머물던 수도암으로 보냈습니다. 인도 여행을 하면서 인터넷 환경이 좋지 않아 여행기 작성이 약간씩 뒤처지고 있었는데, 한국에 머물며 그간 밀린 여행기를 모두 써 내려갔습니다. 그러나 한국으로 돌아와서 가장 좋았던 것은 바로 한식이었습니다. 제가 아무리 인도의 카레와 차파티를 좋아한다 해도 한식에 비할 수는 없는 노릇이었습니다. 집에서 지내며 매일같이 된장찌개를 해 먹었고, 글 작업을 하다가 출출해지는 저녁에는 라면도 끓여 먹었습니다. 한국에서는 별 볼일 없는 라면이지만, 외국에서는 구하질 못해서 먹을 수도 없는 귀한 라면이었습니다.

언론사와의 인터뷰를 포함한 정비를 어느 정도 마친 뒤, 저는 당시 노장님이 머물고 계시던 대구 도림사에 찾아갔습니다. 비록 노장님의 동의를 얻지 못한 채 시작한 세계 일주였지만, 잠시 한국에 들어왔는데 노장님께 인사를 드리지 않을 수 없었습니다. 제가 아무리 고집쟁이 제자라 할지라도, 제자로서의 도리는 지켜야 했던 것입니다. 사실 노장님도 원제 이놈이 원체 고집이 센 놈이란 걸 잘 알고 계셨습니다. 옳든 그르든, 잘하건 못하건 그냥 자기 고집대로 끝까지 가는 애라는 걸, 아마도 시자로 곁에 두고 지켜보면서 아셨던 것입니다.

그 언젠가 노장님이 저의 고집에 관해 한번 언급하신 적이 있습니다. 제가 시자를 보던 그 어느 날 노장님께선 선물 받은 귀한 보이차를 꺼내셨습니다. 종단의 어른 자리에 계시다 보니 이런저런 선물이 간혹 들어오는데, 그중엔 보이차도 있었습니다. 보이차에 관심이 없던 제가 귓등으로 전해 들은 바, 홍인인가 남인인가 하는 보이차였습니다. 노장님이 제자들에게 보이차를 손수 내려주시니 당시 모인 서너 분의 스님들은 상기된 모습으로 차 마시길 기다리고 있었습니다. 그때 저는 노장님 방 청소를 마치고 나오는 중이었습니다. 그런 저를 노장님이 불러 세웠습니다.

"원제야, 너도 보이차 한잔할래?"

노장님은 제가 평상시 보이차를 마시지 않는다는 걸 잘 알고 계셨습니다. 저는 언제나 커피였습니다. 저는 매일 아침 7시에 핸드 드립으로 커피를 내려 마셨습니다. 간혹 퇴설당에 손님들이 찾아오면 아침 7시에 제 방으로 모여들었습니다. 제가 내리는 커피를 마시기 위해서였습니다. 보이차를 즐겨 드시던 노장님께서 저에게 보이차 한 잔을 주시려고 불러 세웠으나 솔직히 저는 시큰둥했습니다. 아마도 오랜 시간 노장님과 같이 지내온 까닭에 노장님이 편하게 느껴진 것인지도 모릅니다. 남들에게는 대한불교 조계종의 종정이며, 해인사의 방장, 수좌계의 원로이신 큰스님 중의 큰스님이셨건만, 저에게는 말 그대로 노장님, 오랫동안 같이 모시고 지내온 할아버지 같은 어르신이자 스승이셨습니다. 그렇게 노장님을 가깝게 느껴서였는지 저는 짧막하고 단순하게 대답했습니다.

"그런 짚 썩은 물 안 마셔요. 저 걸레 빨아야 돼요."

그 순간, 노장님이 내려주시는 보이차를 기다리던 스님들이 정말

화들짝 놀란 표정을 지었습니다. 요즘에는 구하기도 힘든 귀한 보이차를 '짚 썩은 물'에 비유해서이기도 했겠지만, 제가 노장님의 말씀을 단번에 거절해서이기도 했을 것입니다. 제 말을 들은 스님들은 모두 놀란 눈치였지만, 정작 노장님은 모처럼 호탕하게 웃고 계셨습니다. 정말 오랜만에 들어보는 노장님의 웃음이었습니다. 그러고는 앞에 있던 스님들에게 말씀하셨습니다.

"원제 쟤가 고집이 세…. 그래도 나는 내 상좌가 좋다. 원제 쟤는 내 보이차 뺏어 먹을 생각이 하나도 없는 애거든. 보통 내가 보이차 내려주겠다 하면, 이렇게 다들 차 달라고 모여드는데 말여…."

농담까지 하시는 걸 보니, 정말 기분이 좋으신가 생각했습니다. 그런데 그때가 처음이자 마지막이었습니다. 워낙 과묵한 성품으로 유명하기도 하셨지만, 좀체 마음속 생각을 잘 드러내지 않는 노장님께서 누군가가 좋다고 말씀하신 것이 말입니다. 더군다나 당사자인 저를 앞에 두고 그렇게 말씀하시니 저로서는 참 의외라는 생각이 들었습니다.

세계 일주 중간에 정비차 잠시 한국에 들어와, 1년 전까지만 해도 제가 시자로 노장님을 모시고 지냈던 처소에 도착했을 때, 노장님은 가벼운 산행 후 잠시 누워 쉬고 계셨습니다. 그런데 의외였습니다. 시자 스님이 제가 세계 일주 중에 인사차 찾아왔다는 말을 건네자, 노장님께서 불쑥 자리에서 일어나신 것이었습니다. 원체 무게 있게 행동하던 분이셨기에 저는 크게 놀랐습니다. 노장님께 인사를 드리

노장님과의 오후 포행

고 난 뒤 말씀을 드렸습니다.

"지난 9개월간 여행을 했는데요, 스님, 여행은 무난히 진행하고 있고요, 건강에도 특별한 문제가 없습니다."

노장님은 소파에 앉아 저를 아무 말 없이 바라만 보셨습니다.

"그런데요 스님, 제가 아직 여행이 끝나질 않았습니다. 잠깐 재정비를 위해서 한국에 온 겁니다. 앞으로의 일정이 1년 좀 더 넘게 남았습니다."

그제야 노장님이 처음으로 말문을 여셨습니다.

"그려, 기왕 시작한 것은 끝을 봐야지. 여행 잘 마무리하고 건강하게 돌아오도록 해."

누군가에게는 아무렇지 않은 말인 듯 들릴지 모릅니다. 그러나 저는 노장님의 말씀에 무척이나 감격하고야 말았습니다. 그간 탐탁지 않게 여기시기만 했던 저의 여행을 나름 용인해주신 것이기 때문이었습니다. 나중에 다른 스님들에게 전해 들은 바에 따르면, 노장님은 저의 세계 여행에 대한 구체적인 내용과 상황들을 스님들에게 틈틈이 전해 들으셨다고 합니다. 노장님은 인터넷을 하실 줄 모르지만, 제가 꾸준히 올리는 블로그 글들을 본 여러 스님들이 저의 여행에 대해 이야기를 들려드렸던 것입니다.

세계 일주에 대한 계획을 말씀드릴 때만 해도 노장님은 제가 하라는 공부는 하지 않고, 어디 외국의 좋은 곳에 가서 멋진 풍경을 구경하고 맛난 것이나 먹고 다니면서 놀려고만 하는 게 아닌가 하고 걱정하셨다고 합니다. 하지만 다른 스님들로부터 제가 외국 어디에서 무슨 경험을 하고, 어떤 고생을 치르고 있는지에 대한 구체적인 이야기를 들으시면서부터 막상 그렇게 놀려고 간 것만은 아니라는 생각을 하셨는지도 모릅니다. 참으로 힘겹게 얻어낸 용인이었습니다. 남들 보기에는 기껏해야 건강하게 돌아오라는 말뿐이었지만, 저의 여행을 처음이자 마지막으로 인정해주신 것이기 때문이었습니다. 그렇게 짤막한 인사를 마치고 저는 다시 서울로 올라왔습니다. 비록 짧은 말씀이셨지만, 그런 노장님의 격려에 힘입어 저는 더욱 편해진 마음으로 다음 목적지로 향할 수 있었습니다.

유럽의 첫 관문은 바로 런던이었습니다.

2

오늘 밤엔 오늘 밤의 꿈을,
내일 아침엔 또 내일의 햇살을

이
미
충
분
하
다

       유럽 여행의 시작 도시로 런던을 잡은 데에는 여러 이유가 있었지만 가장 큰 이유는 셍겐 조약 때문이었습니다. 셍겐 조약은 유럽연합 회원국 간의 무비자 통행을 근간으로 한 국경 개방 조약이었고, 한국인은 셍겐 조약을 체결한 유럽의 나라에서 최장 90일까지 머물 수 있었습니다. 영국은 유럽연합에 속해 있되, 셍겐 조약에서는 제외되는 나라였습니다. 섬나라여서 한번 나오면 다시 들어가기 번거롭기도 했고, 영국 외의 다른 나라에서 셍겐 조약의 제한 조건이 시작되는 터라, 저는 먼저 영국을 여행한 뒤 유럽 대륙으로 들어가기로 결정했습니다.

  런던에는 저와 인연이 닿은 여러 사람들이 머물고 있었습니다. 인도 카주라호로 가는 기차에서 만나 우다이푸르까지 동행한 주안 군이 마침 런던에서 유학 중이었습니다. 개신교 집안에서 태어난 신실

한 기독교인인 주안 군은 제가 런던으로 오면 시내 안내를 해주겠다고 약속했습니다. 또한 인도 리시케시에서 만난 이후로 라다크 지방을 같이 여행했던 박 선생님이 세계 일주 중 마침 런던을 통과하는 중이었습니다. 이 밖에도 대학 후배 하나가 런던에서 남편과 함께 살고 있었습니다. 런던에서 유명 프랜차이즈 식당을 전담 관리하는 나름 고위직 일을 하다가 과중한 업무에 일을 그만두고 뮤지컬이 좋다면서 극장에서 대걸레질도 하고 팝콘도 팔면서 살고 있는 멋진 친구였습니다.

마침 한국에서 카우치서핑으로 만나게 된 인도네시아 친구 타미는 윌슨 씨 부부를 적극적으로 만나보기를 추천했습니다. 윌슨 씨 부부 역시 여행을 좋아하는 사람들이었고, 카우치서핑을 애용하는 회원이었습니다. 다행히 이들 부부는 세계 일주를 하는 스님에 대한 호기심을 다분히 가지고 있었습니다. 런던행 비행기표를 예약한 뒤, 저는 윌슨 씨의 부인인 은미 씨에게 카우치서핑을 통해 연락을 했습니다. 은미 씨는 자신들의 집으로 와도 좋다며 흔쾌히 요청을 수락해주었습니다. 살인적인 물가로 유명하다는 런던에서 돈을 절약하기 위해서나, 안정적인 출발을 하기 위해서는 아무래도 카우치서핑을 거치는 것이 좋아 보였습니다.

사실 유럽은 어떤 의미에서 저에게 동경의 장소이기도 했습니다. 출가를 해서 스님이 되면 해외여행을 가지 못한다는 생각을 하던 때에, 출가 전 마지막으로 유럽을 여행해보고 싶었습니다. 그러나 결국 유럽에 가지 못했습니다. 출가 전에 하는 마지막 여행이라면, 유럽보다는 부처님의 성지를 순례하는 것이 지극히 당연하다는 생각이 들었기 때문입니다. 그래서 저는 결국 인도로 향했습니다. 그렇게 혼자서 배낭을 짊어지고 부처님의 4대 성지를 저만의 속도로 순례했습니다. 4대 성지에 있는 한국 사찰에 사흘씩 머물면서 꾸준히 예불에 참여했고, 부처님이 정진하셨다는 곳을 찾아 한두 시간씩 좌선 정진을 하다가 절에 돌아오곤 했습니다.

그러다 이번에는 유럽이었습니다. 출가 수행자는 여행을 하지 못한다는 편견으로부터 저 자신이 벗어나, 심지어 세계 일주를 수행하는 과정에서의 유럽이었습니다. 세계 역사 흐름상 가장 굵직한 사건들이 벌어진 곳이기도 했고, 세계 전역으로 널리 영향을 끼친 중요한 사상들이 피어난 유럽 대륙이었기에, 처음부터 기대가 컸습니다. 인천에서 출발해 일본 도쿄를 거쳐 열네 시간의 비행 끝에 런던에 도착했건만, 이상하리만치 마음은 평온했습니다. 마냥 기대감이 컸던 유럽 대륙이기도 했고, 중간의 재정비 시간을 거친 후의 새로운 여행이었기에 조금 상기될 법도 했습니다. 하지만 인도에 있을 때나 한국에 잠시 머물 때와 비교해보아도 별다른 설레임은 없었습니다. 이상한 일이었습니다. 그토록 기대한 유럽이었건만 마음이 동요되는 바가 없어서, 저 스스로도 의아했습니다.

공항에서 짐을 찾고 교통체증에 시달리느라 저녁 7시 즈음 월슨 씨 부부가 거주하는 뉴몰든 지역에 도착했습니다. 마침 은미 씨의 남편은 퇴근을 한 뒤 곧장 집에 돌아와 저를 기다리고 있었습니다. 영국에 사는 남자들은 상당히 가정적이었습니다. 영국의 남자들은 회사 일을 마치고 특별한 일이 없는 한 일찍 귀가해 가족과 시간을 보냅니다. 자연스럽게 자녀와 보내는 시간이 많아지고, 그렇게 영국 남자는 다정한 남편과 자상한 아빠가 되는 듯했습니다. 윌슨 씨는 퇴근 후 집으로 돌아와서 느긋하게 와인이나 맥주를 한 잔씩 마시는 여유를 즐겼습니다. 그들은 여행을 좋아하는 가족이었기에, 1년에 두 차례씩은 아이들과 여행을 다녔습니다. 다가올 8월의 휴가 때 윌슨 씨 가족은 동유럽으로 자동차 여행을 계획하고 있었습니다.

뉴몰든에 있는 은미 씨의 집에 머물면서 저는 매일같이 지하철을 타고 런던 시내로 나갔습니다. 대영박물관을 구경하고, 템스 강변을 따라 걷기도 하고, 세계 일주 중에 인연이 된 사람들을 만났습니다. 그런데 런던 지하철을 타고 다니면서 알게 된 특징이랄 게 있다면 사람들이 핸드폰을 들여다보지 않는다는 것이었습니다. 지하철 내에서 핸드폰이 터지지 않기 때문이었습니다. 그렇기에 지하철 안의 사람들은 대부분 책이나 잡지를 들여다보고 있었습니다. 간혹 킨들 같은 전자책도 눈에 띄었습니다. 그렇게 승객들 모두 책을 보고 있다는 사실이 영국 지하철만의 특징이었습니다.

지하철 객차마다 와이파이 장비가 설치되어 있어 모두들 핸드폰에 집중하고 있는 한국의 상황과 사뭇 대조적인 모습이었습니다. 영국의 지하철에서 핸드폰이 터지지 않는 것은 통신 회사의 기술력이나 장비 문제가 아니라, 사람들의 요구 때문이었습니다. 적어도 지하철 안에서는 매너를 지키며 통화를 자제하고 가뜩이나 보지 않는 책을 읽을 시간을 갖자는 대중의 공의로 지하철 안에서는 통신이 끊기는 것이었습니다. 한국 같았으면 상상도 못 할 일이겠지만, 런던 시민들이 공의를 모았기에 가능한 일이었습니다.

공의는 이렇게 상식과 습관을 만들어냅니다. 지하철에서는 핸드폰을 사용할 수 없다는 것이 상식이 되었고, 그렇기에 지하철에 있는 시간에는 책을 읽는 습관이 만들어진 것입니다. 영국인들이 '세계 독서율 1위'라는 타이틀을 아무 이유 없이 얻게 된 것은 아니었습니다. 지하철 안에서 비록 핸드폰 통신이 끊길지언정, 책은 열리게 되는 것입니다. 하나가 닫히면, 그 어떤 다른 하나는 열리는 법입니다.

로마에서는 로마법을 따르라는 말이 있듯이, 런던에 있으니 런던의 법을 따른 저도 다른 사람들처럼 지하철 안에서 책을 읽었습니다. 마침 한국에서 정비를 하며 가져온 책은 무라카미 하루키의 신작 《색채가 없는 다자키 쓰쿠루와 그가 순례를 떠난 해》였습니다. 런던 곳곳으로 이동하며 지하철에 있는 시간이 많다 보니 단 며칠 만에 책 한 권을 모두 읽어버렸습니다. 그러나 다소 아쉬웠습니다. 대학을 다니던 시절, 도서관에서 무슨 보물찾기를 하듯 설렘을 안고 읽어왔던 무라카미 하루키의 소설들과 느낌이 사뭇 달랐기 때문이었습니다. 《상실의 시대》나 《태엽 감는 새》, 《세계의 끝과 하드보일드 원더랜드》 같은 걸작 소설들이 주는 신선한 감흥과 깊은 여운이 느껴지지 않아 약간은 아쉬웠던 것입니다. 물론 제 개인적인 취향 탓일 수도 있겠고, 절집에서 살다 보니 그 취향이 달라졌을 수도 있습니다. 하지만 작가나 예술가에게는 그만의 예술 작품이 걸작으로 평가받는 황금시대가 따로 있다는 가설이 마치 사실처럼 느껴지기는 했습니다.

 그러나 이것은 꼭 예술가에게만 해당되는 말은 아닐 것입니다. 그 모든 사람에게도 일생을 돌이켜보면 그만의 아름답고도 찬란했던 시절이 선명하게 존재합니다. 어떤 이는 이 아름다운 시절을 그리워 하며 다시 되돌이키기 위해 온갖 노력을 쏟기도 합니다. 하지만 시간이나 인연은 이미 지나간 것이기에, 과거는 결코 기억과 같은 형태로 돌아올 수 없습니다. 생각을 바꿔서 '나에게도 이런 찬란한 시절이 한 번은 있었다'라고 만족할 수 있다면, 모두가 나름대로 다 멋진 삶이고 괜찮은 인생입니다. 인생의 특정한 순간에 집착하지 않고, 그 하나의 커다란 생애 전체로 아우르며 볼 수 있는 여유를 가진다면, 우리는 모두 우리만의 찬란한 시대를 보내며 살아온 것입니다.

 그렇기에 무라카미 하루키는 여전히 저에게 최고로 멋진 작가이며, 존경스러운 인생 선배였습니다. 제가 그토록 혼란스러워했던 20대 시절, 삶을 조금 떨어져서 단순하고도 분명하게 바라볼 수 있는 여유를 마련해준 분입니다. 또한 삶의 순간순간 자신이 내리는 선택에 대한 책임과 노력이 반드시 필요하다는 것을 그의 글을 통해 깊이 공감했습니다. 유럽의 지하철 안에서 모처럼 그의 책 한 권을 완독하고 난 뒤에 드는 생각이었습니다. 무라카미 하루키는 이미 저에게 충분히 좋은 가르침을 주었던 것입니다. 이제 책은 저와 작별하고 다른 인연을 찾아 옮겨갈 차례가 되었습니다. 책은 결국 뮤지컬 극장에서 팝콘을 파는 대학 후배에게 건너갔습니다.

스톤헨지, 〈세계 불가사의 탐방〉의 시작

영국 솔즈베리에 있는 스톤헨지를 탐방하기 전까지만 해도, 저는 인터넷에 돌아다니는 사진대로 푸른 하늘 아래 광활한 들판을 배경으로 정갈하게 서 있는 스톤헨지의 모습을 떠올렸습니다. 아니면 일몰의 붉은 빛이 돌 사이로 새어 나와 눈을 아득하게 어지럽히는 모습을 상상하기도 했습니다. 하지만 이런 그림과도 같은 모습은 사진이나 상상 속에서나 가능했습니다. 런던에서 솔즈베리로 향하는 기차에 몸을 실었을 때, 암울하게도 창밖에는 비가 내리고 있었습니다. 그러나 솔즈베리까지 가는 왕복 기차표를 이미 예매한 뒤였고, 스코틀랜드로 가는 비행기표까지 미리 끊어놓은 터라 날을 바꿀 수가 없었습니다. 날씨는 복불복이었습니다. 솔즈베리에 도착하니 잔뜩 흐린 날씨임에도 스톤헨지를 찾은 사람들이 넘쳐났습니다. 예전에는 스톤헨지의 거석에 직접 다가가 만질 수도 있었다고 합니다. 하지만 지금은 사람들의 접근을 금지하는 줄이 놓여 있었습니다.

스톤헨지 유적지 안쪽에 있는 돌 하나의 무게가 자그마치 30톤에서 50톤 정도 된다는데, 이 돌들은 유적지에서 38킬로쯤 떨어져 있는 말버러의 다운스 구릉 지역에서 가져온 대사암입니다. 스톤헨지 바깥쪽에 세워진 약간 푸른색의 돌은 이 근방 지역에서는 전혀 볼 수 없는 현무암입니다. 흔히 청석이라 불리는 이 돌들은 유적지 남서쪽 웨일스 지방에서만 볼 수 있었습니다. 비록 안쪽 돌에 비해 작을지언정, 무게가 5~10톤에 달하는 돌들을 어떻게 바다와 강을 건너 이곳까지 옮겨올 수 있었는지 그저 미스터리한 일이었습니다.

그러나 가장 큰 의문으로 남아 있는 것은 누가 무슨 이유로 이 스톤헨지를 건설했는가입니다. 외계인이 만들었다는 주장부터 중세시대 마술사와 마녀들이 주술터로 삼기 위해 만들었다는 이야기도 있습니다. 아서왕의 전설에 나오는 마술사 멀린이 아일랜드에 있는 돌을 초능력으로 이곳에 옮겨놨다는 전설이 있지만, 그다지 믿기지는 않습니다. 국왕 제임스 1세의 명령에 건축가 이니고 존스가 스톤헨지를 조사했는데, 당시 존스는 건축사적 측면에서 스톤헨지가 로마인들의 신전이라는 결론을 내리기도 했습니다. 같은 17세기 작가 존 오프리는 수많은 문헌을 조사한 뒤, 스톤헨지가 드루이드교 신자들이 만든 사원이라 주장했습니다. 그리고 1963년에 영국의 과학잡지 〈네이처〉지에 천문학자 제럴드 호킨스가 기고한 논문에 따르면, 스톤헨지는 고대의 천문대였다는 주장이 나오기도 했습니다. 이렇게 외계인, 마술사, 종교 신전, 천문대 등등 다양한 가설과 주장이 난무하지만, 여지껏 확정된 사실은 없습니다. 그렇게 스톤헨지는 수천 년 동안 미스터리로 남아 있습니다.

그다지 큰 감흥을 남기지 않은 스톤헨지를 탐방한 뒤, 저는 솔즈베리에서 런던으로 돌아가는 기차에 올라탔습니다. 그러면서 저는 〈문명 5〉 게임에 나오는 스톤헨지가 완공될 때의 장면을 떠올렸습니다. 어두운 밤에 떨어지는 별똥별을 배경으로 무슨 종교의식이 이루어지는 듯 신비로운 모습이었습니다. 게임사 측에서는 아마도 스톤헨지를 종교의식이 행해지는 장소로 해석한 모양이었습니다. 게임 내에서 스톤헨지는 가장 초반에 건설할 수 있는 불가사의 건축물이었습니다. 〈문명 5〉 오리지널 버전에서 스톤헨지를 건설하면 문화 수치에 8을 더해주었는데, 이는 국력 확장에 엄청나게 큰 이점입니다. 그래서 저는 게임을 플레이하며 기회가 된다면 이 스톤헨지라는 불가사의를 반드시 건설하려고 했습니다. 그러면서 차츰 이러한 생각이 들었습니다. 내가 직접 가본 곳이기도 하고, 게임에 나오는 불가사의이기도 하니, 이를 조합해서 탐방기 형태로 글을 써보면 어떨까.

아닌 게 아니라 저는 세계 일주를 하면서 이미 게임에 나오는 몇몇 불가사의를 탐방한 뒤였습니다. 제국의 모든 도시에 성을 무료로 제공해주는 일본의 히메지성, 제국의 모든 영역에 석벽을 건설해주어 방어 수치를 증강시켜주는 중국의 만리장성, 국가 불행도 수치를 절반으로 낮춰주는 중국의 자금성, 제국을 곧장 황금기로 들어서게 해주는 인도의 타지마할, 세 명의 선교사를 무료로 제공해주는 인도네시아의 보로부두르 석탑군, 제국의 종교에 신앙심을 6만큼 더해주는 티베트의 카일라스 등등, 제가 직접 다녀온 불가사의 유적이나 장소가 많았습니다.

런던에 있는 숙소에 돌아와 계산을 해보았습니다. 문명 게임에는 약 50여 개의 불가사의가 나옵니다. 그중에서 여지껏 현존하는 것들을 추려보고, 앞으로의 세계 일주 루트를 따져보니 대략 70퍼센트 정도에 해당되는 불가사의를 제가 직접 탐방하게 될 예정이었습니다. 숫자로 따지자면 대략 35개 정도가 되었습니다. 게다가 이제 막 도착한 유럽에는 불가사의가 넘쳐났습니다. 그리스의 아르테미스 신전과 오라클, 프랑스의 루브르 박물관과 노트르담 대성당, 이탈리아 피사의 사탑과 시스티나 성당, 영국의 빅벤, 독일의 노이슈반슈타인 성 등등…. 세계 문명의 중심지이기도 했던 이유로 유럽에는 게임에 등장하는 매력적인 불가사의들이 넘쳐났습니다.

생각해보니 아직까지 그 누구도 게임에 등장한 불가사의들에 대한 실제 탐방기를 쓴 적이 없었습니다. 그런데 그것은 비단 한국에서의 상황만은 아닐 듯싶었습니다. 그 누가 문명이라는 게임에서 발상해 게임에 나오는 불가사의들을 실제로 탐방해가며 역사적 기록과 시대적 의미, 현실적 상황 등을 비교하고 고증하는 글을 써볼 수 있었을까요. 여기에다가 저의 구체적인 경험과 느낌 그리고 주변 시설의 정보까지 아울러서 하나의 글을 완성해본다면 이는 전무후무한 작업이 될 것으로 보였습니다. 그리고 어찌 보면 이는 세계 일주를 하는 저에게만 허락되는 유일한 기회일 수도 있었습니다. '세계 불가사의 탐방'은 이렇게 시작되었습니다.

우선 게임에 나오는 불가사의의 완성 모습을 첫 장으로 장식하고, 각기 불가사의가 건설될 때마다 나오는 유명인의 경구를 번역해 실었습니다. 그런 뒤 게임 내에서 불가사의 건설로 구현되는 효과나 이점을 설명하고 이를 개인적인 견해로 평가해보았습니다. 그런데 글을 쓰기 전 자료 조사를 하는 데 상당한 시간이 필요했습니다. 대충 사진 몇 장 올리고 짧은 감흥으로 마무리하고 싶지는 않았던 것입니다. 저는 제대로 된 고증기를 써보고 싶었습니다. 불가사의 건설의 역사적인 전개, 당대에서의 효용과 의미, 시대에 따른 변화 과정, 현재적 관점에서의 모습과 해석, 유적의 보호 관리 상태 등등을 여러 가지 측면들을 동시에 다루었습니다.

그렇게 객관적 사실들을 토대로 게임 내에서 각기 불가사의의 효과나 이점이 과연 적절한 방식으로 구현되었는지 고찰하고 평가하는 글이었습니다. 여기에다가 제가 방문했을 당시 불가사의 유적에 가는 교통편이나 입장권의 가격, 관람 루트, 근처의 좋은 숙소나 식당도 소개했습니다. 그렇게 자료 조사를 포함해 사진을 선별하여 정리하고 한 편의 글을 완성하는 데까지 적게는 여섯 시간, 많게는 열두 시간이 걸리기도 했습니다. 마추픽추 탐방기를 작성할 때에는 쿠스코의 한 허름한 호스텔에서 열악한 인터넷 속도 때문에 하루 종일 자료들을 모으고 정리해야 했던 기억도 있습니다.

탐방기는 순수하게 〈문명〉이라는 게임을 좋아하는 팬으로서 쓰게 된 글들이었습니다. 여느 잡지에 연재하는 것도 아니었고, 원고료를

불가사의 중 스톤헨지, 피라미드, 마추픽추에서

받는 것도 아니었습니다. 그렇게 쓴 글을 블로그에 원본으로 올리고, 〈문명〉 게임 대표 카페인 '문명메트로폴리스'의 자유게시판에 공유했습니다. 시간순으로 일본의 히메지성부터 시작했습니다. 과연 예상대로였습니다. 첫 글부터 카페 회원들의 반응이 뜨거웠습니다. 비록 보수 공사 중이어서 제대로 된 성의 모습을 보여주지는 못했지만 세계에 산재해 있는 여러 불가사의에 대한 탐방기를 아시아, 유럽, 아프리카, 남미, 북미 순서로 차례대로 쓸 것을 예고하니 카페의 많은 회원들이 관심을 가지고 응원해주었습니다.

몇 차례의 포스트를 마친 뒤, 카페 회원들의 압도적인 추천을 받아 카페 회원으로는 처음으로 '세계 불가사의 탐방'이라는 개인 게시판을 받게 되었습니다. 세계 일주를 하고 있다는 사실이나, 그 와중에 불가사의 탐방기를 작성한다는 것을 많은 분들이 부러워했습니다. 그런데 가장 초점이 된 것은 바로 이 탐방기를 쓴 사람이 스님이라는 사실이었습니다. 흔한 고정관념대로 스님이라는 사람은 게임이라는 놀이 문화와 전혀 관련이 없는 것처럼 생각되었기 때문일 것입니다.

하지만 제가 꾸준히 포스트를 작성해나갈수록, 사람들은 이마저도 별스럽지 않게 받아들였습니다. 스님이라고 게임을 하면 안 되는 이유가 없다는 식으로 회원들의 인식이 자연스럽게 자리를 잡아갔습니다. 아마도 카페의 회원들이 게임을 즐기는 젊은 층이어서 이렇게 개방적인 사고가 가능한 듯하기도 했습니다. 그중 제가 미 국방부의 중심이랄 수 있는 펜타곤 방문기를 올렸을 때에는, 한국에서 수행을 하는 스님과 세계 최강 군사력을 상징하는 건물인 펜타곤 사이의 생경한 조합에 어리둥절하면서도 신기해하는 분들이 많았습니다. 하지만 저는 미군에서 카투사로 군 복무를 마친 대한민국 남성 중 한 사람이었습니다. 이러한 사실을 펜타곤 탐방기 서두에 밝히기도 했는데, '게임과 수행' 그리고 '미군과 스님'이라는, 어찌 보면 서로 동떨어져 만날 수 없을 듯한 네 가지의 이질적인 요소들이 우연찮게 동시에 교차해서 만나는 경우가 바로 '원제'라는 사람이기도 했던 것입니다.

이후 '몽크원제'라는 닉네임으로 총 23편의 세계 불가사의 탐방기를 작성해 카페에 올렸습니다. 수천 번의 조회 수와 수십 개의 댓글이 달리면서 카페 내 개인 게시판으로는 가장 많은 관심을 받은 게시판이 되었습니다. 스님으로서 게임을 한다는 것이 아무래도 뭇 대중들에게는 다소 탐탁지 않게 받아들여지기에 이를 굳이 드러내지 않을 수도 있었습니다. 하지만 저는 달리 생각했습니다. 각 불가사의에 대한 성실하고 면밀한 고증을 해내가면서도 동시에 생동감 있는 기록으로서 탐방기를 작성한다면, 조금은 다른 형태로 창조적이고 신선한 조합의 글을 만들어낼 수도 있다는 생각이었습니다. 이러한 예상을 하고 시작한 저의 작업은 결국 편견을 가볍게 넘어서 게임 동호인들에게 상당히 긍정적인 반응을 이끌어냈던 것입니다.

저 자신이 게임을 즐기기도 하지만, 저는 게임을 질병이나 사회악으로 규정하지 않습니다. 문제는 게임 '중독'인 것이지, 게임 자체는 문제가 되질 않습니다. 게임에 집착하여 평상의 일들을 소홀히 한다면 큰 문제가 될 수 있겠지만, 여건에 따라 게임을 즐기는 수준으로 받아들이면 이 또한 좋은 놀이 문화입니다. 저는 과거 어른 세대들이 즐기던 바둑이나 장기와 같은 놀이 문화가 현대에 있어서 게임이라는 놀이 문화로 변화된 것으로 여기고 있습니다. 출가 전 이러한 게임 문화를 향유하다가 출가를 했고 수행의 과정에 들어서게 되었지만, 이 게임이 수행에 반대되는 잘못된 습관이라고는 생각하지 않습니다.

저는 출가 수행승이기도 하지만, 동시에 이 시대를 살아가는 한 사람이기도 합니다. 이 사람이라는 입장에서 여유를 즐길 수 있는 한두 가지의 취미 정도는 가져도 된다고 생각하는 편이고, 제 인연에 맞게끔 게임이 그중 하나가 된 것이라고 여기고 있습니다. 그렇기에 저 스스로를 실험에 넣어본 것이기도 합니다. 비록 게임을 좋아하는 수행자이기는 할지언정, 세계 불가사의 탐방기와 같은 형태로 이제껏 그 누구도 써내지 못한 독창적인 형태와 내용의 글을 써낸다면, 게임과 스님에 대한 고정관념을 충분히 상쇄하고도 남을 저작물이 되리라는 저 나름대로의 승부가 있었던 것입니다. 그리고 이 도전은 충분히 성공적이었습니다.

'세계 불가사의 탐방'은 이렇게 시작되었던 것입니다.

바람에 날아간 차경

스코틀랜드에 바람이 많이 분다는 사실을 이미 알고는 있었습니다. 실제 스코틀랜드 주도인 에든버러의 거리를 걸어 다니다 보면, 골목 사이에서 세차게 불어오는 바람에 옷자락이 휘날리고 삿갓이 머리에서 들썩이기도 했습니다. 바람이 거세게 불면 삿갓이 날아가지 않도록 손으로 잡았습니다. 더러 삿갓이 바람에 날아가기도 했는데, 다행히도 멀리 가지 않아 다시 주워 쓰면 그만이었습니다. 한국에서 잠시 정비를 하면서 삿갓에 끈을 달려고 했지만, 그만 깜빡하고야 말았습니다. 끈이 없는 탓에 이미 런던에서 여러 차례 삿갓이 허공을 어지러이 날아다녔습니다. 실과 바늘은 여행 물품으로 가지고 다녔건만, 적당한 턱 끈을 찾지 못해 계속해서 끈 없는 삿갓을 쓰고 다녔습니다. 그런 끈 없는 삿갓 때문에 결국 문제가 터지고야 말았습니다.

당시 저는 에든버러 기차역 위에 놓인 다리를 걸어가고 있었습니다. 별생각 없이 걸어가던 차 어디선가 갑자기 세찬 바람이 휘몰아쳤습니다. 예상치 못한 돌풍으로 삿갓은 순식간에 제 머리에서 벗어나 허공 높은 곳으로 치솟았습니다. 삿갓은 바람의 흐름에 따라 허공에서 작은 포물선을 몇 번 그리며 날아다녔습니다. 그러다 마침내 다리에서 멀리 떨어진 어느 건물의 옥상에 떨어지고야 말았습니다. 영국의 젊은 친구 몇몇이 삿갓의 포물선 비행을 지켜보며 소리치고 환호했습니다. 그들은 저와 같이 기차역 옥상으로 떨어진 삿갓을 확인했습니다. 그러고는 "Wow~ It's unbelievable~!!"을 연발하며 엄지 척을 선보이고는 아주 재미난 걸 구경했다는 듯 즐거운 얼굴로 자리를 떠났습니다. 저는 속으로 생각했습니다.

'아, 이런 썩을 놈들을 봤나….'

저는 다리 위에 망연히 서서 큰 고민에 빠졌습니다. 여기저기 돌아다니며 살펴보니 다리는 상당히 높이 있어서 제가 직접 기차역 건물 옥상으로 내려갈 수는 없었습니다. 설사 내려간다 하더라도 사람들의 시선을 끌어 문제가 될 것이었습니다. 게다가 더 큰 문제가 있었습니다. 내려가서 삿갓을 얻더라도 다시 올라올 방법이 없었습니다. 이를 어쩐다….

한동안 고민하다 저는 에든버러 기차역으로 갔습니다. 비록 4,000원밖에 안 하는 삿갓이지만 저에게 있어 유일한 모자였습니다. 저는 역무원을 찾아가 삿갓이 건물 옥상에 떨어진 상황을 설명하고 제 삿갓의 모습을 사진으로 보여주었습니다. 그러면서 저는 비장한 말투로 강조했습니다.

"이 삿갓은 그냥 모자가 아닙니다. 한국의 승려라면 반드시 쓰고 다녀야 하는 의복과 같습니다. 또한 종교적인 의식을 진행하는 데 있어서 필수적인 물품입니다. 그렇기에 이 삿갓은 종교인으로서의 정체성을 보여주는 상징물과도 같은 것입니다."

네, 뻥입니다. 좋게 말하자면 다소 과장을 했습니다. 저는 어떻게든 삿갓을 되찾아야만 했기 때문이었습니다. 그 삿갓은 그냥 삿갓이 아닌 제가 차경이라 이름 지어준 친구였습니다. 이름을 지어주는 것은 인격을 부여해주는 것이었고, 그렇게 인격물이 된다는 것은 친구가 된다는 저만의 뜻이 있었습니다. 친구를 버리면 안 됩니다. 친구 사이에는 의리가 있어야 합니다. 그리고 저는 이 차경이라는 친구와 앞으로 세계 일주를 함께하기로 약속했습니다. 물론 차경에게 뜻을 물어서 확인한 것은 아니지만, 차경은 별다른 거부의 의사 표현을 한 적이 없습니다. 그렇기에 저는 차경이 보여준 깊은 침묵을 긍정의 뜻으로 받아들였습니다. 저는 차경을 되찾아야만 했습니다. 하지만 이러한 정황을 역무원에게 납득시키기는 좀 어려울 듯했습니다. 그래서 조금 과장을 했던 것뿐입니다. 다행히도 제 설명을 들은 역무원은 무척이나 친절한 영국 신사였습니다.

"아, 그렇군요, 스님. 그런데 규정상 기술자인 스콧만 이 건물의 옥상에 올라갈 수 있어요. 그런데 지금 스콧이 외부 업무를 나가서 없네요. 조금 시간이 걸리겠지만, 스콧이 돌아오면 지금 이 상황을 설명하도록 하겠습니다. 그러니 염려 마세요."

저는 시간은 아무래도 상관이 없다고 했습니다. 스콧이 오기만 한다면야, 스콧이 옥상에서 제 친구 차경을 데려올 수만 있다면야, 저는 이곳에서 하루 종일이라도 기다리겠다고 했습니다.

한 시간 뒤, 과연 스콧이 나타났습니다. 스콧은 키가 무척이나 크고 마른 체형의 친구였습니다. 스콧은 다른 역무원에게 제가 왜 이곳에서 기다리고 있는지에 대한 설명을 들었다고 말했습니다. 그러면서 자신이 직접 옥상에 올라가 그 '중요한 물건'을 찾아오겠다고 말했습니다. 무척이나 진지한 말투였고 결의에 찬 모습이었습니다.

그렇게 스콧이 자리를 떠나고 10분 뒤, 그는 차경을 들고 제 눈앞에 나타났습니다. 차경을 들고 오는 그의 얼굴이 하도 반가워서, 마치 그의 어깨 너머로 후광이 비치는 듯했습니다. 그런데 자세히 보니, 스콧의 손에는 다른 모자 너덧 개가 더 들려 있었습니다. 갑자기 휘몰아친 바람에 역사의 옥상으로 떨어진 모자가 한두 개가 아니었던 것입니다. 아마도 대부분의 사람들은 모자 찾기를 포기하고 그냥 지나갔을 것입니다. 하지만 차경은 아니었습니다. 저는 절대로 친구를 포기할 수 없었습니다. 스콧은 저에게 차경을 건네주면서 말했습니다.

"스님에게 이토록 소중한 의미를 가진 모자를 돌려주게 되어서 기쁩니다."

무척이나 고마운 마음에 저는 스콧에게 여러 차례 합장 인사를 건네며 예의를 표했습니다. 스콧도 저에게 합장으로 답례했습니다. 이렇게 저는 차경과 다시 조우하게 되었습니다. 누구에게는 단순한 모자 찾기 일화일지도 모릅니다. 하지만 저에게는 자연재해로 잃어버린 친구를 되찾은 감동적인 순간이었습니다. 그리고 이것이 가능

차경과 함께

하게끔 했던 데에는 아무래도 제 복장이 한몫했을 것입니다.

세계 일주를 하면서 저는 줄곧 두루마기를 입고 삿갓을 쓰고 다녔습니다. 많은 짐을 메고 걸어가야 할 때나, 스쿠터를 타고 운전할 때, 험한 산을 오를 때, 해변에서 수영할 때를 제외하고는 언제나 두루마기와 삿갓이었습니다. 제가 고집스럽게 두루마기와 삿갓 복장을 한 데에는 이유가 있습니다. 외형적으로 눈에 띄는 이 복장이 저를 보호해줄 것이라는 믿음을 가졌기 때문입니다.

어떤 외국인이든 제 복장을 보면 제가 일반적인 사람이 아니라는 것을 압니다. 가장 흔하게 생각할 수 있는 바대로 종교인으로, 혹 어떤 사람은 저를 무도인이라 여기기도 했습니다. 이 복장이 유난히 눈에 띄어서 저 스스로 행동반경을 좁히고 실생활에서 불편한 점이 있을 수 있다는 것을 알았습니다. 하지만 이러한 불편함보다도, 이 복장이 눈에 띄는 만큼 보통 사람들이 당할 수 있는 험한 일을 피할 수 있으리라는 믿음이 있었습니다. 승복과 삿갓은 여행을 하는 데 분명히 도움이 되었습니다. 따라서 스콧도 금방 제가 동양에서 온 스님인 것을 알아보고는 예의를 갖추어 어떻게든 저를 도와주려 노력했던 것입니다. 그렇게 저는 세계 일주를 마칠 때까지 삿갓과 두루마기에 대한 고집을 지켰습니다.

모든 고집이 좋다는 것은 아니지만, 무릇 사람이라면 삶을 살아가면서 꼭 지켜야 할 고집 몇 가지는 있어도 좋다고 생각하는 편입니다. 좋은 고집과 나쁜 고집에 대한 명확한 구별이 있는 것은 아니겠지만, 제가 생각하는 대강의 기준은 있습니다. 사람 사이의 관계에 있어 불편함을 주는 것이라면 나쁜 고집입니다. 하지만 나를 변화시키고 스스로 성숙함으로 이끈다면 그것은 좋은 고집입니다. 그런데 보통의 경우, 이러한 고집을 두고 의지라고 부릅니다. 고집과 의지는 이렇게 같은 듯 서로 다릅니다. 생각이나 습관에 집착해서 변화를 거부한다면 고집인 것이고, 시선이 나를 향해 있어 스스로의 변화를 이끌어낸다면 의지인 것입니다. 그렇기에 고집은 남에게 부리는 것이고, 의지는 스스로 돌이켜보는 것이라고 말할 수 있습니다.

그런데 사람들은 대부분 저를 고집쟁이 원제라고 하지, 의지의 원제라고 부르지 않습니다.

네, 그 이유를 저는 이미 충분히 설명했습니다.

브뤼셀의 화가
은애 씨

암스테르담을 떠난 버스는 파리로 향했습니다. 그리고 출발 세 시간 만에 벨기에의 수도인 브뤼셀에 도착했습니다. 브뤼셀에 도착하자 저는 자연스레 은애 씨를 떠올렸습니다. 해인사에서 우연찮게, 혹 인연처럼 만나게 된 은애 씨가 이 브뤼셀에 살고 있었기 때문입니다. 하지만 어쩐 일인지 인연이 묘하게 어긋났습니다. 제 생애 처음으로 오게 된 유럽이었고, 그렇게 저는 막 브뤼셀에 도착했건만, 은애 씨는 브뤼셀에 없었습니다. 은애 씨는 한국에 있었습니다. 그 언젠가 은애 씨가 저에게 메시지를 보내왔습니다.

'스님 저는 한국어를 배우고 싶어서 한국에 와 있어요.'

해외 입양된 한국인들의 부모를 찾아주는 텔레비전 프로그램에 출연하기 위해 은애 씨는 2012년 봄에 한국에 왔습니다. 하지만 프로그램에서 찾은 사람들 모두 DNA 테스트 결과 은애 씨의 친부모

225

가 아니었습니다. 그렇게 은애 씨는 낙담하고 다시 벨기에로 돌아갔습니다. 그러고는 몇 달 뒤, 입양된 한국인들을 도와주는 사람을 통해서 은애 씨는 다시금 친부모를 찾기 위해 부산에 왔습니다. 그 과정에서 시청에 남은 오래전 기록들을 열람해보다가, 다행스럽게도 은애 씨의 친어머니가 남긴 입양 동의서를 찾게 되었습니다. 이 기록을 토대로 경찰서에서 신분 조회를 해본 결과, 어머니는 부산을 떠나 인천에 살고 있다는 사실을 확인했습니다. 그렇게 은애 씨는 다시 인천으로 향했습니다. 그리고 여러 사람의 도움을 얻어 결국 인천에서 친어머니를 만나게 되었습니다.

비록 직접 말은 통하지 않았지만, 통역의 도움으로 어머니와 여러 이야기를 나누었습니다. 팔순 가까이 된 노모는 자그마한 목욕탕에서 청소를 하며 지내고 계셨습니다. 연로하셨음에도 여전히 힘겨운 삶을 살아가시는 어머니의 모습을 보고 은애 씨는 많이 속상했다고 말했습니다. 친아버지는 본래 거처인 부산에서 다른 가정을 꾸리며 사시다가 1999년도에 돌아가셨습니다. 그래도 은애 씨의 이복동생들이 부산에 살고 있어서 직접 만나 이야기를 나눌 기회가 있었습니다. 비록 생면부지의 이복동생들일지언정, 한국인의 혈연은 역시 정으로 통했나 봅니다. 이복동생의 가족들은 은애 씨를 마치 친형제처럼 따뜻하게 맞아주었다고 합니다.

은애 씨는 벨기에로 입양되어, 벨기에인의 사고를 가지고, 벨기에인으로서 살아갔으되, 한국 사람이라는 태생의 정체성이 결국은 그녀를 다시금 한국으로 끌어들였습니다. 그렇게 한국에서 가족과 함께 연말과 새해를 한국에서 보낸 뒤 은애 씨는 좀 더 장기적인 계획을 세웠습니다. 우선, 한국어를 배워보겠다는 계획을 세웠고, 2013년 봄 은애 씨는 다시 한국에 들어왔습니다. 한국에 거처를 잡고 외국인들을 위한 한국어 교육 프로그램에 참여했습니다. 그러면서 시간이 날 때마다 전국 곳곳을 다니며 한국의 전통문화 공연을 관람했고, 이를 그림이라는 작품으로 완성해냈습니다.

사실 벨기에에서 그녀의 직업은 화가였습니다. 한국인 태생이라는 근원의 끌림이 있기도 했겠지만, 감수성이 남다른 예술가였기에 그녀는 한국의 전통 무용과 한복 의상에 깊은 인상을 받았습니다. 이 인상에 자신만이 가지는 예술적 영감을 더해 화가로서 그림으로 표현해낸 것입니다. 듣기로 은애 씨는 남도의 어느 전통문화 공연장에서 본 굿과 승무에 무척이나 매료된 듯했습니다. 은애 씨는 그때 자신이 완성한 작품들을 페이스북에 사진으로 올렸습니다. 제가 스님이어서 그런지 모르겠지만, 하얀 고깔을 쓴 여인의 승무가 특히나 눈에 띄었습니다. 후에 그녀는 문화관광부에서 주최한 해외 입양인들 예술 전시회에 초청받아, 다른 여러 나라에서 온 한국 출신의 예술가들과 함께 전시회도 열었습니다. 또한 한국에 머물던 당시의 경험에서 영감을 받아 작업한 작품들로 본래 활동지인 브뤼셀에서 다른 유럽 화가들과 합동 전시회를 열기도 했습니다. 그 전시회의 주제는 〈동양과 서양이 만날 때〉였습니다. 이 전시회에 저의 모습이 담긴 그림도 게시되었습니다.

한번은 은애 씨가 페이스북 메시지를 보내왔습니다. 저는 당시 페이스북을 통해 여행 근황을 알리며 세계 각처에서 찍은 사진들을 올렸는데, 그중 몇몇 사진들이 은애 씨에게 깊은 인상을 남겼나 봅니다. 은애 씨는 제가 올린 사진들을 그림으로 그려보고 싶다고 말했습니다. 저로서는 당연히 오케이였습니다. 저는 은애 씨가 요청한 사진의 원본을 메일로 보내주었습니다. 그리고 이로부터 몇 주 뒤, 은애 씨가 완성한 작품들을 볼 수 있었습니다.

은애 씨가 그린 그림들은 물론 저의 모습을 담은 것들입니다. 하지만 화가에게 그림이라는 작품은 예술가의 안목과 영감, 성품에 의해서 재탄생되는 것입니다. 붓의 터치와 색과 선 그리고 물감의 질감… 은애 씨의 그림에서는 마치 고른 호흡과도 같은 잔잔한 흐름이 느껴졌습니다. 그러나 작품마다 느낌은 조금씩 달랐습니다. 어느 작품은 맑음이면서 정갈함이었고, 또 어느 그림은 아름다움이면서 쓸쓸함이었습니다. 은애 씨의 그림들을 보며 아마도 저는 언뜻언뜻 그림에 스며든 은애 씨의 마음이나 감정을 느꼈는지도 모릅니다.

은애 씨는 조만간 다시 한국에 찾아오겠다는 계획을 세웠습니다. 그래서 저는 약속했습니다. 만일 한국의 어느 사찰을 구경하겠다고 미리 말해준다면, 제가 동행해 안내해주겠다는 약속이었습니다. 스님 된 입장에서 그나마 절을 구경시켜주고 소개해줄 수 있다는 저만의 자그마한 성의였습니다. 그 오래전 해인사에 찾아왔을 때에, 제가 은애 씨에게 이렇다 할 만한 도움을 주지 못한 미안함이 여전히 남아 있었습니다. 그 미안한 마음을 저만이 할 수 있는 일로나마 갚아주고 싶을 뿐입니다.

어쨌든 우리는 살아간다

프랑스 파리의 루브르 박물관에서 생라자르역으로 걸어가던 중이었습니다. 해 질 녘이 다 되어 더 이상 사진을 찍을 일이 없겠다 싶어 가방 안에 카메라를 넣고 파리의 거리를 거닐었습니다. 그렇게 길을 걷다 개와 함께 생활하는 한 걸인을 보고 사진을 찍어야겠단 생각으로 가방을 앞으로 돌렸습니다. 그런데 이상했습니다. 가방 제일 위쪽의 지퍼가 열려 있는 것이었습니다. 좀 전에 식당을 나설 때 분명히 지퍼를 잠갔고, 한인 슈퍼마켓에서 몇몇 물건을 사면서도 딱히 가방 안에 물건을 넣지 않았기에, 가방 지퍼가 열려 있는 것이 아무래도 이상했습니다. 그렇게 별생각 없이 지퍼를 다시 잠그던 때, 거리 맞은편에서 어떤 친구 하나가 저를 향해 소리를 쳤습니다.

"Hey!! Be careful!!"

제 복장으로 유럽의 거리를 돌아다니다 보면 이 모습이 신기해서 인지 제가 알아듣지 못하는 이런저런 말을 듣는 경우가 많았습니다. 그렇기에 저는 그의 말 역시 대수롭지 않게 여기고 그냥 길을 걸었 습니다. 좀 전에 확인해보니 복대는 별 이상 없이 가방 안쪽에 잘 모 셔져 있었습니다. 유럽 여행 후에 아프리카에서 쓰기 위해 미리 인 출해놓은 2,000달러며 여권이 복대 안에 있었습니다. 그렇게 다시 몇 걸음 걸어나가는데, 제가 멘 가방 지퍼가 '쓰윽' 하고 열리는 느낌 을 받았습니다. 휙 돌아보니 아까 전부터 파리 시내 지도를 펼쳐보 며 어딘가를 부지런히 찾는 듯하던 두 여자가 저를 앞질러 후다닥 걸어가고 있었습니다.

말로만 듣던 파리의 집시 도둑들이었습니다. 그러고 보니 조금 전 에 저에게 조심하라고 소리친 친구는 제 뒤에서 저를 따라오던 집시 들이 제 가방 지퍼를 여는 모습을 보고는 알려준 것이었습니다. 그 들은 여전히 태연한 모습으로 지도를 펼쳐보며 관광객 행세를 이어 갔습니다. 저는 그들 앞으로 다가가 자못 의기양양하게 말했습니다.

"I am sorry, you failed today!!"

그리고 저는 그들을 앞질러 거리를 성큼성큼 걸어나갔습니다. 그 러다 궁금해져서 뒤를 돌아보았더니 그들은 무슨 말인가 주고받다 가 결국 저와 반대 방향으로 걸어갔습니다. 이로써 저는 집시 도둑 둘과 헤어지게 되었고, 여권과 달러를 무사히 지켜낼 수 있었습니다. 그런 뒤 저는 카우치서핑 호스트의 집으로 돌아가기 위해 지하철을 탔습니다. 그렇게 지하철을 탄 채 점차 파리 시내에서 멀어지고 있을 때 점점 다른 생각이 일어나기 시작했습니다. 그리고 그 생각이 분명해졌을 때, 저는 마음 깊이 후회하고 있었습니다. 이미 늦어버렸다고 말입니다.

입장 바꿔 생각해보면 그 집시 도둑들은 한 건 올릴 기회를 놓치고 난 뒤, 그들의 거처에 텅 빈 손으로 돌아가야만 했을 것입니다. 지하철을 타고 가면서 제 눈앞에 떠오른 것은 바로 그들의 모습이었습니다. 도둑질에 실패하고 서로를 망연히 바라보던 그 모습이 자꾸만 눈에 밟혔던 것입니다. 그렇게 뒤돌아서 멀어지던 발걸음이 자꾸 눈앞에 떠올라 이유 모를 안타까움이 서서히 가슴에 스며들고 있었습니다. 그 안타까움이 가슴 깊이 퍼져나가자 드는 느낌은 단 하나뿐이었습니다.

부끄러웠습니다. 제가 아주 심하게 부끄러웠습니다.

그들에게 10유로나 20유로 정도 건네줄걸, 하는 뒤늦은 후회가 밀려든 것입니다. 하지만 제가 탄 지하철은 이미 시내에서 대여섯 정거장은 멀어진 뒤였습니다.

대학교를 다닐 때였습니다. 학교 캠퍼스에서 웬 외국인 친구 하나가 말끔하게 양복을 차려입고 학생들에게 무언가 서명을 받고 있었습니다. 모습을 보니 아랍 쪽에서 온 친구인 듯 보였습니다. 수업을 마치고 학과 사무실로 가던 도중, 이 친구가 저와 후배를 불러 세웠습니다. 내용을 들어보니 본인은 파키스탄에서 온 사람이고, 아이들 교육 사업의 일환으로 학교를 지으려 하는데 돈이 부족해서 이렇게 한국에까지 와서 모금을 하고 있다는 것이었습니다. 그리고 이 모금은 국가적인 정책 차원에서 실행하는 사업이라, 대통령의 서명도 있다면서 무슨 내용인지 모를 서류를 저희들에게 보여주었습니다. 서류의 제일 마지막에는 파키스탄의 대통령이라는 사람의 전혀 신빙성 없는 사인이 들어가 있었습니다. 이 파키스탄 친구의 설명을 듣고 저는 모금에 동참하기로 결정했습니다. 서명란에 사인을 했고, 그와 동시에 이 친구에게 만 원을 건네주었습니다. 친구는 씽긋 웃으며 고맙다고 말을 했습니다. 그리고 저희는 헤어졌습니다. 그렇게 사무실로 들어가는 중, 옆에 있던 후배가 저에게 물어왔습니다.

"형, 저거 가짜인 거 알고 있지요?"

"응, 알아."

"그런데 왜 돈을 줬어요?"

"어쨌든 애를 쓰고 있잖아."

물론 저 내용이 사실인가 혹 거짓인가를 따질 수 있습니다. 사실이면 내 마음을 내서 도와줄 수도 있고, 거짓이면 호통을 치거나 그냥 무시할 수도 있습니다. 하지만 저에게는 사실과 거짓이 그다지 중요한 사항이 아니었습니다. 무슨 연유인지, 어떤 과정을 통했는지 알수는 없는 노릇이나, 파키스탄에서 이 한국이라는 곳까지 찾아와서, 그나마 말끔한 양복을 차려입고, 그렇게 조악해 보이는 서류 뭉치들이 가득한 슈트케이스를 들고 다니며, 이토록 이른 아침부터 하루종일, 그나마 순수한 영혼들이 모여 있다는 대학교 캠퍼스에서, 저렇게 후원금을 얻어내려고 애쓰는 모습이, 저에게는 어떻게든 살아가려 하는 한 사람의 노력으로 보였던 것입니다. 저렇게 애를 쓰고 있는데, 저렇게 노력하고 있는데, 그것을 사실과 거짓으로 가르는 것은 저에게 큰 의미가 없었습니다.

물론 남의 물건을 훔치거나 거짓으로 상대방을 속여서 금품을 얻어내는 것은 좋은 형태의 일이랄 수 없습니다. 저 역시 세계 일주를 하면서 크고 작은 도난 사건을 여러 차례 경험했습니다. 그러나 생각해보면 제가 그 도난의 크기만큼, 크고 작은 어려운 상황에 봉착했을 뿐, 저에게서 물건을 훔쳐 간 사람을 크게 미워한 적은 없었던 듯합니다. 왜 좀 더 주의를 기울이지 않았을까 하는 자책이 훨씬 컸습니다. 비록 그들이 좀 어긋난 생각을 가지고 남의 물건을 훔치더라도 그 행위가 종국에는 고통을 가져다주리라 생각한 것입니다. 그렇기에 그 고통도 결국엔 그들이 치러내야 할 하나의 상황이 될 것이었습니다.

제가 비록 그들의 삶을 인정하지는 못하더라도 그들의 삶을 나름 대로 받아들일 수는 있다고 생각했습니다. 그 집시 도둑들도 관광객 흉내를 내며 어쨌든 파리 시내 한복판을 한나절 돌아다니면서, 어떻게든 살아가려고 애를 쓰는 모습으로 보였던 것입니다. 그렇게 애를 쓰면서 살아가는데, 그렇기에 제가 좀 도와줄 수도 있는 것인데, 그렇게 그들을 놀리는 듯한 말을 툭 던져놓고는, 저 스스로 다행이다 여기면서 지하철 안으로 꾸역꾸역 들어온 제 모습을 상상하니, 그토록 부끄럽게만 느껴진 것이었습니다.

옳음과 그름, 정의와 부정, 진실과 거짓, 심판과 처벌, 노력과 보상…. 저 역시도 이러한 원칙과 기준들을 잘 알고 있습니다. 저 역시도 사안에 따라서 옳고 그름이나 처벌과 보상을 명확하게 구분하며 특정한 방향을 주장할 때도 있습니다. 하지만 삶을 살아가다 보니, 꼭 이런 원칙에 따른 정의 구현만이 중요하다는 생각이 드는 것은 아닙니다. 원칙이 상식과 보편의 기준에 맞추어 실현된다면, 좀 더 나은 좋은 세상이 만들어지고, 또한 우리는 좀 더 나은 사람이 되고, 그래서 우리 모두 더욱 행복한 삶을 살아갈 수 있다고 생각하지만은 않는 것입니다. 오히려 이 분별과 대립을 기반으로 하는 원칙을 가짐으로써 그리고 원칙을 견고히 함으로써 우리는 세상과 삶의 직접적인 만남에서 더욱 멀어지고, 세상과 삶이 더욱 불합리하고 부정적인 대상으로 변모하며, 영원히 풀리지 않을 미완의 숙제처럼 세상과 사람들을 상대하다가 끝나게 되는 것이 아닐까 하는 생각도 드는 것입니다.

얼마 전에 본, 박노해 선생님의 글귀가 문득 떠오릅니다.

"배는 바람을 두려워하지 않는다. 바람을 가득 안고 힘차게 나아간다."

바람에 맞서 싸워야 할 것인가, 아니면 바람마저도 안고 나아갈 것인가. 저 스스로 부족한 것은 잘 알지만, 그래도 이 바람을 안고 나아가도록 노력해볼 수 있겠다는 소박한 다짐을 삶의 그 어떤 순간마다 다져가는 것입니다.

포
르
투
의
밤
바
람

누군가가 제게 다가왔습니다. 단정한 복장에 무
표정한 얼굴을 한 남자였습니다. 그리고 그는 말했습니다.

"당신은 이제 죽어야 합니다."

그가 저를 죽이겠다는 것처럼 들리지는 않았습니다. 그는 제가 죽
는다는 사실을 아무런 감정 없이 전달하러 온 사람이었습니다. 그
무미건조한 말투 때문이었는지, 오히려 그의 말에 믿음이 갔습니다.
그리고 그 믿음 때문에, 저는 제가 죽어야 한다는 상황을 어렵지 않
게 수긍할 수 있었습니다.

"좋습니다. 죽는다면… 죽는 거지요."

조만간 죽어야 할 상황이었기에 저는 차분하게 마음을 가다듬고
주변의 상황을 응시했습니다. 사위는 조용하다 못해 침묵으로 가득
했습니다. 바깥의 풍경은 마치 큼직한 어항 속을 느릿하게 유영하는

열대어들을 보는 것처럼 또렷했습니다. 얼마 후, 그는 죽기 전에 마지막으로 남길 말이 있는지를 물었습니다. 저는 말 대신 글을 남기기로 결정했습니다. 그리고 빈 종이 위에 한 문장의 글귀를 적었습니다.

'또 하나의 헛꿈이 이와 같이 흘러간다.'

잠에서 깨었을 때 저는 하얀 커튼으로 스며드는 아침의 햇살을 맞이하고 있었습니다. 누군가 도미토리의 문을 조심스럽게 여닫는 소리가 들려왔습니다. 그제야 저는 작은 꿈에서 깨어나 현실이라는 큰 꿈으로 돌아왔음을 알았습니다. 전날, 파리에서 비행기를 타고 포르투로 날아왔습니다. 포르투는 포르투갈의 유명한 항구도시였습니다.

제가 머물고 있던 호스텔의 이름은 타트바Tattva였습니다. 호스텔 부커스에서 무려 98점이라는 최고 평점을 기록한 숙소였습니다. 도미토리에 들어와 보니 침대의 리넨이 유난히 하얗고 깨끗해서 기분이 좋았습니다. 바닷바람 같은 상쾌한 냄새도 좋았습니다. 침대마다 둘러쳐져 있는 하얀 커튼도 마음에 들었습니다. 세계 일주를 하면서 제일로 맘에 든 도미토리였습니다. 그리고 나중에서야 알게 된 것이지만, 호스텔의 이름이었던 타트바는 '진리'를 뜻하는 산스크리트어 단어였습니다.

커피와 빵으로 아침 식사를 마치고, 저는 여느 날과 다를 바 없이 도시를 거닐었습니다. 사실 8월의 유럽은 덥지만, 어디든 날씨가 좋았습니다. 특히나 바람과 햇볕이 좋은 항구도시인 포르투를 저는 무척이나 좋아했습니다. 하나같이 오렌지빛인 집 지붕이 좋았고, 네모

동 루이스 다리

난 돌들로 메워진 도로도 좋았고, 엄청난 높이로 해협을 가로지르는 동 루이스 다리도 좋았고, 대구를 구우며 솟아오르는 연기도 좋았고, 바다로 뛰어드는 소년의 용기도 좋았고, 항구 곳곳을 날아다니는 하얀 조나단들도 좋았고, 주황빛이 가득한 한밤의 산책도 좋았고, 동 루이스 다리 위에서 뺨 위를 스쳐 지나가는 여름 밤바람도 좋았습니다.

　한밤에 동 루이스 다리 위에서 내려다보는 포르투 시내 광경은 그야말로 압도적인 장관이었습니다. 다리 위에서 바다를 내려다보고 있으려니, 그 엄청난 높이에 정신이 아찔했습니다. 낮에는 진한 코발

트빛이었던 바다가 밤에는 검푸른색으로 변해 있었습니다. 그런데 문득, 이곳에서 뛰어내려 저 바다에 빠져 죽는다 해도 괜찮으리라는 생각이 들었습니다. 여름의 밤바다가 어둡지만, 그토록 시원해 보였던 것입니다. 마침 아침의 꿈을 통해 저는 그 누군가에게 죽어도 괜찮다는 말을 건넸고, 한 줄의 유언까지 써놓은 참이었습니다. 그렇게 저는 한참 동안이나 매끄러운 밤바람을 맞으며 바다와 도시를 내려다보았습니다. 죽어도 괜찮고, 또한 살아도 괜찮은 삶입니다. 인연 따라 살아가면 되고, 또 인연 따라 여행하면 됩니다. 이러한 생각을 하고 난 뒤 저는 헛헛하고 웃고야 말았습니다. 그리고 저는 다시 타트바 호스텔로 돌아갔습니다. 오늘 밤엔 또 오늘 밤의 꿈을 꿀 것이고, 내일 아침엔 또 내일의 햇살을 맞이할 것이었습니다.

세계 일주가 그렇게 절반으로 다가서고 있었습니다.

아
즈
키
와
모
찌

마드리드에서 카우치서핑으로 머문 루나 커플의 집에는 고양이 두 마리가 삽니다. 아즈키와 모찌입니다. 루나가 일본 애니메이션을 좋아해서 그런지, 고양이 이름이 '팥'과 '떡'을 뜻하는 일본말입니다.

저녁에 침대 위에 침낭을 깔아놓으니 아즈키와 모찌가 와서 자리를 차지해버렸습니다. 그런데 '팥떡'은 이 삿갓과 침낭이 본래 자기들 것이었다는 것마냥 저를 천연덕스러운 눈빛으로 쳐다보고 있었습니다. 그러면서 저는 이 '팥떡'의 오묘한 표정에 그만 웃음이 터져버리고야 말았습니다.

'팥떡'의 태연한 눈빛은 마치 이런 말을 하는 것만 같았습니다.

"그래서… 우리 방에 무슨 볼일이라도 있는 거야?"

뿜

그라나다의 거리에서 한 작은 피자 가게에 들어갔습니다. 간단하게 피자로 요기를 때울 생각이었습니다. 그런데 가게 안으로 들어선 저를 보고 주인장 아저씨가 환하게 미소를 짓습니다. 스페인 말로 무어라 말을 하지만 저는 알아듣지 못합니다. 그러자 주인장은 테이블에 놓여 있던 신문을 제 앞으로 가저와 펼처 보였습니다.

그렇게 신문을 보다가 뿜.

과일주스와
원준

바르셀로나 람블라스 거리에 있는 로컬 시장에선 과일주스를 팝니다. 과일 종류마다 가격이 다르지만 비싼 건 2유로, 싼 건 1유로 정도입니다. 맛있어 보이는 주스들은 모두 2유로였지만, 다소 비싸다 싶어 사 먹기를 포기했습니다. 그러다 오후 6시 즈음이 되면 저는 다시 로컬 시장으로 갔습니다. 시장이 파하는 오후 6시 무렵에는 주스를 절반 가격으로 내려 떨이로 팔기 시작했기 때문입니다. 그러면 저는 1유로짜리 동전 하나를 주고 이제 막 세일을 시작한 주스를 뿌듯하게 사 먹었습니다.

떡을 좋아하던 제가 대학생 때 신촌의 그랜드 마트에서 떡을 사 먹을 때와 똑같았습니다. 마트가 문을 닫는 시각은 밤 10시. 9시 30분부터 반값으로 떡 떨이를 시작했습니다. 학교에서 공부를 하다가 9시가 되면 저는 서서히 마트로 향했습니다. 그러고는 떡 할인 공지가 뜸과 동시에 판매대로 다가가 새로 적힌 아름다운 반값 가격표들을 보면서 떡 두 개를 골랐습니다. 그렇게 산 떡을 야식으로, 학교 가기 전 아침 식사로 먹었습니다.

하루는 떨이로 산 가성비 좋은 주스를 마시며 시장에서 나오던 때였습니다. 웬 낯모르는 한 동양인 친구가 제 앞길을 가로막았습니다. 그러면서 저에게 영어로 말을 걸어오는데, 그 내용이 꽤나 흥미로웠습니다.

"혹시 스님 아니세요?"

"응, 맞는데?"

"그럼 스님, 혹시 저녁 드셨어요? 저녁을 안 드셨으면 저와 같이 파에야(스페인식 볶음밥) 드시겠어요? 밥값은 제가 카드로 계산할게요. 그러면 그 밥값의 절반 금액을 저한테 현금으로 주실 수 있으시겠어요?"

밥값은 카드로 계산하고, 그 절반의 금액을 자신에게 현금으로 달라…. 도대체 이 무슨 시추에이션인가…. 여행을 많이 다녀본 분들은 알겠지만, 이런 기상천외한 종류의 제안들은 대개가 사기입니다. 사기인 줄 예상하면서도 저는 이 동양인 친구가 도대체 어떤 사기를 치려는 걸까 궁금했습니다. 그래서 이 친구가 어떤 이야기를 지어내는지 한번 들어보기로 결정했습니다.

"나 지금 부두로 산책 가는데, 같이 갈래?"

친구의 이름은 원준이었습니다. 원준은 자신을 중국 상하이 출신의 의대생이라고 소개했습니다. 현재는 교환학생으로 뮌헨의 한 대학에 다니고 있었습니다. 그러다 방학이 되어 바르셀로나에 왔건만 뮌헨에서 별문제 없이 사용했던 자신의 신용카드가 무슨 이상이 생겼는지 이곳 바르셀로나에서는 현금 인출을 할 수 없게 되었다고 합니다. 불행 중 다행으로 카드로는 결제가 가능했습니다. 하지만 여행을 하면서 현금은 반드시 필요합니다. 원준은 현금이 모자란 탓에, 그만 숙소까지 걸어 다니고 있는 상황이라고 말했습니다. 그리고 지금은 가지고 있던 현금이 모두 떨어져 밥도 제대로 사 먹지 못하고 있었습니다.

"어, 그래… 그렇구나… 그래… 어이쿠야… 이를 어쩐다… 참 고생이 많구나…"

모름지기 사기에는 그럴듯한 이야기가 필요합니다. 그래서 저는 원준의 이야기를 들으며 잘 대꾸해주었습니다. 과연 다음에는 어떤 이야기가 나올까 궁금했던 것입니다. 그런데 이야기가 흘러가는 모양새가 어째 전형적인 사기의 형태가 아니었습니다. 이야기가 꽤나 구체성을 지니고 있었고, 저에게 먼저 돈을 달라는 것도 아니었습니다. 람블라스 거리를 지나 부둣가를 거닐면서 한 시간 정도 대화를 한 뒤, 저는 결론을 내렸습니다. 원준이라는 이 친구는 사실을 이야기하고 있다는 것이었습니다.

당시 유럽 여행을 하면서 세운 원칙 하나가 있었는데, 그것은 한 달에 한 번은 제대로 된 식당에서 제대로 된 식사를 하겠다는 것이었습니다. 저는 가난한 배낭여행자였기에 보통 돈을 아낀답시고 저렴한 음식들만 찾아 먹고 다녔습니다. 아침 식사는 호스텔에서 무료로 제공하는 식빵을 먹었습니다. 식빵만으로는 밋밋하니 슈퍼마켓에서 잼과 버터를 사서 배낭 안에 가지고 다니며 식빵에 발라 먹었습니다. 포만감을 최대한 오래 느끼려고 일부러 식빵 제공이 끝나가는 10시 근처로 아침 식사 시간을 잡았습니다. 그러다 점심시간이 지난 오후 2시 즈음에 길거리를 다니다 피자 조각을 사 먹었습니다. 대략 3.5유로 정도면 큼지막한 마르게리타 피자 하나를 살 수 있었는데, 슈퍼에서 산 콜라와 함께 거리 한구석에 앉아 이 피자를 먹었습니다.

그런데 이것도 하루 이틀입니다. 매일같이 이렇게 끼니를 때우려니 지겨워지기 시작했습니다. 그래서 결심했습니다. 제가 비록 가난한 여행자라고 해도, 한 달에 한 번은 적당한 수준에서 제대로 된 저녁 식사를 하자는 결심이었습니다. 그런데 날이 날이었습니다. 원준을 만난 그날은 미슐랭 가이드에 소개된 어느 식당에 저녁 식사를 예약한 참이었습니다. 애피타이저와 메인 디시와 디저트, 음료로 구성된 정식 코스였습니다. 그런데 이 저녁 식사 가격이 35유로였습니다. 유럽 물가로 치면 미슐랭 가이드에 소개된 식당 중에서도 상당히 저렴한 가격이었습니다.

"그럼 원준아, 나 저녁에 식당 예약한 곳이 있는데, 파에야 먹지 말고 그냥 거기 같이 갈래? 저녁 식사 걱정은 하지 마. 내가 저녁 사줄게."

솔직히 말해 저는 학생들에게 밥을 잘 사주는 스님이었습니다. 학생이라면 모름지기 특혜를 받을 자격이 있다고 믿고 있었고, 그러한 차원에서 저는 학생들에게 밥을 잘 사주기로 결심했던 것입니다. 그렇게 우리는 저녁 식사를 같이하게 되었고, 식사를 하며 여러 이야기를 나누었습니다.

원준은 뮌헨에서의 교환학생 과정이 거의 끝나갈 무렵이라 이제 곧 상하이로 돌아갈 예정이었습니다. 그러나 유럽을 떠나기 전, 가우디의 건축물을 보기 위해 이곳 바르셀로나에 닷새간 찾아왔다고 합니다. 그렇게 원준과 세계 일주 이야기를 나누다 보니 서로의 공통점을 발견하기도 했습니다. 원준 역시 카우치서핑 회원이었던 것입니다. 원준은 저에게 언제든 상하이에 오라고 말했습니다. 자신도 카우치서핑 회원이니 자신의 집에서 재워주겠다는 약속이었습니다. 점차 대화가 편안해지자 원준은 자신의 솔직한 심경을 털어놓기도 했습니다.

"사실 스님을 만난 그 로컬 시장에서 저도 생과일주스를 사 먹고 싶었는데요, 수중에 단 1유로도 없어서 아쉬웠어요. 그렇다고 처음 뵌 스님께 주스를 사달라고 말할 수도 없었고요."

이러한 정황을 모르고 당시 저는 '이 친구가 과연 어떤 사기 멘트를 날릴까' 궁금해하면서 그저 제 과일주스를 쪽쪽 빨아 먹고 있었던 것입니다. 이러한 제 모습을 상상하니 정말 부끄럽기 짝이 없었습니다. 쥐구멍에라도 숨어들어 가고 싶을 정도로 부끄러웠습니다.

저녁 식사를 마치고 우리는 ATM으로 갔습니다. 원준은 40유로 정도면 자신이 뮌헨으로 돌아가기에 적정한 돈이 될 거라고 이야기

했습니다. 하지만 저는 그렇지 않다는 걸 알았습니다. 여행 비용이 그렇게 계산처럼 딱 맞게 떨어지지는 않습니다. 그리고 그 주스 한 잔 때문에라도 저는 아까부터 원준에게 제 자신이 부끄럽던 참이었습니다. 저는 100유로를 인출했습니다. 원준은 40유로만 받겠다고 말했지만, 저는 극구 100유로를 주었습니다. 그리고 제법 늦은 밤이고 하니 제가 직접 숙소까지 데려다주겠다고 말했습니다. 원준의 숙소는 관광지 중심에 있는 식당에서 걸음으로 약 한 시간쯤 걸리는 곳에 있었습니다. 지하철 탈 돈이 없어서 원준은 그간 이 거리를 매일같이 걸어 다녔습니다. 그렇게 한 시간 정도를 걸어 저는 원준에게 작별 인사를 건넸습니다. 저는 원준에게 뮌헨에 잘 돌아가라고 말했고, 원준은 저에게 세계 일주를 잘 마치라고 안부 인사를 건넸습니다.

　이틀인가 지나 원준에게서 카우치서핑 사이트를 통해 연락이 왔습니다. 무슨 이유인지 모르겠지만, 원준은 저를 'My Little Monk'

라고 불렀습니다. 뮌헨에 돌아간 원준은 제가 준 100유로 중 85유로를 썼다고 말했습니다. 바르셀로나에 오기 전 뮌헨 공항에 짐을 맡겨두었는데, 그 보관 수수료가 무려 30유로였다고 했습니다. 그러고는 저에게 너무 고맙다는 말을 전했습니다. 상하이에 있는 부모님에게 제 얘기를 했는데, 하나뿐인 딸을 도와준 저를 상하이에서 꼭 만나고 싶다고 말씀하셨다 했습니다. 이로써 그 언젠가 제가 들르게 될 여행지에 상하이가 추가되었습니다.

제가 비록 여유로운 여행자는 아니었지만, 그래도 필요한 경우에는 꽤 큰 돈을 쓴 적도 제법 있습니다. 평상시에도 필요하다 싶은 일에는 없는 돈이라도 통 크게 쓰는 편인데, 그래선지 부자라는 오해를 받은 적도 많습니다. 그런데 제가 경우에 따라 돈을 잘 쓰는 이유는 단순했습니다. 저는 미래를 위해 돈을 모아본 적이 한 번도 없기 때문입니다. 그러나 제 주변 사람들을 살펴보니 그렇지 않았습니다. 모두들 돈을 모아두고 있었습니다. 불확실한 미래를 염려해서, 무슨 일이 벌어질지 모르기에, 그래서 돈을 아껴 썼고, 그 아낀 돈을 모아두었던 것입니다. 다만 이렇게 미래에 대한 관점이나 돈에 대한 가치관이 달랐던 것입니다. 저는 미래를 생각하지 않았습니다. 미래에 대한 불안이 없기 때문이었습니다.

그리고 저는 지금까지도 돈에 대해 똑같은 생각을 가지고 있습니다. 저는 돈을 흐르는 것이라고 여깁니다. 돈이 많냐 적냐가 중요한 것이 아니라, 그 모든 돈을 흐름으로 받아들이는 것입니다. 비록 그 흐름의 양상이 인연 따라 다를지언정, 이리도 흐르고 저리도 흐르는 것이 돈입니다. 물론 이번엔 형식적으로야 제가 원준에게 100유로를 건네준 것이지만, 좀 넓게 보자면 100유로가 저렇게 흘러간 것뿐입니다. 물론 돈을 비롯한 그 모든 흐름에는 나름의 인연과 이유가 있습니다. 그렇다고 그 흐름의 인연과 이유를 제가 모두 아는 것도 아니며, 이를 명확히 밝힐 생각도 없습니다. 다만 그 흐름이 자연스러우면 좋겠다고 여기는 편입니다. 원준을 만나서 자연스럽게 일어난 생각과 안타까움이 그런 100유로의 흐름을 자연스럽게 만들어낸 것입니다.

원준과의 이러한 인연의 흐름이 그 언젠가 저를 상하이로 흘러가게 만들지도 모릅니다. 그러하다면 저는 원준을 한 번은 만나게 될 것입니다. 그러면 저는 원준이 말한 대로 원준에게 저녁 식사 한 끼를 얻어먹을 생각입니다. 원준이 그때는 의사일 테니까, 돈도 많이 벌 테니 식사에 커피 한 잔 정도 더 얻어먹어도 미안하지는 않을 것입니다. 그렇게 원준과 즐겁게 이야기를 나누고 난 뒤에 저는 다시 숙소로 돌아오면 될 것입니다. 그럼에도 저에게는 미안함의 감정이 작은 돌덩이만 한 무게로 여전히 남아 있습니다.

원준을 만난다면 그 생과일주스 한 잔은 꼭 사주고 싶은 것입니다.

바티칸에서
보내는 엽서

　　　　이탈리아 로마의 바티칸 시국에서 교황청 투어를
신청했습니다. 교황청에 대한 자세한 역사나 의미를 알지 못한다면
투어에 참여하는 것도 좋은 선택 사항입니다. 투어를 마친 뒤 저는
곧장 교황청의 기념품점으로 향했습니다.

　마침 기념품점 한편에는 우체국이 있었는데, 세계 도처에서 모인
수많은 사람이 이곳에서 바티칸 교황청의 모습을 담은 엽서나 기념
품들을 각자의 소중한 인연들에게 보내주고 있었습니다.

　바티칸 시국 전용 스탬프가 찍혀 있는 선물이니, 친주교 신자들에게는 무척이나 뜻깊은 의미의 엽서였습니다. 마침 제 지인이나 세계일주 여행기를 읽는 독자 중에는 더러 천주교 신자분이 있었습니다. 저는 그분들에게 간단한 인사와 안부 글귀를 남기고 각각의 한국 주소를 적었습니다. 바티칸 시국의 스탬프가 찍힌, 그러나 스님이 보낸 교황청 엽서는 그렇게 바티칸을 떠나 한국을 향해 날아갔습니다.

소매치기 이아 마을의

남들은 신혼여행으로 간다는 산토리니를 결국 혼자서 갔습니다. 세계 일주의 기회가 아니고서야 언제 산토리니를 갈 수 있을지 장담할 수 없기도 했고, 파랗고 하얀 한 폭의 그림과도 같은 이아 마을을 직접 보고 싶었습니다. 페리를 타고 산토리니에 도착하니 숙소의 스태프가 이미 항구로 마중을 나와 있었습니다. 숙소에 짐을 풀고 ATV를 빌렸습니다. 지금껏 스쿠터는 많이 타봤으나 ATV는 처음이었습니다. 거친 지형에도 걸림 없이 달리고, 강한 섬바람에도 영향을 받지 않는 점 때문에 산토리니에서는 ATV가 주요한 교통수단이었습니다.

산토리니에 머무는 동안 일몰을 보기 위해 매일같이 이아 마을을 찾았습니다. 햇살이 약해지는 오후 5시 즈음 숙소를 떠나 ATV를 몰고 30분이면 이아 마을에 도착했습니다. 한적한 공터에 ATV를 주차

하고 천천히 마을을 거닐었습니다. 해가 떨어지려면 아직 두 시간이나 남았지만, 미리 서둘러야만 했습니다. 아닌 게 아니라 산토리니에 머무는 수많은 사람들이 이아 마을에서 일몰을 보려고 일찍부터 이곳으로 몰려들었기 때문입니다. 포카리 스웨트 광고를 연상시키듯, 파란 돔 형태의 지붕과 순백의 외벽으로 이루어진 이아 마을은 과연 산토리니에서 제일로 인기가 많은 곳이었습니다. 저는 일몰을 감상하기 좋은 위치에 자리한 카페로 향했습니다. 물론 목 좋은 카페에서 파는 음료나 식사는 터무니없이 비쌌습니다. 그나마 저렴한 에이드가 만 원이 넘었는데, 일몰을 구경하는 명소에서는 자릿값이 포함된 가격이라 생각하는 게 속 편했습니다.

그렇게 이아 마을을 거닐다 아테네의 파르테논 신전에서 만난 멕시코 친구 하나를 우연히 다시 만나게 되었습니다. 유럽에서 유학 중인 이 친구 역시 홀로 산토리니로 들어왔습니다. 불교에 다소 관심을 가지고 있고, 승려의 삶에 대해 궁금한 것이 많았던 이 남미 청년과 저는 테이블 하나를 차지하고는 여러 이야기를 나누었습니다. 그렇게 음료를 마시며 우리는 일몰을 기다렸습니다. 붉게 타오른 해가 에게해 수평선 너머로 장렬하게 떨어질 즈음, 옆 테이블에 있던 커플들은 박수도 치고 키스도 하면서 난리도 아니었습니다. 그렇지만 아시아와 남미에서 찾아든 수염 덥수룩한 남자 둘은 그저 묵묵히 팔짱을 끼고 침몰하는 해를 바라볼 뿐이었습니다. 저는 커플들이 하나도 안 부러웠습니다. 마침 저는 세상에서 제일로 비싸고 맛있는 복숭아 에이드를 마시고 있었기 때문입니다.

일몰 구경을 마친 후, 멕시코 친구는 곧장 숙소로 돌아갔습니다. 다음 날 아침 다시 아테네로 돌아가기 위해서였습니다. 하지만 저는 이아 마을에 남아 야경 사진을 찍기로 했습니다. 일몰의 절정이 끝난 거리 곳곳은 그야말로 인산인해였습니다. 산토리니 전역에서 몰려든 사람들 덕에 거리엔 발 디딜 틈조차 없었습니다. 야경 사진을 찍기 위해서는 적당한 장소로 옮겨야 했는데, 평상시면 5분도 안 걸릴 곳을 인파를 헤치느라 무려 30분이나 걸려 도착했습니다. 그렇게 일몰의 여명이 남아 있는 마지막 순간까지 사진에 담은 뒤, 저는 ATV를 타기 위해 주차장으로 돌아갔습니다.

그런데 ATV 키를 꺼내려는 순간, 가슴이 철렁했습니다. 주머니가 휑했습니다. 조끼 주머니에 넣어둔 지갑이 사라진 것이었습니다. 처음에는 어디에 떨어뜨렸나 생각했습니다. 일몰을 구경한 카페나 사진을 찍은 장소로 돌아가 샅샅이 살펴보았습니다. 혹시라도 무언가를 꺼내며 지갑을 떨어뜨렸을 수도 있었습니다. 하지만 허탕이었습니다. 천천히 돌이켜보니 결국엔 그 순간이었습니다. 일몰 구경을 마치고 인파 가득한 좁은 골목을 빠져나올 때였습니다. 몰려든 사람들에 뒤엉키며 이리 치이고 저리 치이던 순간, 누군가가 제 주머니에서 지갑을 소매치기한 것입니다.

사실 지갑 안에 돈은 많지 않았습니다. 그러나 문제는 카드였습니다. 세계 일주를 하면서 쓰려고 마련한 신용카드 두 개와 현금카드, 운전면허증, 프라이어티 패스 이 모두를 잃어버린 것이었습니다. 저에게 남아 있는 것은 다른 가방에 보관해둔 체크카드가 유일했습니

이아 마을에서의 일몰

다. 유로도 얼마 남아 있어서 카드를 새로 받을 때까지 체크카드로 인출하며 버틸 수야 있겠지만, 남은 기간을 고려하면 서둘러 새로 카드를 발급받아야만 했습니다.

　여행 중 첫 도난 사고였습니다. 그간 유럽 여행을 하면서 소매치기와 강도를 조심하라는 말을 수차례 들어왔습니다. 유럽의 길거리를 거닐면서 가방의 지퍼가 열린 경우는 여러 번 경험했지만, 다행히 귀중품은 복대에 넣어 다니고 있어 도난 사고는 없었습니다. 하지만 이번에는 방심했습니다. 저의 부주의로 그만 지갑을 잃어버리고야 만 것입니다. 첫 도난 사고에 그만 머리가 멍해졌습니다. 그래도 먼저 사고 수습을 해야만 했습니다. 숙소에 돌아오자마자 곧장 스카이프 앱으로 한국의 은행에 전화 연결을 해 카드 분실 신고를 했습니다. 그나마 다행이었던 것은 분실 이후 두 시간 동안 카드 사용이 없었다는 점이었습니다. 그러나 앞으로의 일정이 복잡해졌습니다. 새로운 카드를 발급받아야 했고, 또 그 카드를 누군가가 유럽까지 공수해주거나 혹 제가 머무르게 될 카우치서핑의 호스트 집으로 먼저 보내야만 했습니다. 첫 사고에 당황하기도 했지만, 사고 수습을 계획하느라 몇 시간 동안 골머리를 앓았습니다. 너무 머리가 아픈 탓에 아스피린을 먹어야 했을 정도였습니다.

하지만 다음 날 아침이 되어서도 두통은 말끔하게 가시질 않았습니다. 물론 증상은 두통이겠지만, 근원은 심통心痛일 것이었습니다. 가슴이 묵직하게 답답했습니다. 그간 아무런 사건이 일어나지 않았음에 방심한 연유로 벌어진 소매치기 사건이었습니다. 저 스스로 조심하지 않은 것에 대한 자책이 컸습니다. 그러면서도 앞으로 수습해야 될 사항들을 꼼꼼히 체크했습니다. 어느 정도 수고만 하면 다시 카드를 복구할 수 있었습니다. 잃어버린 50유로는 여행에 필수적으로 생기는 손실 정도라 여기면 됩니다. 지갑이야 어디서든 하나 더 사면 될 일입니다. 상황은 이렇게 하나씩 정리되는 듯 보였습니다. 적당한 수준에서 첫 도난 사건이 수습되는 듯 보였습니다.

그러나 이때만 해도 전혀 몰랐습니다. 겨우 가벼운 두통 수준의 소매치기 사건이 아닌, 멘탈이 붕괴되는 핵폭탄급의 도난 사건이 며칠 뒤 밀라노에서 벌어질지를, 저는 상상조차 하지 못하고 있었습니다.

삐딱함도 끈기가 필요하다

유럽을 여행하기 위해 준비한 유레일패스는 10일 권이었습니다. 이 패스는 개시일로부터 2개월 이내에 본인이 정하는 10일 동안 유럽 내의 기차를 무제한으로 탈 수 있는 패스입니다. 비싸게 구매한 만큼 저는 이 패스를 최대한 활용하고 싶었습니다. 파리에서 머물 때 프랑스의 테제베를 한번 타보고 싶어, 몽생미셸을 당일로 다녀오는 데에 하루치를 썼습니다. 그런데 이번 유레일패스의 활용 계획은 야심 찼습니다. 아침 일찍 로마를 떠나 점심 즈음 피사에 가서 사탑을 보고, 점심 식사 뒤 곧장 피렌체로 떠나 오후에 우피치 미술관을 본 다음, 저녁 기차를 타고 베니스에 도착하는 다소 빡빡하면서도 거창한 일정이었습니다. 어쩌면 무척이나 힘겨울 수도 있지만, 충분히 가능한 일정이었습니다. 유럽 내의 비싼 기차 비용을 감안하면 패스를 활용해 하루 내에 여러 곳을 구경하고 최대한 많은 거리를 이동하는 것이 유익했습니다. 이렇게 패스를 알차게 활용하려면 아침부터 부지런히 움직여야만 했습니다.

오전 11시 즈음 피사에 도착한 저는 물품 보관소에 짐을 맡겼습니다. 그리고 곧장 피사의 사탑으로 걸어갔습니다. 사실 사탑에 대한 기대는 크지 않았습니다. 고작 기울어진 탑 하나 보자고 피사까지 와야 하나 싶었지만, 여행하다 만나게 된 친구들이 적극적으로 추천을 해주었기에 찾아갔습니다. 친구들의 추천도 있고, 유레일패스를 유익하게 활용할 수 있는 방법이기도 해 피사까지 온 것이었습니다. 그렇게 기차역에서 20분 정도 걸어가니 피사의 사탑이 빼꼼 모습을 드러냈습니다.

이때부터였습니다. 반듯하게 서 있는 평범한 건물 사이로 혼자서만 기울어진 탑을 보니, 갑자기 흥미가 샘솟기 시작했습니다. 굉장히 눈에 띄는 친구 하나를 만난 듯한 느낌이었습니다. 사탑을 본 순간부터 저는 탑에서 눈을 떼지 못했습니다. 사탑에 가까워질수록 저의 궁금증과 기대는 한껏 커져갔습니다. 사탑에 도착해보니, 그냥 기울어진 탑이 아니었습니다. 그야말로 매력이 넘쳐나는 탑이었습니다. 우리가 일반적으로 보는 건물들은 모두 안정된 기반 위에 세워진 정형의 것들이기에, 이렇게 균형감을 잃었다는 이유 하나로 엄청난 매력을 뿜어내는 건물은 찾을 수 없었던 것입니다. 역시 사람이고 건물이고 너무 똑바로 서 있으면 밋밋합니다. 약간 삐딱해 보이기도 하고, 그래서 다소 불안해 보이기도 하는 면모가 도리어 생기를 불어 넣어

줍니다.

사실 탑이 건설되기 시작한 1173년 당시만 해도 모래로 된 약한 지반과 3미터밖에 되지 않는 석조 토대 때문에, 탑은 3층을 완성한 후부터 기울어지기 시작했습니다. 그리하여 공사를 중단하고 조사를 진행했는데, 이후 공사를 재개한다 해도 탑이 무너지지는 않을 것이라는 결론에 도달했습니다. 그리하여 탑이 완공된 것은 1372년이었습니다. 작은 탑 하나가 완성되는 데 무려 200년 가까이 소요되었던 것입니다. 피사의 사탑은 사실상 옆에 있는 두오모의 부속 건물이었습니다. 본래는 두오모에 소속된 작은 종탑일 뿐이었습니다.

그러나 사탑이 두오모보다 더 큰 명성을 얻게 된 것은 갈릴레이가 이곳에서 낙하 실험을 했다는 이야기 때문이었습니다. 질량이 다른 두 물체라 하더라도 낙하 속도는 동일하다는 것을 증명해 보이기 위해 갈릴레이가 이 피사의 사탑에서 무게가 다른 두 물체를 동시에 떨어뜨렸다는 이야기가 아직까지도 전해지고 있습니다. 그러나 엄격히 말해 이는 역사적인 사실이 아닙니다. 피사의 사탑에서 낙하 실험을 한 사람은 네덜란드의 과학자 시몬 스테빈이라고 밝혀졌습니다. 하지만 갈릴레이 사후 과학계에서 주도권을 잡게 된 갈릴레이의 제자들이 이 유명한 실험을 스승이 한 업적으로 둔갑시켰다는 설이 가장 유력하게 남아 있습니다.

피사의 사탑은 기울어진 모양 자체가 이미 그렇지만, 여러 가지 아이러니들이 복합적으로 겹쳐져 있는 건축물이었습니다. 토대를 제대로 마련해두지 않은 '실수' 때문에 탑이 기울어졌고, 과학계 내에서의 권력 싸움으로 갈릴레이가 낙하 실험을 한 곳으로 '날조'되었습니다. 하지만 이러한 실수와 날조가 오히려 두오모의 부속 건물인 사탑을 더욱 유명하게 만들었고, 현재는 본 건물인 두오모보다 훨씬 유명해졌습니다. 비록 실수로 만들어진 탑이었을지언정, 이 실수는 기반 건설을 튼실히 해야 한다는 점을 강조하며 건축학을 발전시키는 계기를 만들었습니다. 비록 낙하 실험이 날조된 이야기일지언정, 이 사탑의 명성은 갈릴레이의 낙체 법칙을 전 세계 사람들에게 알리는 계기가 되었습니다. 실수와 날조란 게 없어야 한다는 우리의 사고도 어찌 보면 편견이 될 수 있다는 것을 입증해 보이는 사탑이었던 것입니다.

사탑의 삐딱함은 결코 잘못되거나 고쳐야 할 것만은 아니었습니다. 심지어 피사의 시장마저도 "우리는 피사의 사탑이 똑바로 서기를 원치 않습니다"라고 말할 지경이니, 실수와 날조 같은 아이러니도 우리의 인간사에 일정 부분 필요한 요소임을 인정하는 셈이라 보아도 됩니다. 그러나 이 모두에도 반드시 한 가지는 필요합니다. 그것은 끈기입니다. 이유야 어찌 되었건 600년이 넘도록 무너지지 않고 버텨준 사탑의 끈기 덕분에 실수나 날조, 아이러니, 이 모두가 용인되는 것입니다. 결국 끈기 있게 버텨내야만 합니다. 살아남아야지만 인정이든 오해든 그 무엇이든 받을 수 있는 여지라도 생겨나는 것입니다.

피사의 사탑에 왔으니 당연히 인증샷을 남겨주어야 합니다. 사진을 찍기 제일 좋은 지점에서 사람들이 모두 사탑을 손으로 받치는

듯한 자세를 취하고 있습니다. 하지만 피사의 사탑 덕분에 삐딱한 성격에 한껏 자신감을 얻은 저는 유니크하면서도 거만한 자세를 취해주기로 합니다. 저는 가방에서 합죽선을 꺼내 들었습니다. 저 사탑 하나 지탱하는 데에 꼭 두 손을 모두 써야만 하는가요.

저는 부채 끝으로 살짝 밀어줄 뿐입니다.

아
주
특
별
한
만
남

　　티베트 카일라스 순례로 시작한 2년간의 세계 일
주. 그 중간 1년을 유럽에서 맞이하게 되었습니다. 세계 일주의 절반
즈음을 지나니 여러 생각을 하게 됩니다. 과연 여행에서 가장 중요한
요소가 뭘까 하고 되짚어보니, 저의 결론은 결국 '사람'과 '만남'이었
습니다. 그것은 사람 그 자체일 수도 있고 그 사람과 함께 나눈 이야
기, 혹은 함께 나눈 시간, 경험들일 수 있습니다. 카우치서핑을 통해
서나 길 위에서 만난 사람들, 다양한 환경과 모습 안에서 자기 고유
의 철학을 가진 이들, 그들과 나눈 이야기와 경험들이 가장 큰 기억
으로 남습니다.
　여행의 기반 시설이 전반적으로 잘 마련되어 있어 여행이 아닌 투
어를 하는 듯한 유럽에서, 저는 아쉬움과 지루함을 동시에 느끼는
중이었습니다. 그러다 이탈리아 밀라노에서 아주 특별한 만남을 가

지게 되었습니다.

　그때 저는 이탈리아를 떠나 알프스의 고장 스위스로 가기 위해 밀라노 센트럴 기차역에 있었습니다. 객차 안에 머무르며 기차가 떠나기를 기다리고 있는데, 문득 창문 밖으로 한 청년이 다가왔습니다. 그는 저에게 화면이 꺼진 핸드폰을 보여주었습니다. 문득 생각하기로 핸드폰 배터리가 나가서 저에게 시간을 묻는 듯 보였습니다. 객차 안에서 저는 7시 10분이라고 시간을 알려주었습니다. 그러나 그는 잘 이해하지 못하는 모양이었습니다. 그래서 저는 손목시계까지 보여주며 기차 안에서 큰 소리로 시간을 말해주었습니다. 그러나 그는 얼마 지나지 않아 별다른 대꾸 없이 훌쩍 자리를 떠났습니다. 그를 보면서 기차를 놓쳤나 하는 생각이 들었습니다.

　그리고 몇 분 후, 역무원이 오기 전에 미리 유레일패스를 꺼내려 하는데 옆자리가 휑했습니다. 제 가방이 사라진 것이었습니다. 순간 눈앞이 크게 흔들렸습니다. 여권이며 현금, 카메라, 렌즈, 유레일패스 등 여행에 가장 중요한 물건들을 담아둔 가방이 사라졌기 때문입니다. 혹시나 하는 마음에 서둘러 큰 가방을 보관하는 자리에 가보았습니다. 그곳에도 제 작은 가방은 없었습니다. 그때 문득 떠올랐습니다. 화면이 꺼진 핸드폰을 보여주던 그 사람! 그 사람이 창밖에서 저의 시선을 흐트러뜨리던 그때, 제가 머물던 객차 안에 다른 사람이 한 명 더 있었습니다. 그가 제 가방을 가져간 것이었습니다.

　당시 유행처럼 번지던 말, '멘붕'을 실제로 경험하는 순간이었습니다. 가방이 없어졌단 사실을 알아차린 뒤, 눈앞이 캄캄해지고 정신이 아찔했습니다. 단 몇 초 사이에 벌어진 도난으로 저는 제 만행을 그만둬야 할지도 모르는 심각한 위기 상황에 처해버린 것이었습니다. 온갖 생각이 머리를 어지럽게 만들었습니다. 짐을 잃어버렸으니 우선 기차에서 내렸습니다. 그러나 그다음에 어찌해야 할지 몰랐습니다. 도무지 아무런 생각이 나질 않았습니다. 그렇게 저는 플랫폼에서 한동안 맴돌았습니다. 머리는 수많은 생각으로 복잡했고, 마음은 털썩 주저앉아버렸습니다. 제게 일어난 도난 사건이 마치 꿈만 같아서 믿겨지질 않았던 것입니다. 머리가 가득 심난한 가운데, 어떻게든 상황을 파악하고 수습해야 하니 방법을 찾아 나섰습니다. 수순으로 따지자면 경찰서로 가서 조서를 쓰는 게 우선이었고, 그다음에는 어떻게든 여권 문제를 해결해야만 했습니다. 여권 없이는 이동할 수조차 없었기 때문입니다.

저는 센트럴역 안에 있던 경찰서로 찾아가 조서를 작성했습니다. 영어를 할 줄 아는 인상 좋은 경찰은 무척이나 친절했습니다. 당황한 제 심정을 아는지 모르는지, 그는 여유로운 미소를 지으며 저에게 여러 가지 사실을 설명해주었습니다. 제 가방을 훔친 사람들은 2인 1조의 전문 도둑 일당으로 창문 밖에서 한 사람이 주의를 끌고, 그 시간에 객차 안의 다른 사람은 가방을 훔쳐 가는 수법을 썼습니다. 제가 CCTV를 확인할 수 있을지 물어보자, 경찰은 호의가 가득한 미소를 띠며 적극적으로 협조하겠다고 말했습니다. 제가 언제쯤 확인할 수 있겠느냐고 묻자, 그는 자료가 확보되는 대로 저에게 연락을 주겠다고 말했습니다. 그렇게 경찰은 별스럽지 않은 일을 처리하는 듯한 모습으로 저에게 도난 확인서를 작성해주었습니다. 황망한 심경의 저와는 달리 무척이나 여유로운 모습이었습니다.

그러나 무엇보다 여권이 제일 문제였습니다. 단수여권이라도 만들기 위해 로마로 가야 하나 하는 생각에 머리가 무척이나 복잡했습니다. 그런데 알고 보니 밀라노에도 한국 영사관이 있었습니다. 역사를 나와 아침에 떠났던 숙소로 향했습니다. 가방을 잃어버린 자초지종을 설명하고 짐을 맡긴 뒤 저는 영사관으로 향했습니다. 여권 신청을 마치고 영사관 직원분께 물었습니다.

"혹시라도요, 제가 내일 아침 같은 시간에 센트럴역을 돌아다니다 보면, 제 가방을 훔친 도둑을 잡을 수 있지 않을까요? 그러면 어떻게 해결 방법을 찾을 수 있지 않을까요?"

영사관 직원분이 말했습니다.

"네, 그 도둑들을 잡을 수는 있겠지요. 하지만 물건을 회수할 방법은 없을 거예요. 증거가 없으니 말이죠."

"증거라면 센트럴역에 있던 경찰이 CCTV로 확인해준다고 했는데요?"

직원분은 잠시 말없이 저를 쳐다보았습니다. 그러고는 충격적인 말을 하기 시작했습니다.

"스님… 스님은 여기 실정을 모르셔서 그래요. 사실 경찰도 그 도둑들과 한패예요. 경찰들이 매일같이 같은 종류의 도난 사건이 벌어지는 센트럴역에서 그 도둑들을 모를 것 같나요? 아니에요. 경찰들은 이미 알고 있어요. 알면서도 방관하는 거예요. 도둑들이 경찰에게 뒷돈을 주니, 경찰들이 절도를 눈감아주는 거예요. 스님, 조서 작성하면서 잃어버린 물품들 다 기록하셨지요? 그 정보를 토대로 해서 경찰들 뒷돈 단위가 결정되는 거예요. 그리고 경찰이 CCTV 증거를 확보해준다는 건 그냥 의례적으로 하는 말뿐이에요. 도난을 당한 사람 중에 실제로 CCTV 영상을 확인한 사람은 아무도 없으니까요."

그제야 저는 왜 경찰이 그토록 일관되게 친절한 미소를 보였는지에 대한 의구심을 해소할 수 있었습니다. 도난 물품을 하나도 빠짐없이 모두 기록하라던 진의를 그제야 알게 되었던 것입니다.

"그렇다면 카메라나 렌즈 같은 물건들은 잃어버린 셈 치더라도, 그들을 만나서 여권하고 유레일패스는 돌려받을 수 있지 않을까요? 어차피 그들이 쓰지도 못할 텐데요."

"아뇨. 그들은 자신들이 물건을 훔쳤다고 인정하지도 않을 겁니다. 그러나 혹시라도 그 물건들을 훔쳐 갔다고 이실직고해도요, 여권이나 패스를 돌려받는 데 대한 대가를 요구할 거예요. 적어도 500유로 이상은 요구할 거예요. 그 친구들 도둑이에요. 순순히 물품들을 넘겨주지는 않아요."

현지 정황을 잘 파악하고 있는 직원에게 설명을 들으니 안 그래도 어두운 앞날이 더욱 깜깜해졌습니다. 이럴 수도 저럴 수도 없는 상황이었습니다. 저는 낙담한 채 아침에 떠나온 숙소로 다시 돌아가 그냥 자리에 누워버렸습니다. 아무것도 할 수 없었습니다. 무엇을 어디서부터 어떻게 다시 시작해야 할지 아무것도 생각할 수 없었습니다.

그렇게 오후 한나절을 암담하게 보내고 난 뒤 저녁이 되었습니다. 한숨과 함께 머릿속은 갖은 생각들로 부대끼고 있었습니다. 그러다 어떻게든 정신을 차려야겠다는 생각이 들었습니다. 이대로 주저앉을 수는 없었습니다. 다행히 노트북은 큰 배낭 안에 있어서 도난당하지 않았습니다. 저는 노트북을 켜고 여행에 꼭 필요한 물품들만 주문하기 시작했습니다. 서울에 사는 아는 친구의 집으로 물건들이 배송되게끔 주문했습니다. 얼마 후 독일로 들어올 한국분들이 계셨는데, 그분들께 부탁한다면 물건을 조달받을 수 있었습니다. 상황은 분명했습니다. 저는 여행에 가장 필요한 물건들을 도난당한 상황이었고, 이 물건들은 다시 회복할 가능성이 없었습니다. 도난당한 당일 저녁, 저는 그 모든 초점을 복구에 맞추었습니다. 마음은 여전히 울적하고 낙담스러워 울고 싶었지만, 그래도 해야 할 일을 해야만 했습니다.

어쩌면 그것도 인연이었겠다는 생각이 듭니다. 도난을 당한 다음 날 아침, 저는 인도 라다크에서 열흘가량 같이 지냈던 한국인 부부를 밀라노에서 다시 만나게 되었습니다. 부부는 차를 렌트해 부모님을 모시고 유럽을 여행하고 있던 차였습니다. 저의 곤란한 사정을 전해 들은 후, 부부와 부모님은 저를 도와주기로 결정하셨습니다. 그렇게 저는 이분들의 차를 얻어타고는 물가며 교통비가 턱없이 비싸서 취소하려고 했던 스위스 여행을 함께하게 되었습니다. 밀라노에 머물며 한국에서 오는 새로운 여권을 받을 수도 있었지만, 열흘이라는 기간 동안 착잡한 심경으로 도난 사건이 벌어진 밀라노에 머물고 싶지는 않았습니다. 기분 전환을 위해서라도 스위스로 떠나는 게 나아 보였습니다.

유럽에서 알프스산맥이라는 자연경관으로 톡톡히 지형적 이점을 살리며 관광 수입을 벌어들이고 있는 스위스의 모든 설산은 하나같이 그림처럼 아름다웠습니다. 유럽의 여타 관광지처럼 사람들로 넘쳐나는 스위스였지만, 설산이 보여주는 근엄한 매력과 탁 트인 자연경관 때문이었는지, 도난 사건을 겪은 후에 잔뜩 움츠러든 마음이 서서히 풀려가는 듯했습니다. 혼자 지냈다면 더욱 우울한 심경에 빠져들 수도 있었습니다. 하지만 한국분들과 시간을 함께했기에, 산란스럽고 어두웠던 마음에서 좀 더 빨리 벗어날 수 있었던 것 같기도 합니다.

밀라노에서 도둑을 맞은 한 달 뒤, 저는 거리를 거닐며 가볍게 흥얼거릴 정도로 마음이 편안해지기도 했습니다. 비록 모든 상황이 이전 같지는 않았지만 적어도 여행을 중간에 그만둬야 할 정도로 극악한 상황은 아니었던 것입니다. 터키로 들어가 이스탄불에 있는 한국 영사관에 들렀습니다. 터키에 비교적 오랜 시간 머물 예정이어서, 단수여권을 반납하고 새 여권을 신청할 계획이었습니다. 한국인이 외국을 다니다 여권을 분실하게 되면 '긴급 여권 특급 배송 서비스'라는 것을 영사관을 통해 신청할 수 있는데, 이는 말 그대로 특급 배송이었습니다. 여권 신청과 동시에 재발급 과정이 신속하게 처리되었습니다. 영사관에 찾아간 월요일에 한국에서 여권 재발급 신청이 들어갔고, 화요일에 한국에서 여권이 발급되었습니다. 수요일에 국제 배송 서비스를 시작해 한국에서 출발, 목요일에 독일로 운송되었고, 금요일 오후 늦은 시간에는 이스탄불 영사관으로부터 여권이 도착했다는 연락을 받았던 것입니다. 단 5일, 아마 전 세계에서 가장 빠른 여권 발급 속도였을 것입니다.

처음에는 우울하기만 해서 돌이켜보고 싶지도 않은 도난 사건이었으나, 점차 심경이 나아지면서 이 도난 사건을 정리할 여유가 생기기도 했습니다. 오랜 시간의 숙고를 통해서 얻은 결론은, 이 도난 사건 또한 하나의 만남이었다는 것입니다. 물론 이 만남은 저에게 대단한 고난으로 다가와 여행하는 과정에 커다란 손실과 상실감을 주었습니다. 그 손실들로 인해 저는 며칠 동안 두통에 시달려야만 했고, 상실감으로 인해 가슴이 이를 데 없이 답답했습니다.

그런데 이 과정에서 저는 저의 고통이 어디에서 시작되는가를 살펴보았습니다. 고통을 느끼기는 하되, 그것이 단지 저의 물건을 훔친 그 도둑들에게서 오는 것 같지는 않았기 때문이었습니다. 다른 원인이 있었습니다. 그리하여 저는 제가 느끼는 고통의 원인을 한 단계 한 단계 되짚어가며 살펴보았습니다. 그렇게 가만히 살펴보니, 제가 느꼈던 고통이 단지 물건의 손실로부터 생겨난 것만이 아님을 알게 되었습니다. 이와는 전혀 다른 게 있었습니다. 그것은 바로 완벽함을 추구하고자 하는 저의 생각이며 고집이었습니다.

저는 세계 일주를 함에도 주변 분들의 은혜를 감사히 여기고 바른 방식으로 근검절약하며 모범적인 만행을 해야 한다는 생각이 강했습니다. 또 그리 이루어내기 위해 부단히도 노력했습니다. 그런데 이런 수행자로서의 정당한 명분을 걷어내고 마음 안쪽을 살펴보니, 저에 대한 집착이 보였습니다. 그것은 완벽주의에 대한 집착이었습니다. 내가 이 여행을 완벽하게 이루어내어, 누구나 잘했다고 인정하고, 그리하여 누군가에게는 좋은 표본이 되어야 한다는 강렬한 욕망이 있었던 것입니다. 물론 이것이 부정해야 할 종류의 그릇된 욕망은 아니라 할지라도, 욕망은 여전히 욕망이었습니다. 제가 이 욕망에 집착했던 것입니다. 실수 하나도 허락하지 않고, 그 모든 과정이 완벽해야 한다는 생각으로 집착했던 것입니다. 그리고 이 집착은 결국 고통을 만들어냈습니다. 결국 이 도난 사건은 저의 욕망과 집착에 뼈아픈 고통을 선사하며 저를 크게 흔들어놓았습니다.

그러나 지금에 와 생각해보면, 이래도 저래도 결국에 사람들은 살아가게 됩니다. 저 역시 그러한 사람 중의 한 명임은 명백한 사실입니다. 세계 일주를 하는 동안 저는 여러 차례의 도난 사건을 겪었습니다. 그러나 결과적으로 보자면, 큰 탈 없이 세계 일주를 마쳤습니다. 몸뚱어리 상하지도 않고, 빚진 바도 없이 다시 한국으로 귀국했으니 손해 보지는 않았습니다. 2년을 떠나 있어도 눈앞은 여전히 그대로니, 잃은 바도 없었습니다. 물건이라는 내용물은 얻을 수도 있고, 잃을 수도 있습니다. 물건이 있으면 물론 좀 더 편하게 살아가겠지만 없다고 해도 살아가지 못하는 것은 아닙니다. 이가 없으면 잇몸으로도 사는 게 우리들의 삶이니 말입니다. 그렇기에 삶의 내용물은 잃을 수 있을지언정, 이 전체라는 흐름 자체는 얻을 수도 잃을 수도 없었습니다.

도난 사건 후 스위스 체어마트에서 마터호른 산을 보며

여행을 해나가며 저는 결심했습니다. 내용물에 너무 집착하지 말고, 인연에 따라 그 내용물도 잘 받아들이고 또한 인연에 따라 잘 흘려보내 주는 흐름으로 살기로 말입니다. 그렇게 마음먹어서인지 저에게 집착 없는 흐름으로 살게끔 동인을 만들어준 그 도둑들이 어찌 보면 저에게 큰 스승들이었는지도 모르겠다는 생각도 하게 되었습니다. 그 도둑 스승님들께서 저에게 얻은 유로로 빵이라도 잘 사 드셨다면, 이것도 삶의 흐름으로 들어가기 위한 나름대로의 수업료가 되겠다는 생각이었습니다. 물론 무척이나 비싼 수업료이기는 했습니다. 하지만 흐름으로 들어간다는 것은 돈을 지불한다고 배울 수 있는 가르침은 아니었습니다.

본래 큰 가르침이란 전혀 예상치 못한 방향에서 오는 것이기도 합니다. 이 도둑들이 저의 삶에 있어서 중요한 스승이 될 줄이야, 저조차도 알 수 없었던 것입니다. 그리고 큰 가르침은 항상 인생의 시련이나 고통과 함께 찾아오는 법입니다. 즐거움과 함께 오는 큰 가르침은 결코 없는 것입니다. 지금 와 돌이켜보면 하늘은 큰 가르침을 일러주기 이전에 사람에게 먼저 큰 괴로움을 던져준다는 경구가 예사롭게 들리지 않는, 일생일대의 만남이었습니다.

      스페인 마드리드를 마지막으로 유럽에서 오랫동안 카우치서핑을 하지 못했습니다. 오래된 역사의 도시인 아테네와 로마에서 카우치서핑을 시도했으나 결국 불발이 되어 그냥 호스텔 도미토리에서 지냈습니다. 스위스나 독일의 몇몇 도시에서는 머무는 기간이 짧아서 일부러 카우치서핑을 하지 않았습니다.

  제가 카우치서핑을 하는 데에는 몇 가지 원칙이 있었습니다. 몇몇 사람들은 카우치서핑을 무료 숙박처럼 활용하기도 하지만 저에게 있어서는 무엇보다도 사람과의 교류가 우선이었습니다. 그렇기에 최소 3일을 넘는 경우에만 카우치서핑을 신청했습니다. 한 사람, 혹은 한 지역의 사람들을 만나서 그들과 대화를 하고 경험을 교류하는 데 최소한 3일이라는 시간이 필요하다고 여겼기 때문입니다. 그리고 저는 딱 한 사람만 만나서 깊이 있는 대화를 나누는 것을 선호하는 편입니다. 각 지역의 카우치서퍼 모임에 간혹 초대받는 경우도 있었지만, 몇몇 모임에 참여해본 뒤에는 이야기가 분산되는 것 같아 더 이상 참여하지 않았습니다.

오랜만에 카우치서핑으로 뮌헨에서 만나게 된 마누는 참 특별한 경우였습니다. 무엇보다 눈에 띈 것은 바로 마누의 프로필 사진이었습니다. 그는 티베트 스님과 찍은 사진을 자신의 프로필에 걸어놓고 있었습니다. 게다가 프로필 설명에 자신은 그 누구보다 불교인을 서퍼로 선호한다는 말까지 적어놓았습니다. 프로필 설명으로는 어쩌다 이렇게 불교와 인연을 맺게 되었는지는 알 수 없었습니다. 그러나 어찌 되었건 제가 마누가 원하는 최적의 서퍼인 것은 분명했습니다. 그에게 요청을 보내고 몇 시간이 지나지 않아 곧 답장이 왔습니다. 마누는 한국에서 온 스님을 꼭 만나고 싶다고 했습니다.

새벽 무렵에 도착한 뮌헨은 왠지 모르게 조금 부산스러워 보였습니다. 거리에 드문드문 사람들이 보이기는 했으나 마치 전날 밤의 흥분이 채 가라앉지 않은 듯한 모습이었습니다. 새벽의 한산한 거리에서 큰 소리로 대화를 나누는 젊은 친구들은 언뜻 기분이 좋아 보이기도 했고, 비틀거리는 걸음걸이로 보아 한편으론 무척이나 힘들어 보이기도 했습니다. 마누와의 약속 장소를 향해 걸어가면서 길 위에서 사람들의 토사물을 보기도 했습니다. 새벽의 유럽 도시가 이렇게 지저분할 줄은 몰랐습니다. 그런데 그 이유를 저는 마누를 통해서 알게 되었습니다. 제가 뮌헨에 도착한 날은 10월 1일로, 당시 뮌헨에서는 세계 3대 맥주 축제 중 가장 유명하다는 옥토버페스트가 열리는 중이었습니다. 그렇게 저는 축제가 한창인 때에 뮌헨에 들어온 것이었습니다.

마누의 아버지는 미국인이고 어머니는 크로아티아인이어서 마누는 혈통적으로 순수한 독일인이라 말하기는 어려웠습니다. 하지만 마누는 독일에서 태어나고 독일에서 자라나, 독일인으로서의 삶의 방식을 지키며 살아가는 엄연한 독일인으로 자신을 소개했습니다. 그런 마누의 얼굴에는 항상 온화한 미소가 담겨 있었습니다. 그 온화한 미소에는 어쩌면 독일인의 정체성보다도 불교라는 믿음이 더 큰 영향을 주었을지도 모른다는 생각이 들기도 했습니다. 그런데 약간은 이상하게 느껴졌습니다. 온화하기는 하되, 이상하게도 슬픔 같은 감정이 묻어나는 미소였습니다.

"근데 마누는 어쩌다 불교에 관심을 가지게 되었어?"

"제 여자 친구 때문이었어요. 제 여자 친구는 독일에 사는 베트남 2세대였는데, 아주 성실한 불교 신자였어요. 이 친구와 교제를 하다 보니 그녀의 가족이나 사촌들과도 만나게 되었는데, 그들과 함께 절에 다니며 신행 활동에 참여하다가 자연스럽게 불교와 가까워진 거예요. 사실 저는 불교를 잘 알지는 못해요. 하지만 절에 다니는 여자 친구의 가족들을 보면서 불교에 대해 호감을 가지고 있는 건 사실이에요."

저는 마누를 따라서 마누 여자 친구의 집에 찾아가기도 했습니다. 여자 친구의 가족들이 한국에서 스님이 왔다고 하니 저에게 저녁 식사를 대접하고 싶다고 말했다는 것이었습니다. 여자 친구의 가족들은 영어를 하지 못하고, 저는 독일어나 베트남어를 하지 못했습니다. 서로 수줍은 인사를 하면서 간단한 소개를 주고받았습니다. 그날의 저녁 식사 메뉴는 월남쌈이었습니다. 가족들은 저를 위해서 여러 가지 채식 재료들을 준비해두었습니다. 저녁 식사를 준비하기에 앞서서 저는 집에 마련된 불단에 예를 표했습니다. 거실에 놓인 작은 라디오를 통해 베트남 스님들이 경전을 읽는 소리가 나지막하게 들려왔습니다. 사실 저를 마중 나온 마누 여자 친구의 아버지 손에는 조금 전까지 읽던 경전이 들려 있었습니다. 항상 집 안에서 경전 읽는 소리가 들리고, 본인 스스로도 그렇게 틈틈이 독경을 하시는 걸로 보아 불심이 대단한 집이었습니다.

저는 불단에 향을 사르고 그 앞에서 절을 올렸습니다. 그리고 앞서 세상을 떠난 망자가 극락에 태어나기를 바라며 묵념으로 기도를 드렸습니다. 망자는 자그마한 액자 안에서 화사한 미소를 띠고 있는 젊은 여인이었습니다. 그녀는 마누의 여자 친구였습니다. 제가 뮌헨에 도착하기 꼭 한 달 전, 마누의 여자 친구는 인도의 히말라야에서 실족사로 죽었습니다.

"사실 제 여자 친구는 약초를 전문으로 배우던 친구였어요. 두 달 전에 그녀는 티베트의 한 약초 전문가에게 민간 처방을 배우기 위해 인도에 갔어요. 그곳에서 직접 산에 올라가 티베트 전통 의학에 쓰이는 약초들을 캐고 스승에게 조제법을 배우기도 했다네요. 그런데 그렇게 약초를 구하려고 산을 돌아다니다가 그만 바위에서 떨어져 죽은 겁니다."

여자 친구가 죽었단 소식을 듣고 마누는 곧장 인도 대사관으로 찾아갔습니다. 그런데 통상적으로 인도 비자는 닷새 정도의 시일이 지난 뒤에야 발급해주는 게 원칙입니다. 하지만 그렇게 비자가 나오기를 기다린다면 마누는 여자 친구의 장례식에 참여할 수조차 없었습니다. 마누가 대사관 직원과 비자 발급 기한을 두고 실랑이를 벌이자, 대사가 직접 나와 마누와 대화를 나누었습니다. 대사는 특별한 사례임을 감안해 그날 당일 인도 비자를 발급해주었습니다. 이에 마누는 곧장 비행기를 타고 인도로 날아갔습니다. 그렇게 해서 도착한 델리에서 다시 마날리까지 버스를 타고 열두 시간, 또 마날리에서 여자 친구의 시신이 모셔져 있는 작은 마을까지 다섯 시간 동안 버스를 타고 갔습니다. 최대한 서두른 덕에 마누는 장례식에 늦지 않게 도착할 수 있었습니다. 장례식을 마친 뒤 마누는 여자 친구가 낙사했다는 장소를 직접 찾아가 보았습니다. 그 장소를 머릿속에 떠올리며 마누는 아직까지도 황망한 마음을 잘 가누지 못하는 모습이었습니다. 여자 친구가 떨어져 죽었다는 그 절벽은 채 5미터도 되지 않는 야트막한 곳이었던 것입니다.

보통의 경우 여자 친구가 죽었다면 그 여자 친구의 가족들과도 자연스럽게 소원해질 것입니다. 그런데 어쩐 일인지 마누는 그녀의 가족들과 친근한 관계를 유지하고 있었습니다. 가족들 역시 마누를 마치 오랫동안 함께 지내온 가족 대하듯 아주 따뜻하게 맞아주었습니다. 마누는 매일같이 여자 친구의 부모님 집에 들렀습니다. 그리고 그들과 서로의 아픔을 나누며 힘겹게 시간을 견디어가던 중이었습니다. 마침 제가 뮌헨에 머무는 일정 중간에, 마누 여자 친구의 재齋가 있었습니다.

"스님, 시간 되시면 재에 참여해주실 수 있으세요?"

"당연히 그래야지."

그래서 찾아간 곳이 뮌헨 내에 자리한 베트남 사찰 보보사였습니다. 여자 친구의 아버지는 예정 없이 찾아온 저를 보고는 아무 말 없이 그저 손을 꼭 잡아주었습니다. 눈빛으로 보내는 감사의 인사였습니다. 저도 오랜만에 가사를 수하고 불단 앞에서 부처님께 참배를 드렸습니다. 베트남 절의 주지 스님과 간단하게 인사를 나누고 함께 차를 마셨습니다. 그날 저는 보보사에서 베트남 예법대로 진행하는 제사를 처음 경험해보았습니다. 재를 마치고 난 뒤에 주지 스님이 저를 불러서 절의 신도들에게 소개했습니다. 비록 국적이나 살아가는 환경이 다를지언정 우리는 한결같은 마음으로 모인 부처님의 제자들이었습니다.

세계적인 수준의 맥주 축제로 떠들썩한 뮌헨의 한곳에서 마누는 그렇게 힘겨운 인내의 시간을 보내고 있었습니다. 마누를 처음 본 순간 그의 미소에서 느껴졌던 슬픔은 바로 여자 친구를 잃어버린 상실감이었다는 것을 나중에야 알게 되었습니다. 마누와 뮌헨의 집에 머물며 무슨 특별한 일을 한 것은 아닙니다. 저는 마누, 마누 여자 친구의 사촌들과 볼링을 쳤고, 같이 국수를 먹었습니다. 또 마누와 함께 뮌헨 인근의 퓌센에 있는 노이슈반슈타인성을 구경했습니다. 불행인지 다행인지, 22년간 뮌헨에 살아온 마누는 노이슈반슈타인 성을 단 한 번도 구경해본 적이 없었습니다. 마누의 가이드 덕분에 무척이나 여유로운 근교 나들이가 되었습니다. 그렇게 마누는 제가 뮌헨에 머무는 동안 거의 모든 시간을 저와 함께해주었습니다. 아니 어쩌면 그 반대일지도 모릅니다. 제가 뮌헨에 머무는 거의 모든 시간 동안 마누와 함께했는지도 모릅니다. 마누가 여자 친구를 잃은 상실 감으로 괴로워하던 시기에, 제가 해줄 수 있는 일이라고는 마누와 함께 시간을 보내는 것밖에 없다는 생각이 들었던 것입니다. 옥토버페스트 따위는 아무런 관심도 가지 않았습니다. 그 10월 저는 마누를 만났고, 마누는 저에게 많은 이야기를 들려주었습니다. 저는 마누의 이야기를 들어주었고, 마누가 시간을 잘 견뎌낼 수 있게끔 곁에 머물러주었습니다.

그래서인지 모릅니다. 뮌헨을 떠나는 날, 마누는 한사코 저를 버스정류장까지 배웅해주고 싶다고 말했습니다. 우리는 버스정류장에 한 시간이나 일찍 도착했습니다. 그러고는 가벼운 대화를 나누며 같이 버스를 기다렸습니다. 그러나 버스가 도착하고 출발할 시간이 가까워지자, 마누는 지금까지 전혀 하지 않았던 말을 꺼냈습니다.

"스님, 제가 잘 견뎌낼 수 있겠지요?"

네, 그랬습니다. 마누는 여자 친구를 먼저 보냈다는 상심에서 아직 벗어나지 못하고 있었습니다. 마누와 같이 지내면서 마누가 말하지 않더라도 저는 이 상심의 심경을 가슴으로 함께 느끼고 있었습니다. 한 달이라는 시간이 상심을 흘려보내기에 물론 충분한 시간이 아닐 수도 있습니다. 하지만 저에게 와닿은 것은 여자 친구를 향한 마누의 그리움과 사랑의 감정이었지, 한 달이라는 막연한 시간의 느낌은 아니었습니다. 지금까지 저에게는 비교적 담담한 투로 여자 친구 이야기를 꺼내기도 했지만, 마누의 표정과 말투와 눈빛에서는 여전히 쓸쓸함이 깊게 묻어났습니다. 마누는 전형적으로 감정을 밖으로 드러내지 않고 안으로 삼켜내는 사람이었습니다. 이 견딤의 시간이 얼마나 더 길어질지 저 역시 알 수 없었습니다. 하지만 저는 알았습니다. 마누는 지금 이 순간에도 정말 사력을 다해서 시간을 견뎌내고 있다는 것을 말입니다. 마누의 미소는 온화함의 미소가 아니었습니다. 그것은 치열한 견뎌냄의 흔적이었습니다. 그런 마누에게 저는 이렇게 말했습니다.

"지금까지 마누가 이렇게 잘해왔는데 뭘…. 너무 염려하지 마. 시간은 잘 흘러갈 것이고 마누의 마음도 점차 제자리를 찾아갈 거야. 마누는 잘할 거야. 지금까지 잘해온 것처럼 앞으로도 잘할 것이라는 믿음을 줘. 마누는 말이야."

체코의 프라하로 향하는 버스에 오르기 전이었습니다. 그렇게 저는 마누와 세상에서 가장 깊고도 긴 포옹을 나누었습니다.

프
라
하
의
봄

뮌헨을 떠나서 드디어 들어가게 된 체코의 프라하. 저에게 프라하와 관련되어 가장 먼저 떠오르는 것은 역시 영화 〈프라하의 봄〉이었습니다. 제가 살면서 영화에 대해 깊은 사색을 시작하게 된 계기를 마련해준 작품이 있는데, 그것은 바로 쥘리에트 비노슈라는 배우가 주연한 영화 〈블루〉였습니다. 이름도 까다로운 크시슈토프 키에슬로프스키 감독이 찍은 세 가지 색 시리즈 중 첫 작품이었습니다. 구체적인 이유는 아직도 잘 모르겠지만, 저는 이 영화가 주는 고요한 푸른색의 밀도와 음악이 주는 전율에 깊이 빠져버리고야 말았습니다.

중학교 3학년 때였습니다. 영화가 주는 깊은 여운 때문이었는지, 영화를 본 일주일 뒤 극장에서 다시 〈블루〉를 보았습니다. 극장에서 두 번이나 같은 영화를 보는 건 제 인생에서 정말 흔치 않은 일입니다.

그만큼 영화의 주인공이었던 쥘리에트 비노슈의 미세한 감정 연기와 눈빛이 깊은 인상을 남겼던 것입니다. 이후로 저는 비노슈가 출연한 모든 영화를 찾아보았습니다. 그렇게 비노슈와 함께 저의 영화 인생이 새롭게 시작된 것이었습니다. 이전까지 저의 여배우 1순위였던 〈천장지구〉의 오천련은 곽부성하고 오토바이 태워서 떠나보냈습니다. 최종적으로 쥘리에트 비노슈가 제 동경의 여배우가 되었습니다.

그러나 아쉬웠습니다. 비노슈의 영화 중 유독 〈프라하의 봄〉을 보지 못한 이유 때문이었습니다. 당시에 저는 비노슈가 완전 노출을 감행했다는 데에 무척이나 큰 관심을 가지고 있었습니다. 이것은 호기심 넘치는 열여섯 살 남자 중학생에게는 당연한 일이었습니다. 물론 비디오에는 19금 딱지가 붙어 있었습니다. 당시 〈프라하의 봄〉을 유일하게 소장하고 있던 비디오 가게가 건너 동네에 있었는데, 주인과 아르바이트생이 출생연도를 철저하게 검사한다고 해서 대여를 망설였습니다. 그러던 어느 날 저는 용기를 내어 비디오를 들고 카운터 앞으로 당당하게 걸어갔습니다. 비디오를 대여하기 위해 주민등록번호 앞자리를 4년 올려서 불렀습니다. 그런데 인적 사항 조회를 해본 아르바이트생이 고개를 갸우뚱했습니다.

"어… 이런 주민등록번호 없다고 나오는데요?"

아르바이트생의 말이 끝나자마자, 저는 황급히 비디오 가게에서 도망쳐 나왔습니다. 달리기를 좋아하지도 않는데, 집까지 뛰어갔습니다. 그렇게 중학교 3학년이었던 저에게 있어 〈프라하의 봄〉은 천추의 한처럼 기억되는 영화였습니다.

그런데 생각해보면 인연은 인연이었습니다. 영화 〈프라하의 봄〉 원작이 바로 체코 출신 망명 작가 밀란 쿤데라의 유명한 소설《참을 수 없는 존재의 가벼움》이었던 것입니다. 많은 사람들이 믿지 못하고, 저 또한 믿어지지 않지만, 저는 중학교 3학년 때부터 밀란 쿤데라를 읽기 시작했습니다. 당시 학교 교실에는 무협지와 도색잡지가 넘쳐나던 때였습니다. 저는 이 잡스러운 흐름에서 벗어나야겠다고 생각하던 중이었습니다.

그런 생각이 가득하던 때, 대전의 문경서적에서 저는 우연찮게도, 혹 인연 가득하게도 밀란 쿤데라의《불멸》이라는 소설을 만나게 되었습니다. 책 제목이 우선 눈길을 끌었지만, 저의 마음에 쏙 든 것은 바로 출판사 이름이었습니다. 청년사. 질풍노도의 중2병을 격하게 치른 후, 이제 생의 완숙미를 얻어가고 있다고 착각하던 중3에게 청소년이 아닌 어엿한 청년이라는 타이틀은 그 무엇보다도 멋있어 보였습니다.《불멸》이라는 책 제목에서 왠지 오묘하면서도 알 수 없는 깊이가 느껴지기도 했지만, 청년사에서 나온 책을 읽으면 왠지 제가 청년으로서 인정받을 수 있을 것만 같았습니다. 작가 소개를 보니, 정치적인 활동에 대한 탄압 등의 이야기가 나왔지만 잘 이해가 되지는 않았습니다. 청년이고 싶지만 아직 중3인 저에게는 이해되지 않는 단어투성이였습니다. 그래도 유난히 제 눈에 들어온 단어가 하나 있었는데, 그것은 바로 '망명'이었습니다. 정치적 이유로 망명이라…. 망명에 괜한 동경이 생겼고, 프랑스로의 망명이 꽤나 멋있어 보였습니다. 밀란 쿤데라의 사진을 보니 철학적이고 진지해 보여 좋았습니다. 지금에야 무슨 양복 브랜드 이름처럼 들리지만 '밀란'이라는 이름도 괜찮았고, '쿤데라'라는 다소 이국적으로 들리는 성도 좋았습니다. 그리하여 제 생애 처음으로 소설책 하나를 사게 되었는데, 그것이 바로 밀란 쿤데라의 《불멸》이었습니다.

그러나 책을 읽는 것은 고역이었습니다. 도대체가 무슨 이야기인지 알 수가 없을뿐더러 재미가 하나도 없었습니다. 지금이야 메타픽션이라는 형식에 대해 그나마 이해를 할 수 있지만, 당시에는 이것도 아니고 저것도 아닌 이상한 상황이 자꾸 왔다 갔다 해 복잡한 이야기로만 보였습니다. 하루에 기껏해야 5페이지만 읽어나갈 수 있을 정도로 소설은 재미가 없었습니다. 그러나 저는 포기하지 않았습니다. 쉬는 시간이 되면 꿋꿋하게 책에서 눈을 떼지 않았습니다. 이유는 분명했습니다. 너저분한 중학교 3학년 교실 안에서 쉬는 시간만 되면 말뚝박기나 해대는 그 저질스러운 흐름에 끼고 싶지 않았습니다. 저는 청년이라 믿고 싶었습니다. 그래서 청년사에서 출판한 소설을 읽으며 청년으로 빙의하여 청년의 정신으로 청년의 사색을 하고 싶었습니다. 물론 책 내용은 머리에 들어오지 않았습니다. '이게 뭔 소리여… 도대체가.' 아무리 읽어도 《불멸》은 불가해였습니다. 청년이 되기란 힘든 것이었습니다. 그럼에도 저는 청년의 고집으로 책을 붙들고 있었습니다.

그러던 어느 날, 반에서 제법 책 좀 본다는 친구가 저를 알아봐 주었습니다. 친구는 문학 선생님의 아들이었습니다.

"근데 너 이 책 작가 알아?"

"아니, 몰라. 처음 보는 사람이야."

사실 처음으로 보는 소설이었습니다.

"이 책 작가 있잖아, 사실 우리 아빠가 보는 소설의 작가야. 내가 아빠한테 니가 이 책 읽는다고 하니까 아빠가 놀랬어. 너 되게 조숙한 애래. 우리 나이에 이런 책을 보는 거는 어렵대. 아빠가 너는 정말 다른 애 같다고 말하더라."

친구에게 이 말을 듣고 얼마나 기뻤는지 모릅니다. 물론 저는 동요하지 않는 척하느라 애를 썼습니다. 질서 따위라고는 찾아볼 수 없는 이 난삽한 중학교 3학년 교실에서 저만 따로 인정을 받은 듯 느껴졌기 때문입니다. 《불멸》, 여전히 이해할 수 없는 소설이었습니다. 하지만 상관없었습니다. 애초부터 이해 따위는 안중에도 없었고, 이 난삽함으로부터 벗어나 인정받는 것이 저의 목적이자 만족감이었기 때문입니다.

"맞아. 이 책은 좀 난해해. 그래서 좋아해."

좋아하긴 개뿔. 책을 읽기 시작한 지 이미 일주일이 넘었건만 채 50페이지도 넘기지 못한 상황이었습니다. 그 50페이지 중 제가 이해할 수 있는 페이지는 단 한 페이지도 없었습니다. 한 장 한 장 읽는 게 고역이었습니다. 그래도 괜찮았습니다. 이해 따위는 포기해버린 지 오래입니다. 오직 책을 읽고 있다는 폼과 허영밖에 없었지만, 그 가식이라도 인정을 받았다는 것이 중요했습니다. 그것 하나면 충분했습니다. 이후 가식을 유지하느라, 저는 밀란 쿤데라의 소설을 다섯 권이나 더 샀습니다. 《농담》, 《우스운 사랑들》, 《웃음과 망각의 책》,

바츨라프 광장의 밤

《참을 수 없는 존재의 가벼움》 이렇게 네 권을 샀고, 고등학생 때에
는 밀란 쿤데라의 신작《느림》이 나왔다고 해서 곧장 서점에 가 샀
습니다. 그러나 몇 년이 지났어도 쿤데라의 소설은 여전히 불가해였
습니다. 책을 사기는 했지만 완독한 책은 단 한 권도 없었습니다. 간
혹가다 중학교 3학년 때 밀란 쿤데라를 만난 것은 실수가 아니었나
하는 생각을 하기도 했습니다. 하지만 상관없었습니다. 결국에 저는
쥘리에트 비노슈를 만났으니 말입니다. 인터넷에 회원 가입을 할 때
마다 저는 패스워드를 모두 'binoche'로 만들었습니다. 비노슈가 결
국 궁극적인 답이었습니다.

영화 〈프라하의 봄〉을 정말로 보고 싶었지만, 결국엔 보지 못한 채 저는 가을이 무르익어가는 프라하로 들어왔습니다. 저녁 무렵에 도착한 프라하의 첫인상은 노을이 무척이나 아름다운 도시라는 것이었습니다. 해가 떨어지고 저녁이 되어 프라하의 중심이라고 할 수 있는 바츨라프 광장에 가 야경을 구경했습니다. 시간이 멈춰 선 듯, 흡사 영화에서 본 듯한 중세풍의 거리가 오렌지빛 조명에 비쳐 멋스럽게 보였습니다. 알고 보니 구시가 전체가 유네스코 세계문화유산으로 지정되었던 것입니다. 주황빛 때문에 바츨라프 광장은 밤의 풍경이 낮의 거리보다 아름다웠습니다. 그래선지 밤이 되면 오히려 낮보다 사람들로 붐비는 듯 보였습니다. 1410년에 제작되었다는 구 시청의 천문시계에선 매시 정각이 되면 예수의 열두 제자들이 두 개의 문에서 차례대로 나타나 사람들에게 인사를 하고 지나갔습니다. 이 광경을 보기 위해 정각 즈음이 되면 많은 사람들이 천문시계 앞에 서서 예수의 제자들을 기다렸습니다. 광장 주변에 아인슈타인이 프라하대학 교수 시절 1년 동안 살았던 아파트가 있다고도 하고, 실존주의 문학의 선구자인 카프카 생가가 있다고도 했지만, 집 구경은 저의 관심사가 아니었습니다.

블타바강 위로는 프라하에서 가장 유명한 건축물 중 하나인 카를교가 있습니다. 카를교에는 1638년부터 시작해 다리 양쪽으로 바로크 양식의 성상들이 놓이기 시작했고, 지금은 30여 개의 성상이 자리해 있습니다. 낮에 본 성상들은 평범한 동상의 느낌이었지만, 조명을 받은 밤의 성상은 말 그대로 낮보다 훨씬 성스러운 모습을 보여주었습니다. 이 성상 사진을 찍기 위해 밤낮으로 수많은 사람들이 카메라를 들이댔습니다. 카를교를 지나서 걸어가다 보면 카프카가 쓴 《성城》이라는 소설의 모티브가 된 프라하성이 나옵니다. 이 성은 과거에 왕의 거처로 사용되다가 지금은 대통령의 관저로 쓰이고 있습니다. 때문에 성 곳곳에는 밤낮으로 군인들이 자리를 지키고 있었습니다. 프라하성의 박물관에는 중세 서민들의 일반적인 가정집 모습과 군인들이 쓰던 갑옷들과 무기들이 전시되어 있습니다. 어렸을 적 집에 세계 문화를 다룬 전집이 있었는데, 사진으로 보던 중세의 무기들을 직접 눈으로 보니 신기할 따름이었습니다. 그리고 프라하성에는 웅장하고도 화려한 비투스 성당이 있었습니다. 그간 유럽에서 보아온 다른 성당들과 큰 차이점은 없어 보였지만, 스테인드글라스 조각들이 유난히 화려했습니다. 프라하는 이렇게 시간의 흐름을 비껴간 듯, 마치 중세 유럽이 옛 모습 그대로 스며든 듯한 매력적인 도시였습니다. 어쩌면 중학교 3학년 때부터 저는 이 도시에 무작정 호감을 가지고 있었는지도 모릅니다.

그런데 프라하가 이토록 중세의 문화유산을 별다른 훼손 없이 간직해낼 수 있었던 것은 제2차 세계대전의 전란을 피했기 때문입니다. 제2차 세계대전 당시 체코의 에드바르트 베네시 대통령은 독일 나치 세력의 침공에 맞서지 않고 곧장 항복을 선언했습니다. 그 때문에 프라하는 독일군의 침공으로 인한 폭격 피해를 받지 않았습니다. 항복 선언이라는 이 비굴함 덕분에 프라하는 유럽에서 전란을 피한 유일한 도시가 된 것입니다. 그러한 까닭에 중세의 원형을 그대로 유지할 수 있었고, 지금까지도 중세의 모습을 고스란히 간직한 관광도시로 성장할 수 있었습니다. 그리고 이로 인한 관광 수입은 프라하의 주된 수입원이 되었습니다. 때문에 에드바르트 베네시 대통령은 도시를 온전히 지켜낸 데에 대한 자부심이 컸습니다. 비록 전쟁에서 항복을 했을지언정, 도시는 지켜낸 것이기 때문입니다. 제2차 세계대전 당시, 나치에 대한 항복은 수치스럽고 비굴한 행태로 보였을 수 있습니다. 하지만 역사에 대한 평가는 고정적이지 않고, 시대의 흐름에 따라 변하기 마련입니다.

항복이 언뜻 비굴한 패배처럼 보이기도 합니다. 하지만 이러한 비굴함을 '견뎌냄'은 결국에는 중세 유럽의 아름다운 모습을 그대로 지켜낸 유일한 도시라는 타이틀을 프라하에 선사해주었습니다. 도시의 중세풍 매력에 깊은 감동을 받아서이기도 하겠지만, 그리고 이보다 더 오래전인 중학교 3학년 때부터 프라하에 대한 아련한 동경이 있어서였는지도 모르겠지만, 저는 비굴보다는 견뎌냄에 더 큰 점수를 주고 싶습니다. 우선은 살아내야 하는 겁니다. 평가는 그다음에 받는다 해도 늦지 않습니다.

사실 덴마크에 갈 계획은 없었습니다. 유럽에서의 동선에서 딱히 맞지도 않았고, 이탈리아 밀라노에서 가방 도난 사건을 겪은 타격 때문에 많은 곳을 움직일 여력이 없었습니다. 그럼에도 브라이언은 무척이나 적극적이었습니다. 브라이언은 세계 일주 전에 카우치서핑을 연습 삼아 해볼 당시에 수도암에 찾아왔던 덴마크 출신의 불교 신자였습니다. 브라이언은 자신이 살고 있는 에스비에르로 꼭 와주었으면 한다는 메시지를 저에게 세 번이나 보낸 터였습니다. 사실 에스비에르는 덴마크에서 다섯 번째로 큰 도시였습니다. 우리나라로 따진다면 대전쯤 될 것입니다. 덴마크에서 제일 큰 도시이자 수도인 코펜하겐도 갈 계획이 없었지만, 그렇다고 에스비에르까지 가기도 난감했습니다. 우리나라로 따진다면 한국에 처음 오는 외국인이 서울이나 부산, 경주도 가질 않고 곧장 대전으로 가는 셈입니다.

처음에는 브라이언의 요청을 정중히 거절했습니다. 그러나 브라이언은 뜻을 굽히지 않고 요청했습니다. 한두 번은 그냥 넘길 수도 있습니다. 그러나 제 원칙상 세 번까지 요청이 들어오면 다시 처음부터 고려해보는 편입니다. 가방을 잃어버린 차에 유레일패스마저도 없어서 여러 곳을 돌아다닐 형편은 안 되었지만, 베를린에서 기차 두 번을 타면 그런대로 에스비에르까지 갈 수 있었습니다. 만일 미리 표를 구매한다면, 가격 할인도 커서 기차표 가격도 적당했습니다. 저는 결국 브라이언의 부탁에 응하기로 했습니다. 에스비에르로 향했습니다.

브라이언은 에스비에르역까지 나와 환한 미소로 저를 반겨주었습니다. 나중에야 알았지만, 정신과 의사인 브라이언은 제가 에스비에르에 머무는 일주일 동안 병원에 휴가를 낸 상황이었습니다. 보통 카우치서핑 호스트가 일을 하러 나간 동안 저 역시도 도시를 구경하거나 도시 외곽으로 나갔다 늦은 오후에 들어오는 편이었는데, 브라이언은 일주일간 저와 함께할 계획으로 휴가마저 낸 것이었습니다. 에스비에르로 와달라는 브라이언의 요청을 간단하게 거절했던 것이 미안해질 지경이었습니다. 우리는 곧장 브라이언의 집으로 갔습니다. 브라이언의 집에서 가장 눈에 띄었던 것은 바로 거실에 모셔져 있는 부처님이었습니다.

"스님, 몇 년 전에 제가 네팔을 여행할 적에 불상을 만드는 스님들을 보게 되었어요. 그때 생각한 거예요. 제 집에 부처님을 모셔도 좋겠다고 말이에요. 그래서 혹시나 해서 스님들에게 물어보았는데, 카트만두에서 불상을 조성하고 배편으로 덴마크로 옮길 수 있다고 했어요. 불상을 조성하는 데 총 2주 정도의 시간이 걸린다는데, 다행히도 저는 네팔에서 그만큼의 시간이 남았던 거예요. 불상 조성은 티베트 불교의 법도대로 진행이 되었어요. 제가 모든 의식에 참여한 것은 아니지만, 불상 안에 경전을 모시는 복장腹藏 의례 때나 중요한 순간에는 저도 참여를 했어요. 그렇게 불상을 조성하고 배를 타고 한 달이나 걸려서 부처님을 이곳 에스비에르까지 모시게 된 거예요. 그런데 사실 저는 가슴이 조마조마했어요. 혹시라도 불상 안에 불법적인 물품이 들어간 것 아니냐며 복장을 열어 세관에서 조사할 수도 있잖아요. 그런데 복장을 열면 저는 스님이 아니기 때문에 그걸 다시 법도대로 집어넣을 수도 없는 거잖아요. 그래서 기도했어요. 제발 복장을 열지 말아달라고요. 다행히도 세관에는 별문제 없이 통과가 되었어요. 그렇게 노심초사하면서 모셔온 소중한 부처님이세요."

부처님이 모셔진 진열장 주변으로는 불교와 관련된 많은 서적들이 마치 부처님을 호위하듯 정렬되어 있었습니다. 브라이언은 매일 아침 6시에 일어나 부처님 앞에서 30분 정도 좌선을 했습니다. 직접 불상 조성에까지 참여하고 매일같이 규칙적인 수행을 하는, 정말 대단한 불교인이었습니다.

브라이언과 저는 집 밖으로 외출을 할 때와 집 근처의 베트남 식당에서 쌀국수를 먹을 때를 제외하고는 모든 식사를 집에서 해결했습니다. 유기농 식품 애호가인 브라이언은 슈퍼마켓에서 재료를 사왔고 저에게 직접 요리를 해주었습니다. 브라이언의 호의에 저도 요리를 대접해주고 싶었지만, 요리하는 재주가 없을뿐더러 딱히 해줄 수 있는 음식도 없었습니다. 그런데 다행인지 불행인지, 저에게는 라면이 있었습니다. 세계 일주를 할 적에 어느 나라건 그 나라의 수도에 가면 반드시 한인 마트가 있기 마련입니다. 저는 한인 마트에 들를 때마다 라면을 열 개 정도 사 큰 배낭 안에 기어코 넣어 다녔습니다. 한국에서 라면은 인스턴트식품으로 정의됩니다. 하지만 장기로 세계 일주를 하는 배낭여행자들에게는 없어서 못 먹는 희귀 아이템이었습니다. 또한 라면은 매일매일 옮겨 다니느라 만성 피로를 느끼는 육체에겐 원기를 회복시켜주는 보약과도 같은 마법의 식품이었습니다.

좀 부끄러운 얘기가 되겠지만, 저는 브라이언에게 진라면과 짜파게티를 한 번씩 대접해주었습니다. 브라이언은 한국 라면을 굉장히 좋아했습니다. 일주일간 저를 위해 음식을 해준 브라이언의 정성에 보답하고자 저는 브라이언의 집을 떠날 적에 저에게 생명의 일부와도 같았던 진라면과 짜파게티를 선물로 주었습니다. 네, 한국에서는 라면을 선물로 준다는 것이 전혀 가당찮은 농담 같은 것이겠지만, 한국 라면을 구하기 힘든 덴마크에서는 진실로 가능한 일이었습니다.

에스비에르에 머물며 저는 브라이언의 직장 동료 겸 친구들 집에 종종 초청을 받아 찾아가기도 했습니다. 브라이언이 의사였기에 대부분 의사 친구들이었습니다. 그들에게 저 머나먼 한국에서 온 선승은 굉장한 호기심의 대상이었고, 다큐멘터리에서나 볼 수 있는 인물이었기에 한번 만나보기를 원했던 것입니다. 한국에서도 의사가 수입 측면에서 상위권에 들겠지만 덴마크에서도 마찬가지입니다. 덴마크 국민 평균 수입의 몇 배씩을 버는 그들은 모두 좋은 전원주택에서 안락한 가정을 꾸리며 나름의 행복한 생활을 누리고 있었습니다. 그들의 풍족한 삶을 지켜보면서 아마도 모든 사람들이 꿈꾸는 이상적인 삶의 모습이 이러하지 않을까 하는 생각이 들 정도였습니다. 복지 기반이 잘 마련되어 있는 북유럽에서 안정되고 행복한 삶을 꾸려나가는 사람들의 모습을 어쩌다 다큐멘터리에서 본 듯한데, 제가 만나본 브라이언 친구들의 삶이 꼭 그랬던 것입니다.

그들은 덴마크에서는 잘 알려지지 않은 불교에 대해 관심을 가지고 있었고 저에게 여러 가지 다양한 질문을 했습니다. 저는 그들과 〈백담사 무금선원〉 다큐멘터리를 시청하면서 선원에서의 삶을 설명해주었습니다. 깨달음 하나만을 위해 그 모든 것을 버리고 진리를 위해 헌신하듯 살아가는 젊은 수좌들의 열정에 브라이언 친구들은 놀라워했습니다. 그런데 이때까지만 해도 저는 몰랐습니다. 제가 덴마크에 갔던 이유를 말입니다. 덴마크에 찾아간 건 분명 저였지만, 그 이유를 설명해준 것은 공교롭게도 브라이언이었습니다.

덴마크의 에스비에르를 떠나 크로아티아로 떠나기 전날의 만찬에서 브라이언은 저에게 에스비에르까지 찾아와주어 정말로 감사하다는 인사를 했습니다. 에스비에르까지 초청해주고 일주일간 휴가까지 내어준 브라이언에게 제가 더욱 감사할 일이었습니다. 그런데 브라이언은 단순히 의례적인 차원에서 감사를 표하는 것이 아니었습니다.

브라이언이 고마움을 느낀 것은 제가 그곳까지 찾아가 같이 시간을 보내준 이유 때문만이 아니었습니다. 저의 방문은 이보다 훨씬 큰 의미가 있었습니다. 그것은 바로 브라이언의 불교인으로서의 정체성에 관한 것이었습니다.

"스님도 아시다시피 덴마크에서 불교인은 희소하다 못해 거의 없다고 봐도 될 정도로 극소수예요. 저는 부처님의 삶이나 가르침에 크게 감동을 받았고, 또 부처님이 하신 대로 명상 수행을 하면서 마음의 안정을 찾아가고 있어요. 그런데 제 의사 친구들은 저의 삶과 믿음을 좀 기이하게 바라보기도 했어요. 불교가 세계 3대 종교에 들어가기는 하지만, 덴마크에서는 불교의 영향력이 전혀 없기 때문이지요. 이곳 에스비에르에도 분명 불교인이 있기는 할 거예요. 하지만 불교인들이 정기적으로 서로 만나며 교류하는 일은 없어요. 불교인이 너무 적기 때문이에요. 저는 불교에 대한 믿음을 투철하게 가지고 있고, 제 믿음의 선택에 자부심이 있었지만, 친구들에게 이를 입증할 수는 없었어요. 이때 스님이 오신 거예요. 한국에서 진짜 수행을 하면서 살고 있는 진짜 스님이 여기 에스비에르까지 온 거라구요. 저에게 스님은 단순한 손님이 아니었어요. 불교에 대한 저의 믿음과 삶을 친구들에게 확실하게 증명해주는 그런 수행자였던 거예요. 그래서 저는 스님이 꼭 여기 에스비에르까지 와주셨으면 했던 거예요."

이 말을 듣고 저는 마치 가슴이 턱 주저앉는 것 같았습니다. 사실 저는 아무런 생각 없이 에스비에르로 찾아왔던 것이었습니다. 그

저 친구의 요청에 따라서 덴마크의 한 작은 도시에 찾아온 것이었고, 별생각 없이 친구와 대화를 하면서 같이 지낸 것이었고, 사람들의 요청에 따라서 친구의 친구들과 밥을 먹고 대화를 한 것뿐이었습니다. 저는 이러한 단순한 일들을 별 의도 없이 했을 뿐인데, 이 사소한 일들이 브라이언에게는 결코 가벼운 일이 아니었던 것입니다. 그것은 불교가 전무했던 에스비에르에서 불교인으로서의 정체성을 증명해주는 크나큰 일이었던 것입니다. 저는 단지 행동할 뿐이었지만, 그 행동의 의미를 설명해준 것은 브라이언이었습니다. 이럴 줄 알았으면 좀 더 성실하게 친구들을 대해줄걸, 하는 아쉬움이 몰려들었습니다. 그러면서도 동시에 에스비에르에 찾아오기를 참 잘했다는 생각이 들었습니다.

그렇습니다. 꼭 내가 찾아야만 의미가 되는 것은 아닐 것입니다. 남이 찾아도 의미입니다. 내가 아무런 의미 없이 내보인 일이어도, 남에게는 큰 의미가 될 수도 있다는 사실을 브라이언과의 만남을 통해서 다시금 확인하게 되었습니다. 나에게는 물론 사소한 일처럼 여겨질 수도 있지만, 그것이 그 누군가에게는 커다란 위안이 되거나 혹 실망이 될 수도 있습니다. 저 자신의 행동거지 하나하나가 누군가에게는 소중한 의미가 될 수 있음을 깨달았기에, 좀 더 사려 깊어야 함을 느끼게 된 순간이었습니다.

당신의 정부를
얼마나 신뢰하나요?

세계 일주를 하면서 세계 여러 나라에서 온 친구들을 만날 때면 종종 같은 질문을 했습니다.

"당신들은 당신의 정부를 얼마나 신뢰하나요?"

물론 대부분의 친구가 자기 나라 정부를 신뢰하지 못한다고 대답했습니다. 너무나 많은 부정부패가 횡행한다고 비판했습니다. 그러나 유독 한 나라 사람들만은 그렇게 말하지 않았습니다. 제가 만난 이 나라 사람들은 모두 자국 정부를 100퍼센트 신뢰한다고 말했습니다.

바로 덴마크였습니다.

저는 브라이언과 함께 제2차 세계대전 당시 덴마크가 독일군과 전투를 벌였던 북해 연안의 해변을 거닐었습니다. 전쟁 당시 에스비에르는 영국군이 유럽으로 들어올 수 있는 전략적 요충지였습니다. 따라서 독일군은 이곳에 방어선을 구축했는데, 이때 만든 수많은 벙커가 여전히 해변가에 남아 있었습니다. 물론 지금은 전쟁의 상흔이 어슴푸레한 흔적으로 남아 있을 뿐이었습니다. 아이들은 오래전 전쟁터였던 벙커 지역을 마치 공원처럼 신나게 뛰어다닐 뿐이었습니다. 그렇게 도시 주민들의 산책로가 되어버린 해안 벙커에서 우리는 등대에 올랐습니다. 브라이언은 기념품점에서 등대 입장권을 구매했습니다. 그런데 등대 입구에 검표를 하는 사람이 없었습니다. 입장권을 샀건만 정작 검표를 하지 않는다는 사실이 의아했습니다. 검표원이 없다면 누군가는 입장권을 사지 않고 그냥 등대로 올라갈 수도 있기 때문이었습니다. 그 누구도 지하철표를 사지 않고, 그 누구도 표검사를 하지 않던 그리스와 대비되는 상황이었습니다. 의아해하는 제 표정을 알아채고는 브라이언이 말했습니다.

"스님, 우리 덴마크 사회를 유지하는 가장 근간이 되는 원칙이 뭔지 아세요? 그것은 바로 신뢰예요. 검표하는 사람이 없는 이유는 이 등대를 오르는 누구나 표를 사야만 한다는 원칙을 지키기 때문이에요. 모두가 이 원칙에 대한 믿음을 가지고 있고, 그렇게 우리는 서로를 믿는 거지요."

덴마크라는 나라와 덴마크 국민들이 실로 대단하게 느껴지는 순간이었습니다. 브라이언은 의사였기 때문에 물론 다른 사람들보다 수입이 높습니다. 하지만 수입 중 거의 절반에 가까운 돈을 세금으로 낸다고 했습니다. 브라이언은 수입의 절반이 세금으로 나가는 사실에 대해 전혀 불쾌함을 느끼지 않았습니다. 오히려 정부에서 더 많은 세금을 요구한다면 충분히 낼 용의가 있다고 말할 정도였습니다. 그것은 물론 정부에 대한 전폭적인 신뢰가 있기에 가능한 일이었습니다. 그리고 이 신뢰는 정부 운영의 투명성과 공정성이 확립되었기에 가능한 일이었습니다. 그런데 이 신뢰가 단지 정부의 운영 방침이나 정부에 대한 국민의 입장에만 해당되는 것이 아니라, 사회 전반에 자리 잡은 기본 상식이자 근간의 원칙이었음을 저는 에스비에르 도서관을 다녀오며 다시금 체감할 수 있었습니다.

브라이언은 저에게 에스비에르의 도서관을 꼭 구경시켜주고 싶다고 했습니다. 도서관이 밝은 색깔의 목조 건물이어서였는지 모르겠지만, 전등에서 흘러나오는 빛이 도서관 안을 오렌지빛으로 가득 채워서 무척이나 안온한 느낌을 주었습니다.

"만일 어떤 책을 읽고 싶으면 이곳 도서관에서 신청하면 돼요. 덴마크에서 출간된 책이라면 도서관에서 반드시 구매를 해줍니다. 그런데 책만 그런 게 아녜요. 요청만 있으면, 영화 DVD나 음악 CD, 게임 타이틀까지 도서관에서 모두 구매해줘요."

도서관을 둘러보다 보니 과연 플레이스테이션 게임 CD들이 가지런하게 정리되어 있었습니다. 한국 도서관에서도 영화를 빌릴 수 있기는 하지만 관내에 마련된 기기를 통해서만 시청이 가능한 경우가 많았습니다. 그런데 게임은 정말 의외였습니다. 그것도 무려 한 달 동안 대여가 가능하다고 하니, 게임에 관심이 많은 저로서는 놀라운 일이었습니다. 영화를 자세히 살펴보니 유독 인도 영화가 많았습니다. 에스비에르에 인도인들이 좀 있는 편인데, 그 사람들이 신청을 해서 그럴 것이라고 했습니다. 도서관 한편에는 아이들을 위한 놀이 공간이 있었습니다. 덴마크에 본사를 두고 있는 레고 회사에서 도서관에 레고 놀이장을 마련해놓은 것이었습니다. 브라이언은 도서관을 나서며 테이블 하나를 보여주었습니다.

"만일 주말에 대여 물품을 반납할 예정이라면요, 그냥 이 테이블에 올려놓기만 하면 돼요."

"정말요? 그런데 이건 그냥 테이블이잖아요. 무슨 박스 안에다 반납을 해야 하는 거 아닌가요? 누가 반납한 물품을 가져가기라도 하면 어쩌려구요. 이를테면 영화라든가 게임 CD 같은 건 잃어버릴 수도 있지 않은가요?"

"아뇨. 그렇지가 않아요. 말씀드렸다시피 저희는 신뢰를 가장 우선시해요. 가정이나 학교에서 교육을 할 때에도 이 신뢰가 제일의 가치지요. 사람들은 절대로 도서관의 물품들을 가져가지 않아요. 그것들이 공공의 자산이기 때문이에요. 그 누군가 이 테이블에 대여한 물품을 올려놓는다고 해도 도난당하는 일은 없어요. 서로 간의 신뢰가 있기에 가능한 일이지요."

덴마크를 두고 흔히들 '세계에서 가장 행복한 나라'라고 칭하는 경우가 많습니다. 그것은 물론 북유럽 선진국으로서 복지 체계가 잘 구축되어 있기에 가능한 일일 것입니다. 하지만 이러한 복지 체계에 앞서서 그 근간에 신뢰가 있었습니다. 이 신뢰는 단지 정부나 시스템에 대한 신뢰만이 아니라 사람과 사람 사이의 신뢰이기도 했습니다.

이러한 신뢰가 사회 저변에 근본으로 정착되기까지 오랜 시간 사회 구성원 전체가 노력을 기울였으리라는 생각이 들었습니다. 정부나 사람에 대해 신뢰를 요구하지도, 그렇다고 스스로의 신뢰도를 자문하지도 않는, 그런 말을 할 필요조차 없는 기본 바탕으로서의 신뢰가 정착된다는 것은 쉬운 일이 아닐 것입니다. 그래선지 저는 신뢰라는 말을 들을 때마다 덴마크나 덴마크 사람들에게 경외감을 느꼈습니다. 브라이언은 덴마크인이라는 사실에 자부심을 가지고 있었습니다. 그리고 이 자부심의 저변에는 신뢰라는 정말 튼실한 기반이 있었습니다. 그렇기에 충분히 멋진 자부심이었습니다.

  '신뢰'라는 한 단어가 이처럼 견고하면서도 힘 있게 다가온 경우는 처음이었습니다.

두
브
로
브
니
크
의

도
묘

브라이언과 일주일간 지낸 에스비에르를 떠나 저
는 비행기를 타고 크로아티아로 향했습니다. 자다르와 스플리트를
거쳐 도착한 곳은 바로 두브로브니크였습니다. 중세도시의 성곽을
그대로 보존하고 있는 두브로브니크는 구시가 전체가 유네스코 세
계문화유산으로 지정된 유명한 해안 도시였습니다.

마치 도시 전체가 중세 영화의 세트장처럼 보여서 올드타운을 걸
으면서도 신기한 느낌이었습니다. 두브로브니크에 온 사람이라면 누
구나 성벽 위를 거닐며 도시를 구경합니다. 저 역시도 성벽 위를 돌
아다니며 도시 곳곳을 재미있게 구경했습니다. 그렇게 두 시간 정도
성벽을 걷다 부두 쪽으로 내려온 저는 고양이 한 마리를 만나게 되
었습니다.

고양이는 부둣가에서 오후의 낮잠에 흠뻑 빠져 있었습니다. 제가

고양이에게 다가가 사진을 찍어도, 손끝으로 등을 살짝 어루만져도 요지부동이었습니다. 아마도 이미 많은 사람이 저와 같은 행동을 했음에 대수롭지 않게 생각하는 듯한 모습이었습니다.

그런데 고양이가 어느 순간 화들짝 놀라면서 부두 너머로 쏜살같이 도망을 갔습니다. 아닌 게 아니라 주인 할아버지와 산책을 나온 커다란 개 한 마리가 고양이를 보곤 으르렁대며 덤벼들었던 것입니다. 할아버지는 달려드는 개를 붙잡아 말리고는 다시 산책을 나섰습니다. 그러자 개는 마치 아무 일도 없었다는 듯 꼬리를 살랑살랑 흔들며 주인을 따라갔습니다. 부두 너머에서 상황을 예의주시한 고양이는 개가 멀어져 가자 다시 부둣가로 올라섰습니다. 잠시 개가 사라진 쪽을 응시하는가 싶더니 원래 쉬던 자리로 돌아와 이윽고 개에게 공격당하기 전의 수면 자세로 돌아갔습니다. 그러고는 얼마 지나지 않아 다시 눈을 감고 오후의 수면을 이어갔습니다. 이 모습을 보고 저는 정말 크게 놀라고 말았습니다.

개에게 공격을 받은 지가 기껏해야 2, 3분 전인데 고양이는 아무렇지 않은 듯 다시 오후의 낮잠으로 들어가 버렸던 것입니다. 어떻게 이렇게 빠른 시간 안에 마음이 안정되는 것일까. 사람이라면 과연 가능하기나 한 일일까. 제가 손으로 턱을 매만져도 고양이는 다소 귀찮다는 듯한 제스처를 취할 뿐, 눈을 뜨지도 않은 채 예의 웅크린 자세 그대로 잠을 청하고 있었습니다. 고양이는 마치 '나에게 필요한 건 오직 오후의 낮잠일 뿐'이라는 걸 온몸으로 보여주는 듯했습니다. 평범한 고양이가 아니었습니다. 사람이 아니기에 도인道人이라고

부르기는 힘들겠지만, 적어도 도묘道猫는 되리란 생각이었습니다.

문득 디오게네스가 떠올랐습니다. 그 언젠가 알렉산더 대왕이 무소유의 현자로 소문난 디오게네스를 찾아갔습니다. 세상에서 가장 많은 것을 소유한 사람과 세상에서 아무것도 가진 게 없는 두 사람의 의미 깊은 만남이었습니다. 디오게네스를 만난 알렉산더 대왕이 물었습니다.

"그대가 가지고 싶은 것이 있다면 무엇이든 말하시오."

이에 디오게네스가 대답했습니다.

"그런 건 됐고, 좀 옆으로 비켜나 주시겠소? 지금 당신이 내 앞의 햇볕을 가로막고 있으니 말이오."

자신이 가린 햇볕 외에 그 어느 것도 요구하지 않은 디오게네스의 대답에 겸연쩍어하던 알렉산더 대왕은 결국 자리를 뜨고야 말았습니다. 그러면서 한마디를 남겼습니다.

"내가 알렉산더가 아니었다면 디오게네스가 되었을 것이다."

부둣가에서 한결같은 모습으로 졸고 있는 고양이가 내심 존경스러웠습니다. 자기에게 닥친 상황에 반응은 하되, 그 상황에 대한 평가나 집착에 매달리지 않기 때문이었습니다. 무심無心 도묘였습니다. 무심이란 마음이 없다는 게 아니라, 그 마음에 집착함이 없다는 뜻입니다. 개가 공격하려고 달려오니 쏜살같이 도망갔고, 그런 개가 눈앞에서 사라지니 다시 이를 데 없는 평온의 세계로 돌아가는 무심 도묘입니다. 그렇게 물 흐르듯 상황에 자연스러운 모습으로 반응하다가, 그 언제고 본래의 평온한 마음으로 곧장 돌아갈 수 있는 고양이가 저에게는 대단한 스승처럼 보이기도 했습니다. 그러면서 저는 알렉산더 대왕의 심경을 이해할 수 있을 것만 같았습니다. 그래서 속으로 다짐했습니다.

'내 금생에 원제 따위의 몸을 벗어버리게 된다면 내생에는 기필코 두브로브니크 부둣가의 무심 도묘로 태어나리라!'

영
원
한

사
랑

어떤 사람은 영원히 변치 않을 사랑을 찾으려고 합니다. 자신만을 사랑해줄 그런 사람을 찾습니다. 하지만 그것은 헛되고 불가능한 일입니다. 왜냐하면 그러한 사랑을 찾는 그 사람의 마음이 끊임없이 변하고 뒤바뀌는 까닭입니다.

상대방의 마음이 변할까 두려워할 게 아닙니다. 단지 내 마음이 변한다는 것을 알아야 합니다. 그런데 만일 나의 마음이 자연스레 흐르며 한결같기만 하다면, 그때에는 영원한 사랑을 구할 필요가 없습니다. 왜냐하면 내가 그 한결같은 사랑을 해줄 수 있기 때문입니다.

사랑은 찾는 게 아닙니다.

되는 겁니다.

한 권의 책을 마치며

세계일주와
사마귀

고대 그리스인들은 델포이가 세계의 중심에 있다고 생각했습니다. 그리고 세계의 배꼽이라고 부른 옴파로스를 간직한 아폴론 신전이야말로 신의 뜻을 가장 잘 전달해주는 영험한 장소라 믿었습니다. 그렇게 저는 예언자가 신에게 신탁을 전해 받는 신전을 보기 위해 아테네로부터 북서쪽으로 180킬로 정도 떨어져 있는 델포이로 향했습니다. 델포이는 아테네에서 버스를 타고 세 시간이나 가야지만 도착하는 곳이었습니다. 차창으로 들어오는 햇살이 따갑게 느껴질 정도로 무더운 여름이었습니다.

그런데 막상 도착한 신전에는 출입구도 없고 입장료도 없었습니다. 본래 돔 형태의 신전이었을 테지만, 현재는 주요 구조물이었던 돌들만 여기저기 방치되어 있는 상태였습니다. 기껏해야 폐허 수준은 면한 상태로 신전을 구성한 돌들이 나름대로 정렬되어 있었지만,

이미 많은 돌들이 소실된 상태였습니다. 수천 년이나 지난 현재에 본래 신전의 모습이 고스란히 복원될 가능성은 전혀 없어 보였습니다. 땡볕만이 내리쬐는 오후에 무너진 유적 사이를 천천히 걸으며 그렇게 저는 아테네 신전에서 아폴론 신전으로 향했습니다. 그때였습니다. 발바닥이 이상하게 따끔거렸습니다.

처음엔 발바닥 신경이 무언가 잘못되었다고 생각했습니다. 하지만 걷는 내내 틈틈이 따끔거리는 통증이 느껴졌습니다. 돌 위에 앉아서 샌들을 벗어보았습니다. 용천혈로부터 손가락 한 마디 위쪽 부근의 발바닥에 약간의 피 흔적이 있었습니다. 샌들에 무언가 들어갔나 하고 살펴보았지만, 아무것도 없이 말끔했습니다. 이상했습니다. 왜 피가 났지. 하지만 피가 난 양도 무척 적었고 통증도 심하지 않았습니다. 의아해하며 저는 가던 길을 계속 걸어갔습니다. 아주 간헐적으로 다시 발바닥이 따끔거렸지만 대수롭지 않은 일이라고 여겼습니다. 그러나 이것은 정말 큰 실수였습니다.

그로부터 무려 한 달 동안 저는 계속해서 발바닥이 따끔거리는 통증을 느꼈습니다. 통증을 느끼면서도 걸어 다녔습니다. 따끔거리는 정도가 심해졌을 때 다시 샌들을 들어서 살펴보았지만 아무런 이상이 없었습니다. 오래 걷다 보니 신경이 민감해졌다는 생각만 했습니다. 허리도 약간 불편했던 터라 허리 신경도 영향을 받은 것이라고 대략 짐작했습니다. 하지만 도대체 왜 그랬을까요. 신경에 이상이 생겼다 하더라도 발바닥에 피가 날 이유는 전혀 없었는데, 저는 이런 생각까지는 하지 못한 것입니다. 평상시에 그런대로 합리적인 생

그리스 델포이의 아테네 신전 유적

각을 하는 원제라 여겼지만, 이번엔 전혀 그러지 못했습니다.

그렇게 여행을 다니다 로마 거리 한가운데서 다시 한 번 발바닥이 따끔거렸습니다. 순간 아픔이 신경을 타고 뒤통수까지 뻗치는 듯한 느낌이었습니다. 가까운 계단에 앉아서 샌들을 들고 자세히 들여다 보았습니다. 발바닥에서 다시 피가 보였습니다. 하지만 이번에는 손가락에 묻어날 정도로 제법 많은 양이었습니다. 샌들을 정말 세심하게 살펴보았습니다. 손에 힘을 주고 여러 차례 구부려도 보았습니다. 그렇게 힘껏 샌들을 구부려보았을 때였습니다. 발바닥과 닿는 면으로 아주 미세하게 못 끝이 삐져나와 있었습니다. 샌들 바닥을 자세히 살펴보니 못대가리가 보였습니다. 샌들 바닥의 색과 너무 흡사해 지금까지 미처 못대가리를 발견하지 못했던 것입니다.

그제야 알았습니다. 평평한 곳을 다닐 때에는 상관이 없었지만 울퉁불퉁한 곳을 디딜 적에, 못 끝이 튀어나와 발바닥을 콕콕 찔러댔던 것입니다. 그렇게 해서 발바닥에서 피가 난 것이었습니다. 못을 빼내고 한참 쳐다보았습니다. 당연히 샌들을 주의 깊게 살펴보아야 했는데, 그러지 못했던 제 자신에게 어처구니가 없었습니다. 문제는 이미 너무 늦었다는 사실이었습니다. 한 달간 맨발로 다니며 피가 나는 발바닥을 방치한 탓에 발바닥 상처는 더 커져 있었고 살도 약간 곪아 있었습니다. 숙소로 돌아가 소독을 하고 약을 바르기 시작했지만 소용이 없었습니다. 상처 부위는 날이 갈수록 조금씩 커져만 갔습니다. 상처로 이미 병균이 들어가 버린 것이었습니다. 그것이 결국엔 사마귀가 되었습니다.

이집트 다합에 머물 적에 약국에 가 상처를 보여주니, 약사는 제 상처를 보고 티눈이라고 단정 지었습니다. 그러면서 티눈에 바르는 연고가 있는데, 주기적으로 발라주면 티눈이 빠져나갈 것이라고 말했습니다. 약사의 말을 믿고 저는 매일같이 발바닥을 소독하고 티눈 약을 발라주었습니다. 그러자 상처 부위의 굳은살이 말랑말랑거리며 흐물거리더니 나중엔 가루 형태로 떨어져 나왔습니다. 발바닥 중앙에 새끼손톱만 한 크기와 깊이로 분화구 모양의 흔적이 남았습니다. 그때까지만 해도 저는 약사의 말을 믿고 티눈이 떨어져 나왔다고 생각했습니다. 하지만 시일이 지나서 상처 부위는 다시 예전처럼 돌아왔습니다. 상처 중심으로 피가 났고, 살이 찢어지면서 따끔거리며 아팠습니다.

하지만 이 발바닥을 치료할 수 있는 상황이 아니었습니다. 저는 어떻게든 세계 일주를 이어가야만 했던 것입니다. 이집트의 의료 수준이나 시설도 그리 믿음직하지 않았습니다. 그렇게 아프리카 여행을 마치고 남미로 들어갔지만, 남미라고 해서 별다르지 않았습니다. 다행히 걷는 데에는 큰 지장이 없었습니다. 미국으로 들어가 치료를 받을 수도 있었지만, 미국에서는 병원비가 어마어마하다는 소문을 이미 들은 바였습니다. 앞으로 한 달만 더 버티고 한국으로 돌아가 그때부터 제대로 치료를 받으면 되리라 생각했습니다. 그렇게 1년, 저는 사마귀가 생겨 불편한 발로 그토록 여러 곳을 걸어 다녔습니다.

세계 일주를 마치고 한국에 돌아오니 통장에 채 몇만 원이 남질 않았습니다. 여기에다가 미국에서 환전을 마치지 못하고 가져온 24달러가 전부였습니다. 귀국 후 아는 분께 신세를 지며, 서울에서 며칠을 지내다 보니 결국 저에게 남은 돈은 3만 원뿐이었습니다. 다행히 김천으로 갈 차비는 되었습니다. 그렇게 2년간의 세계 일주를 마치고 저의 본가와도 같은 수도암으로 돌아갔을 때 제 수중에는 만 원 한 장과 천 원짜리 몇 장이 남아 있었습니다. 그야말로 진정한 알거지가 되었음을 실감하자 웃음이 나왔습니다. 그래도 세계 일주를 무사히 마쳤으니 다행이라 여겼습니다.

수도암에 들어간 다음 날, 저는 대구에 계신 노장님께 찾아가 인사를 드렸습니다. 노장님께서는 "오랜 기간 고생했다"며 아주 짤막한 격려의 말씀을 해주셨습니다. 그 자리에서 저는 용감하게도 노장님께 돈이 필요하다고 말씀드렸습니다. 그간 노장님 곁에서 시자 생활을 하거나 수행하며 살던 때 그리고 세계 일주를 시작할 때에도 저는 노장님께 단 한 번도 돈이 필요하다고 말씀드린 적이 없었습니다. 출가 수행 생활을 하면서 크게 돈이 필요한 경우가 없었을뿐더러, 그렇기에 없는 돈이라 해도 부족하다고 느낀 적이 없었기 때문입니다. 하지만 이번에는 달랐습니다. 노장님께 병원비가 필요하다고 말씀드렸습니다. 사마귀 치료를 위해 만 원을 가지고 병원에 갈 수는 없는 노릇이었습니다. 그렇게 해서 노장님께 50만 원을 받았습니다. 그것은 어렵게 살아가는 스님들께 주려고 노장님께서 모아두셨던 쌈짓돈이었습니다. 그러나 저에게는 굉장히 큰 의미의 병원비였습니다. 제가 노장님께 처음이자 마지막으로 받아본 용돈이었기 때문입니다.

귀국 인사를 드린 그해 겨울, 노장님은 돌아가셨습니다.

사마귀 치료는 수월치 않았습니다. 바이러스성 사마귀를 치료하려면 2주마다 주기적으로 블레오마이신이라는 항암 주사를 발바닥에 투약해야만 했는데, 오직 3차 의료기관에서만 이 주사 처방이 가능했습니다. 김천에서 제일로 큰 병원도 기껏해야 2차 의료기관이어서, 대구에 있는 경북대학교 병원까지 2주마다 한 번씩 나가서 주사를 맞아야 했습니다. 사마귀 상처를 본 의사 선생님이 고개를 갸우뚱거리며 저에게 말했습니다. 도대체 어쩌다 이 지경이 되도록 사마귀를 방치했느냐며 거의 저를 구박하는 수준이었습니다.

"스님, 이 사마귀가 오래되어서 부위가 크기도 하고요, 병변 깊이도 상당해요. 그래서 주사 양도 많고 깊은 곳까지 바늘이 들어가야 하니 많이 아프실 거예요. 사실 항암 주사가 그 모든 주사 중에 제일 아픈 주사거든요. 발바닥에 신경도 많이 분포되어 있어서 좀 힘드실 수 있어요. 여자 환자분들은 이 주사 맞고 울기도 해요. 하지만 스님이야 수행하시는 분이니 잘 참아내시겠지요."

의사 선생님 말을 들으며 잠자코 고개를 끄덕이기는 했지만, 사실 저는 엄청 쫄아 있었습니다. 다만 스님인 탓에 티를 내지 않은 것뿐입니다. 나 주사 싫은데 주사라니…. 근데 그것도 세상에서 제일로 아픈 주사라니….

발바닥에 놓는 마취제도 무척이나 아팠지만, 항암 주사는 전혀 차원이 달랐습니다. 발바닥 살을 푹푹 쑤시며 들어간 주삿바늘에서 항암 약이 들어갈 때마다 온몸의 신경이 곤두서버릴 정도의 극렬한 통증이 느껴졌습니다. 저의 의지와 상관없이 몸이 부들부들 떨렸습니다. 항암 주사를 맞을 때 자존심 탓에 울지는 않았지만, 솔직히 말해 병실을 나설 적에 눈물이 찔끔 났습니다.

그렇게 8개월이었습니다. 2주에 한 번씩 김천과 대구를 오가며 주사를 맞았습니다. 처음에 그토록 아팠던 주사도 넉 달쯤 지나고 나니 그럭저럭 견딜 만했습니다. 처음에 주사를 맞고 난 뒤에는 발바닥이 얼얼할 정도로 아파서 절뚝이며 걸어 다녀야 했지만, 그 정도도 차츰 나아졌습니다. 그렇게 주사를 맞을 때마다 의아함이 떠나질 않았습니다. 발바닥에서 피가 나는데도 저는 어떻게 이를 대수롭지 않게 여기며 걸어 다니기만 했을까요. 평상시의 저라면 절대로 일어나지 않았을 일이었습니다. 하지만 결과적으로 일은 벌어졌고, 이 일을 수습하는 데에 오랜 시간을 들여 육체적 고통을 겪어야 했고 적잖은 돈을 들여야만 했습니다. 샌들 하나를 주의 깊게 살펴보지 않은 대가가 정말로 컸습니다. 하지만 그 모든 이유로 저를 탓하는 수밖에 없었습니다.

지금 사마귀는 완치가 되었습니다. 그러나 오른쪽 발바닥에는 사마귀 치료의 흔적이 여전히 분명하게 남아 있습니다. 말랑말랑한 왼쪽 발바닥에 비해 사마귀가 있었던 곳의 살은 딱딱하게 굳어 있습니다. 비록 사마귀가 있을 때처럼 살이 트고 피가 나며 통증이 있는 것은 아니지만, 이제 오른쪽 발바닥은 사마귀가 생기기 이전의 모습으로 돌아갈 일은 없습니다. 그래도 다행입니다. 이전처럼 발바닥이며 양말이 피로 물드는 일은 더 이상 없고, 그나마 모든 일을 수습하여 다시 예전과 같이 선원에서 정진할 수 있으니 말입니다. 그렇게 선원에서 정진을 하며 가부좌를 틀고 앉을 때마다 저는 종종 사마귀가 있었던 딱딱한 발바닥 살을 만져봅니다. 그러면서 이러한 생각을 합니다.

큰일은 흘러가 지나가되, 흔적이라는 것을 남기기도 합니다. 그 흔적은 잊지 못할 기억이 되는 경우도 있고, 경우에 따라 몸에 남는 흔적이 되기도 합니다. 이 딱딱하게 군은 살은 세계 일주라는 일생일대의 큰일이 제 몸에 남긴 명백한 흔적처럼 여겨집니다. 이것은 마치 잘 치러는 냈으되 그 기억을 잊지는 말라고 제 몸에 각인시켜준 가르침 같습니다. 그렇게 세계 일주를 하며 여러 힘든 일도 많았고, 잊지 못할 만남도 있었지만, 그 모든 경험들과 의미를 잊지 말라면서 제 몸에 분명히 남겨준 흔적이 되어버린 것입니다. 그렇기에 저는 종종 손가락으로 발바닥 살을 매만져봅니다. 딱딱한 살이 만져집니다. 그러면서 저에게 말합니다.

'그래 고생했다, 이만하면 됐다, 그래도 계속 가보기는 해야겠지?'

다만 나로 살 뿐 1

1판 1쇄 발행 2020년 12월 18일 **1판 3쇄 발행** 2021년 4월 14일

지은이 원제
발행처 (주)수오서재 **발행인** 황은희, 장건태
책임편집 황은희 **편집** 최민화, 마선영, 박세연   **마케팅** 이종문, 황혜란
디자인 행복한물고기 **제작** 제이오
주소 경기도 파주시 돌곶이길 170-2 (10883)
등록 2018년 10월 4일(제406-2018-000114호)
전화 031)955-9790 **팩스** 031)946-9796 **전자우편** info@suobooks.com
홈페이지 www.suobooks.com
ISBN 979-11-90382-29-8 04810
      979-11-90382-31-1 04810 (세트)

도서출판 수오서재守吾書齋는 내 마음의 중심을 지키는 책을 펴냅니다.